ROSEMARIE J. SICHMANN

DAS
ASCHE
BILD

DARKNESS

ROSEMARIE J. SICHMANN

DAS
ASCHE
BILD

DARKNESS

Roman

Bibliografische Information der Deutschen Nationalbibliothek:
Die Deutsche Nationalbibliothek verzeichnet diese Publikation in der Deutschen Nationalbibliografie; detaillierte bibliografische Daten sind im Internet über dnb.dnb.de abrufbar.

Lektorat und Korrektorat: Anke Unger
Bild- und Covergestaltung: Tobias Sichmann

Verlag: BoD · Books on Demand GmbH,
In de Tarpen 42, 22848 Norderstedt,
bod@bod.de
Druck: Libri Plureos GmbH,
Friedensallee 273, 22763 Hamburg

ISBN: 978-3-7693-7874-0

*Alles im Universum ist wandelbar und
manifestiert sich immer wieder neu.
Wenn sich aber Phönix aus der Asche
erhebt, wird das ewige Feuer entfacht
und das Leben kehrt zurück.*

Eira

Prolog

Tief in mir stirbt gerade ein Traum. Weiß wie Schnee war meine Hoffnung, aber sie gehört mir nicht mehr. Seine Augen blicken mich an, doch alles, was ich darin sehe, ist die Flamme. Züngelnd erinnert sie mich daran, dass der Tod bereits hinter mir steht und mit seinen knochigen Armen nach mir greift. Er wartet gierig auf meine Asche, denn durch sie entsteht der neue ewige Phönix. Unwirkliche Laute dringen durch den Wattenebel zu meinen Ohren. Dieser umhüllt mich gerade gnädig, und hält den Gräuel zögerlich fest. Wie lange dauert es noch? Niemand kann es mir sagen.

Tastend greife ich nach deiner feingliedrigen Hand. Das Versprechen, mich immer zu halten, zerbröselt in diesem Augenblick wie Sandstein im Sturm. Heißer Atem streift mich, doch mein Herzensgefühl flattert verloren im Wind. Wieso spüre ich dich nicht mehr? Die Zerstörung in mir hält mich seit Monaten fest im Griff. Erstickt Gefühle und schaukelt mir ein Trugbild vor. Weißummantelte peinigen mich mit lebensspendenden Elixieren, verlängern dadurch mein Leid.

Doch alles, was ich noch wahrnehme, ist der bittere Geschmack der Wahrheit. Jetzt muss ich mich den Tatsachen stellen und meine Endlichkeit annehmen. Bevor die Ewigkeit ihre schwarzen Schatten über mich stülpt und alles von mir auslöscht, blicke ich noch einmal auf mein Leben zurück. Manches sehe ich nun in einem völlig anderen Licht. Aber darin gibt es auch Besonderheiten, die ich erst jetzt verstehe.

Bleibt mir für weitere Erkenntnisse noch Zeit? Bist du wirklich bis zum Ende für mich da?

ustherapiert: Dieses Wort lässt mich nicht mehr durchatmen, überschwemmt meine Gefühlswelt mit Angst. Aber nicht nur die unbesiegte Erkrankung macht mir zu schaffen, sondern vor allem die unbezahlten Rechnungen bestimmen meinen Alltag. Zu wenig Zeit, um alles zurückzuzahlen, bis ich für immer die Seiten wechsle. Ständig flattern Briefe der Bank in meinen Postkasten, um mich an das zu erinnern, was mit mir passiert. Wie soll ich die Raten für den Kredit bezahlen? Meine ganze Hoffnung beschränkte sich auf diesen Privatarzt. Der Beste soll er sein auf seinem Gebiet, doch bei mir haben er und seine Medizin kläglich versagt. Der Tumormarker in meinem Blut zeigt es an. Und meine ständigen Kopfschmerzen signalisieren pochend und laut, dass nicht alles zum Besten steht. Schön langsam verlässt mich der Mut. Die Freude am Leben hat leider seit Monaten Reißaus genommen. Oder sich gut versteckt, hinter dem Tumor in meinem Gehirn. Jetzt bin ich nur mehr ein Häuflein Elend. Zumindest deutet dies der Kellner in meinem Lieblingslokal an, denn nicht einmal hier schmeckt mir das Essen. Alles kommt mir schal, geschmacklos und andersartig vor. Nichts ist mehr so, wie es war. Starke Gerüche widern mich an, Appetithäppchen bleiben mir fast im Halse stecken. Abgestumpft und träge wandern meine Gedanken auf verlorenen Wegen. Gibt es noch einen Grund, hierzubleiben? Auf diesem beschwerlichen Erdenweg weiterzugehen? Wenn ich doch nur meinen finanziellen Engpass lösen könnte. Um endlich Ruhe zu finden, für die wesentliche Dinge Zeit haben, um zu einem würdevollen Abschluss zu kommen.

Um mich abzulenken, greife ich nach der Zeitung. Immer schon war es ein beliebtes Mittel für mich, über andere Schicksale zu lesen. Wie ein hilfreiches Rezept, wenn es mir schlecht ging. Je grausamer das Schicksal für andere zuschlägt, umso kleiner kommt mir mein eigenes Problem vor.

So wie nach dem plötzlichen Tod meiner Mutter, denn sie war die wichtigste Person in meinem Leben. Meinen Erzeuger hingegen habe ich nie kennengelernt. Doch sie war immer für mich da, in guten wie in schlechten Zeiten. Plötzlich gab es sie nicht mehr. Keine Berührungen mehr, keine Stimme, die meinen Namen ruft: *Sunniva, das Geschenk der Sonne.* Seit langem spricht ihn niemand mehr aus. Recht und schlecht schlage ich mich alleine durch. Um mich von der eigenen Misere abzulenken, begann ich nach diesem großen Schock zu lernen. Ein Studium, dann noch eines, Abendkurse und Wochenendseminare bestimmten von nun an mein Leben. Ich saugte alles auf, was an Informationen angeboten wurde. Nun sitze ich todkrank in einem Café und ergötze mich am Leid fremder Menschen. Um mich selbst nicht zu spüren. Armselig und unreif komme ich mir vor, trotz meines umfangreichen Wissens. Und dem genialen Talent für die Interpretation von Bildern, für das ich inzwischen weltweit bekannt bin. Von nah und fern bekomme ich Aufträge. Denn nur ich kann mich in diesen Ausschnitt der Dimension hineinversetzen, den das gemalte Werk zwischen den Holz- und Keilrahmen ausstrahlt.

Nur jetzt bin ich stumm. Seit zwei Wochen habe ich alle Aufträge abgesagt. Das Reisen fällt mir immer schwerer, die Menschen um mich herum strengen mich an. Bei der letzten Kernspintomographie sah ich den Tod winkend in meinem Schädel sitzen. Irgendwie komisch, wenn das meine letzte Bildinterpretation sein sollte. Nie hätte ich mir gedacht, dass ein medizinisches Abbild von mir alles in mir auslöschen könnte. Mein Talent, meine Lebensfreude und vor allem meine Gesundheit. Von der verwundeten Seele ganz zu schweigen.

Um diesen herabziehenden Gedanken zu entkommen, lenke ich bewusst meine müden Augen zu den Anzeigen. Klein gedruckt warten sie geduldig, von lesenden Gästen erfasst zu werden. Beharrlich stehen hier die Buchstaben wie Soldaten, die auf einen Befehl warten. Auch ihre Lebensdauer hängt an einem seidenen Faden, genauso wie mein Leben. Wie skurril meine Gedanken hin- und herfliegen. Was ist bloß aus mir geworden? Eine schwere Erkrankung verändert nicht nur den Körper, spielt mit deinen Nerven Schlagzeug, sondern baut vor allem eine unsichtbare Wand zu deinen sozialen Kontakten. Von einer Minute auf die andere mutieren deine Freunde und Arbeitskollegen entweder zu Pseudopsychologen oder werden plötzlich stumm. Weichen den Blicken aus und erfinden tausend Ausreden, um ja nicht auf das Thema Krankheit zu kommen.

Mein Blick schweift gerade zu einer fett gedruckten Anzeige, die dadurch in mein Auge sticht. Sofort fällt sie mir mit ihrer Wortwahl auf und fasziniert durch die direkte Sprache.

Suche schwerkranke Person, die nichts mehr zu verlieren hat. Übernehme alle offenen Schulden als Bezahlung für einen besonderen Dienst.

Mir erscheint, als ob diese Annonce geradezu auf meine Situation zugeschnitten ist. Meine Neugier ist geweckt und inspiriert von diesen Buchstaben, beschließe ich, mich spontan zu bewerben. Schnell ist die Anzeige mit dem Handy abfotografiert, damit die Chiffrenummer auch hundertprozentig stimmt. Ich kann es kaum erwarten, bis der Kellner kassiert hat. Gleich danach stürme ich mit offenem Mantel aus diesem Gebäude. Irgendetwas hat sich verändert, aber erst zuhause, als ich die Bewerbung bereits abgesendet habe, kommt der Geistesblitz hervor. Ein Funken Hoffnung lebt wieder in mir auf, eine Zukunft. Zwar noch ungewiss, doch sie bringt gewisse Seiten in Schwingung, die mich beleben. Gewissenhaft halte ich diesen Funken in mir fest, mit meinem jungen Körper und meiner uralten Seele.

»**S**preche ich mit Frau Sunniva Kondor?«

Der tiefe Basston vibriert sogar durch das Telefon nach.

»Ja, das bin ich.«

Meine Stimme klingt unsicher, denn ich weiß noch nicht, was mich nun erwartet.

»Sie haben sich auf meine Anzeige hin beworben. Wie Sie sich vielleicht denken können, ist die Sache, um die es mir geht, nicht gesetzeskonform. Daher bleibe ich lieber anonym. Von mir würden Sie lediglich die Instruktionen bekommen.« Eine kleine Pause lässt mich den schnellen Atem des Mannes am Ende der Leitung wahrnehmen. »Es geht um den Raub eines Bildes.«

Wieder das gleiche Spiel mit der erzwungenen Pause. Der macht es wirklich spannend. Habe ich richtig gehört? Ich soll stehlen, ja was denn?

»Wann, wo, was und warum?«

Ein Lächeln legt sich auf meine Gesichtszüge. Wie verrückt klinge ich durch diese kurzen Fragen. Als ob ich jemals etwas gestohlen hätte. Mir fällt außer Bleistiften aus den Kunststudios nichts dazu ein. Die habe ich auch nur mitgenommen, da ich Notizen zu machen hatte. Bei den geschlossenen Sicherheitstüren in den Museen gab es auch keine Möglichkeit, sie wieder zurückzulegen. Dies zu meiner Entschuldigung, die eigentlich eine Rechtfertigung ist.

»Sind Sie noch da und daran interessiert?«

Ich höre nun eine kleine Unsicherheit heraus. So selbstbewusst er gerade vorhin noch geklungen hat, überrascht mich diese unterschwellige Angst, die ich wahrnehme.

»Ja, ich bin noch dran. Bitte beantworten Sie meine Frage. Außerdem gibt es von meiner Seite noch Ungeklärtheiten. Wie wollen Sie bezahlen, wenn Sie anonym bleiben? Kann ich mir sicher sein, dass Sie ihre Versprechen auch halten und mich nicht später auffliegen lassen?«

»Ich spüre, Sie sind an meinem Angebot interessiert. Darf ich fragen, an welchem Krebs Sie leiden?«

Ein lauter Lacher unterbricht seinen Redefluss. Was ist das bloß für ein Mensch, der bei der Frage nach einer unheilbringenden Erkrankung auflacht? Eine morbide Stimmung schleicht sich bei mir ein, mit einem Gefühl, ähnlich wie es in einem Gruselkabinett vorkommt. Hallo, es geht um meinen frühzeitigen Tod, dem ein langes schmerzhaftes Siechtum vorauseilt. Wie makaber kann es noch werden?

»Sind Sie auch in der Lage, den Raub durchzuziehen? Von meiner Seite aus wird alles geregelt sein, bevor Sie das Bild liefern. Das heißt im Klartext, dass die Hälfte Ihres Schuldenstandes vorher gedeckt wird. Nach der Auslieferung des Bildes erlischt die zweite Hälfte. Steht nun der Deal?«

Mit gerunzelter Stirn schüttle ich meinen Kopf zu einem klaren *Nein*. Eine Frechheit sondergleichen ist das von diesem Unbekannten. Beantwortet keine Fragen, sondern überschüttet mich mit Regeln und Pflichten.

»Hören Sie mal«, beginne ich anzuknüpfen, »wer sagt mir, dass alles stimmt, was Sie hier erzählen?«

Jetzt bin ich in Fahrt gekommen.

»Nur weil Sie Geld haben, heißt das noch lange nicht, dass Sie über mein Leben bestimmen können.«

Dem habe ich es aber ordentlich gegeben. Zufrieden mit meinem Statement spitze ich meine Ohren.

»Haha, Ihr Leben! Haben Sie bereits vergessen, was Sie in sich tragen? Einen Tumor im Gehirn, der bereits taubeneigroß ist. Ihre voraussichtliche Lebensdauer beträgt noch zwei bis sechs Monate. Schulden in Höhe von achtzigtausend Euro, von dem Rückstand der Zinsenzahlung ganz abgesehen. Die Wohnung in der Birkenallee ist für Sie viel zu teuer und Sie stehen völlig alleine und mittellos auf der Welt, die nicht mehr lange ihr Wohnort sein wird. Sie haben schlechte Karten, meine Liebe.«

Entsetzt starre ich in mein Spiegelbild in der Fensterscheibe. Wie kann es sein, dass dieser Typ alles von mir weiß? Eine Gänsehaut überzieht meinen gesamten Körper. Gruseliger geht es wohl kaum.

»Was wollen Sie von mir?«

Meine Kleinmädchenstimme legt das Tief meines Selbstbewusstseins auf das offene Tablett. Serviert es ihm, ohne einen Funken Anstand einzuhalten.

»Am Freitag, dem dreizehnten November, werden Sie vormittags die kleine Ausstellung am Minoritenplatz besuchen. Sie ist in der Kunstszene noch so unbedeutend, dass Sie leicht nach einem Toilettenbesuch darin die Nebentür öffnen können. Im besten Fall mit einer kleinen Karte. Danach klemmen Sie ein kleines Stück Blech am Boden zwischen die Türen. Schlendern Sie dann unauffällig durch die Ausstellung und gehen Sie anschließend sofort heim. Am Abend, kurz vor zweiundzwanzig Uhr, treffen Sie schwarz gekleidet vor dieser Tür ein. Sie brauchen weder ein Auto noch ein Fahrrad. Das Bild ist nicht sehr groß und passt perfekt in einen mitgebrachten Papiersack eines Discounters. Vorher wickeln Sie es in einen großen Plastiksack, damit keine Feuchtigkeit zum Bild durchdringen kann.«

Kurz räuspert sich der gesichtslose Mann am Telefon, bevor er weitere Instruktionen ausspuckt.

»Es gibt keine Alarmanlage, denn die Bilder wurden von bedeutungslosen Anfängern gemalt. Die Versicherungssumme würde den Wert weit übersteigen. Und der Aussteller ist ein krankhafter Geizhals.«

Klirrend bricht das Lachen aus dem Lautsprecher des Handys.

»Das wäre alles. Kein Licht, nur eine Taschenlampe ist erlaubt. Von Ihrem vorherigen Besuch kennen Sie dann die Räume bereits bestens. Ach ja, das Gemälde. Es wird unter dem Namen *Ewiges Manifest* ausgestellt und ist vorwiegend in der Farbe Weiß gehalten. Noch Fragen?«

»Wohin soll ich das Bild bringen? Und wie nehme ich wieder Kontakt mit Ihnen auf?«

Auch ich halte mich nun kurz.

»Gleich nach dem Diebstahl gehen Sie bis zur kleinen Kirche an der Ecke des Platzes. Eine Frau wartet dort beim Seiteneingang auf den Stufen auf Sie und auf das Bild. Wechseln Sie keine Worte mit ihr. Sie ist nur eine stumme Botin. Ein weiterer Kontakt ist nicht mehr notwendig. Sie können am Nachmittag des besagten Tages ihr Konto prüfen und werden feststellen, dass ich die Hälfte überwiesen habe. Den Rest bekommen Sie automatisch nach der Prüfung des Bildes. Ich werde natürlich testen, ob es auch das Richtige ist und unbeschädigt übergeben wurde.«

Nun atme ich tief durch. Das hört sich nicht wirklich schwierig an. Jedoch ist es mir ein Rätsel, wieso dieses kleine Bild von einem unbekannten Maler achtzigtausend Euro oder mehr wert sein soll. Ich zucke mit meinen Schultern, denn mit einem Schlag wäre ich meine Schuld auf der Bank los für diesen kleinen Dienst. Bei meiner kurzen Lebenszeit brauche ich eine Verurteilung auch nicht zu fürchten, selbst wenn ich erwischt werde.

»Okay, ich mache es.«

Mir ist, als ob ein Stein von meinen Schultern herabfällt. Aufregung pulsiert durch mich und bringt einen gewissen Nervenkitzel mit. So lange schon habe ich mich nicht mehr gespürt, da ist es eine Wohltat, dies zu fühlen. Mein Gewissen habe ich lahmgelegt. Das darf vorerst ruhen. Mal sehen, wie es mir danach geht, ob ich jahrzehntelange Verhaltensmuster sofort untergraben kann. Aber ich habe wenig zu verlieren, jedoch viel zu gewinnen.

»Abgemacht! Sie werden es auf keinen Fall bereuen ...!«

Die darauf folgende Stille in der Leitung verblüfft mich fast. War dies alles nur ein Traum?

Die ganze Nacht beschäftigt mich dieses Gespräch. Woher wusste der Mann so viel über mich? Wieso konnte er sich so sicher sein, dass ich auf diese Anzeige antworten würde? Dies alles kann kein Zufall sein. Irgendwie ist er mit der Kunstszene vertraut.

Haben wir uns etwa schon persönlich getroffen? Ist er wirklich von meinen Fähigkeiten überzeugt, trotz meines Hirntumors? Viel zu spät schlafe ich ein. Meine Träume sind wirr und spiegeln die Ängste und Unsicherheiten wider. Schließlich übermannt mich doch die Müdigkeit und breitet den Schlaf über mich aus. Bis hinein in den nächsten Vormittag.

Was für eine Nacht liegt hinter mir. Im Traum befand ich mich in einem Gerichtssaal. Eingeklemmt zwischen zwei Herren im Anzug, die bedrohlich gestikulierten. Ihre Gesichter waren nicht erkennbar, doch ständig zogen Schlieren über uns wabernd umher. Hinter mir eine tobende Menge, die unablässig nur eines schrie: *Tod durch Erhängen!* Warum ich allerdings angeklagt wurde, war für mich nicht greifbar. Habe ich tatsächlich das Bild gestohlen? Aber warum war das ein Kapitalverbrechen, wodurch mein Tod gefordert wurde? Meine größte Angst spiegelt sich in diesen Bildern wider. Seit meiner Kindheit habe ich Schluckprobleme. Besonders dann, wenn es eng wird für mich. Ich keinen Ausweg sehe, mich ungerecht beurteilt fühle oder einfach Angst habe. Erst durch ruhiges Durchatmen löst sich der Knoten im Hals. Leider nicht immer. Wie ich solche Attacken überstehe, weiß ich oft selbst nicht.

Es ist bereits später Vormittag. Von draußen höre ich gedämpft durch die zweifache Verglasung meiner Fenster den Verkehr. Seit vielen Jahren wohne ich hier, kann mir keine ruhigere oder größere Wohnung leisten. Der Vermieter weiß das und nutzt meine Lage aus. Stetig erhöht er die Nebenkosten, denn die Miete ist vom Gesetz her reguliert. Neuerdings muss ich auch noch alle vierzehn Tage das Stiegenhaus putzen. So erspart er sich zusätzliche Kosten und es bleibt ein schönes Stück Geld mehr in seinem Geldsäckchen.

Manchmal juckt mich das überhaupt nicht. Heute allerdings finde ich es zum Kotzen. So vieles schwappt bei mir über und ich finde mich nicht zurecht. Tröstlich erscheint es mir, dass ich dieses Theater nicht mehr lange mitmachen muss. Tumorbehaftete Zellen haben auch ihr Gutes. Zu verlockend erscheint mir in diesem Moment die Aussicht, mich nie mehr mit diesen Unzulänglichkeiten herumschlagen zu müssen. Gedankenverloren richte ich meinen Oberkörper auf. Lasse die Füße vom Bett herunter baumeln, damit mein Kreislauf etwas in Schwung kommt. Blitzartig kommen die Kopfschmerzen, sobald ich mich bewege. Daher versuche ich, den Augenblick vor dem Aufstehen möglichst lange hinauszuzögern.

Um mich abzulenken und auf andere Gedanken zu kommen, beschäftige ich mich nur mit dem, was notwendig ist. Aufstehen, langsam in die Gänge kommen, Zähneputzen und Katzenwäsche sind Dinge, die alle Menschen, egal ob gesund oder krank, frühmorgens machen. Alles wirkt auf mich normal und gibt mir Kraft in den Momenten, wo ich merke, dass mit meinem Kopf etwas ganz und gar nicht stimmt. Erst als ich in den Badezimmerspiegel starre, bemerke ich die kleinen Krähenfüße neben meinen Augen. Sorgenfalten nenne ich sie, entstanden durch das ständige Zusammenkneifen der Augen, weil mir das Licht Schmerzen bereitet. In meinem Alter sollte hier noch keine Falte erkennbar sein. An meinem Körper ist die Haut jedenfalls noch immer straff und jugendlich glatt. Kurz vor meinem Tod wird das anders aussehen. Mein Appetit ist bereits geschrumpft und ein leichter Gewichtsverlust macht sich auch bemerkbar.

Verwirrt suche ich in meinem Schrank nach dem blauen Lieblingsshirt. Wo hat es sich bloß versteckt? Durch den ständigen Druck im Kopf vergesse ich viele einfache Dinge. Auch meine Orientierung lässt zu wünschen übrig. Hat dieser Mann gestern am Telefon nicht gefragt, ob ich überhaupt noch fähig bin, dieses Bild zu stehlen? Beantworten kann ich dies nicht wirklich. Möchte ich aber diese Malerei entwenden, dann sollte mich mein Gewissen nicht zusätzlich erdrücken. Daher muss ich für mich klären, ob ich das auch will. Schon in jungen Jahren war ich nicht immer sehr entschlussfähig. Mit meinem Denkergehirn zerlegte ich spezielle

Fragen in zwei Seiten, die Guten und die
Schlechten. Löst das Positive mein Problem
und wenn ja, wie? Belastet mich das Negative, kommt irgendwer zu Schaden? Na ja, so
ein Bild von einem unbekannten Maler mit
wenig Wert kann keinen Weltuntergang aus-
lösen. Ärger über den Verlust aber sehr wohl,
besonders bei dem Besitzer. Ich persönlich
empfinde den Schaden als klein. Nicht würdig, mich deshalb selbst zu verurteilen oder
gar aufzuhängen, wie in meinem Albtraum.

In meinen Händen halte ich das gesuchte
T-Shirt. Ohne es zu bemerken, nur mit meinem Unterbewusstsein, finde ich immer noch
meine Sachen. Das beruhigt mein Herz.
Dankbar über den kleinen Erfolg schnappe
ich meine Lieblingsjeans und ziehe mir beides über. Aber erst, als der Kaffeegeruch sich
ausbreitet, komme ich im neuen Tag an.
Ohne viel zu schmecken, zerkaue ich langsam das belegte Brötchen. Das schwarze Ge-
bräu dazu brauche ich, um jeden Bissen hinunterzuspülen. Denn bei dem Gedanken an
den bevorstehenden Diebstahl verengt sich
wieder mein Hals. Energisch schiebe ich die
Gedanken fort. Noch habe ich zwei Wochen
Zeit zum Überdenken der Lage. Um wieder
Herr meiner Gefühle zu werden, suche ich
mir die Öffnungszeiten der Ausstellung heraus. Sie wurde bereits vor zwei Tagen eröff-
net, ergeben meine Recherchen. Farbenfroh

zeigt das beigefügte Bild einige Werke daraus. Bereits heute Nachmittag könnte ich einen Blick darauf werfen.

Um meine Nerven zu beruhigen, beschließe ich spontan, mir bereits heute einen Vorgeschmack zu holen. Mein Kalender zeigt keine Untersuchung an, daher erscheint es mir vorteilhaft, von der Ausstellung einen ersten Eindruck zu gewinnen. Bei dieser Gelegenheit kann ich mir die Zeit nehmen, um einzutauchen in die Energie, die dieses Werk ausmacht. Ein Scannen der Gefühle des Künstlers, die beim Malen entstehen. Genauso machen es die weiß gekleideten Ärzte bei mir und meinem, nicht von mir eingeladenen, Tumor. Wenn sie mir ihre Überlegenheit durch die oft arroganten Gesichtsmienen präsentieren. Oder ihre Hilflosigkeit angesichts meiner unheilbaren Erkrankung verstecken. Das kann nicht verboten sein. Nun fühle ich mich gleich ein wenig leichter, denn der Entschluss ist gefasst.

Es bleibt mir noch Zeit zum Totschlagen, daher löse ich schnell ein paar Buchstabenrätsel aus der aktuellen Tageszeitung. Jeden Morgen, pünktlich um acht Uhr, legt sie die Nachbarin auf meinen Fußabstreifer vor die Wohnungstür. Ein stummes Abkommen, denn ihr Mann kommt um fünf Uhr früh, nach der Nachtschicht, nach Hause und nimmt sie vom Kiosk mit. Bevor seine bessere Hälfte zur Arbeit geht, werden die bereits gelesenen Druckseiten mir anvertraut. Ob sie auch nach meinem Tod diese Angewohnheit bei meinen Nachmietern fortführen? Bis zum heutigen Tag wissen sie auf jeden Fall nichts von meiner dunklen Zellansammlung. Schnell verbiete ich mir selbst, darüber nachzudenken. Es zieht mich nur herab und beschwört neue Ängste herauf. Gewohnheitsmäßig blättere ich nun zu den Kleinanzeigen. Suchend streifen meine Pupillen über diese meist chiffrierten Buchstaben. Unbewusst erwarte ich, diese eine spezielle Kleinanzeige des Unbekannten noch einmal zu finden. Vielleicht traut auch er mir nicht und versucht es bei jemand anderem? Doch ich werde nicht fündig. Alles Mögliche wird gesucht oder verkauft. Jedoch ist in keinem Absatz von Bildern die Rede. Oder von Personen, die eine unheilbare Krankheit mit sich schleppen. Fehlanzeige, aber irgendwie beruhigend für mich. Anscheinend bin ich wirklich noch im Rennen.

Die Zeit ist schnell vorbei. In wenigen Minuten mache ich mich auf, um zu dieser Ausstellung zu gelangen. Dabei werde ich auf meiner Uhr prüfen, wie lange ich für den Weg dorthin brauche. Um spätere, eventuell auftretende Probleme oder Verzögerungen gleich im Keim zu ersticken. Freundlich zeigt sich das Wetter, ohne von meinen düsteren Gedanken zu ahnen. Kann man mir eigentlich vom Gesicht ablesen, was ich im Schilde führe? Als Kind glaubte ich immer, dass jedes Missgeschick und auch noch die kleinste

Lüge einen besonderen Gesichtsausdruck hinterlässt. Wie eine Landkarte, auf der meine Charaktereigenschaften penibel verzeichnet sind. Auch ohne die Gabe der Empathie kann dann jeder Mensch, der mir begegnet, wie aus einem Buch aus mir lesen. Bis ich entdeckte, dass ich mich immer selber verraten habe und niemand mein Lebensbuch kennt. Meine Worte purzelten verräterisch aus dem Mund und legten alles offen, was meine Seele bedrückte. Tief atme ich ein und puste die Erinnerung von mir weg. Die klare Luft sorgt für eine kurze Zeitspanne, ohne dass ich den üblichen Schmerz wahrnehme. Auch der Druck hinter meiner Stirn scheint gerade in der Kaffeepause zu sein.

»Hey Sunniva! Lang nicht mehr gesehen. Wohin treibt dich das schöne Wetter?«

Übertölpelt sehe ich in das hübsche Gesicht meiner ehemaligen Studienkollegin. Wenn mir nur bloß noch ihr Name einfallen würde, dann wäre ja alles gut.

»Nur ein kleiner Spaziergang, weil das Wetter so schön ist.«

Eine bessere Ausrede fällt mir nicht ein. Ich will möglichst jede Verbindung im Vorhinein verhindern, die als Beweis nach dem Raub entstehen könnte. Selbst wenn sie noch so klein und unbedeutend erscheinen mag.

»Tut mir leid, ich habe es eilig. Mein Freund wartet auf mich. Ansonsten höre ich wieder von ihm, dass alle Leevkes zu spät kommen.«

Das war also ihr Name: Leevke. Selten kommt er vor, daher erscheint mir ihr Freund mit dieser Annahme ein wenig komisch zu sein. Kichernd winkt sie mir noch zu. Schnell schicke ich ein Dankgebet an meine Mama, für die gelungene Auswahl meines Namens. Wie abscheulich, wenn auf meinem Grabstein *Hier ruht Leevke* stehen würde. Bei dem Gedanken verziehe ich meinen Mund nach unten.

»Bis bald einmal.«

Der leichte Sommermantel, der ihre tollen langen Beine umspielt, streift noch meine Hand, bevor sie mit großen Schritten in die entgegengesetzte Richtung stürmt. Ihren naiven Blick kann ich nur mehr erahnen.

Pah, das ist nochmals gut gegangen. Inzwischen befinde ich mich vor dem Eingang der Ausstellung und sehe auf meine Armbanduhr. Wie gut, dass mein Erinnerungsvermögen mich heute nicht im Stich lässt. Zweiundzwanzig Minuten habe ich gebraucht. Mit Abzug der zwei Minuten, in denen mich Leevke aufgehalten hat. Nur wenige Leute stehen bei der Kasse an. Um auch hier keine Spuren zu hinterlassen, an die sich die Angestellte später erinnern könnte, zahle ich den Eintritt bar. Den durch die kleine Öffnung in der Scheibe herausgereichten Folder über die Ausstellungsstücke nehme ich mit eingezogenem Kopf entgegen. In diesem Augenblick durchfährt mich ein stechender Schmerz in der Schläfe. Nicht zum ersten Mal erschrecke ich über die Intensität, mit der mich der Tumor erinnert, dass meine Lebensuhr tickt. Unaufhörlich, ohne Rücksicht auf mein junges Lebensalter zu nehmen. Aber davon lasse ich mich auf keinen Fall unterkriegen. Bis zuletzt werde ich darum kämpfen, meine letzten Lebenswochen so zu verbringen, wie ich es möchte. Wenn möglich mit ein wenig Geld zur Verfügung und einem getilgten Schuldenberg. Daher mache ich mich sogleich auf und orientiere mich mit Hilfe der Bildbeschreibungen. Abgebildet ist das gesuchte Werk zwar nicht, jedoch ist der Platz dafür mit einem kleinen Rechteck und dem Bildnamen versehen. Geduldig reihe ich mich hinter zwei älteren Männern ein, indem ich mit kurzem Abstand hinter ihnen herlaufe. Sie bleiben ohnehin nie lange stehen. Dadurch vergrößert sich die Distanz zu ihnen, und bald sehe ich niemanden mehr in diesem Raum. Auch nach mir wirkt es hier leer. Zu dieser Zeit ist die Ausstellung nicht wirklich gut besucht. Das kommt mir sehr entgegen.

Ungestört betrachte ich ein Bild nach dem anderen. Falls doch irgendwo Kameras mitfilmen, fällt es dann später nicht auf. Eigentlich muss ich keine Aufmerksamkeit heucheln, denn überraschenderweise habe ich echtes Interesse an vielen dieser Kunstwerke hier. Modern und unkonventionell zeigen sie mir viele verschiedene Seiten der Malerei. Da wäre das eine oder andere Werk, wo ich mir vorstellen könnte, es öfter zu Hause anzusehen, wenn es an meiner Wand hinge.

Beim Betreten des mittleren Raumes fällt mir sofort eine betagte Frau auf, die fasziniert, auf einem der Stühle sitzend, die Wand betrachtet. Ihre Hände sind gefaltet, als ob sie beten würde. Auch der Gesichtsausdruck wirkt abgeklärt und nicht von dieser Welt. Mit zusammengekniffenen Augen versuche ich zu sehen, was die Frau auf der Wand anstarrt. Doch ich nehme nur ein Weiß wahr, denn die Fläche des Kunstwerkes scheint sehr klein zu sein. Das könnte mein gesuchtes Bild sein. Aber was fasziniert diese Dame so daran? Langsam schlendere ich hinter ihr vorbei, um sie nicht zu stören in ihrer sakralen Betrachtungsweise. Plötzlich, bevor ich mich abwenden kann, springt sie auf und starrt mir entsetzt in die Augen. Weit aufgerissen wirken sie nun, als ob ihr ein Geist begegnet wäre.

»Haben Sie das auch gesehen?«

Zittrig und schwach klingt ihre Stimme.

»Und dann dieser innere Strom in mir. So etwas habe ich noch nie erlebt!«

Ihre silbernen Löckchen schwingen mit der Kopfbewegung mit. Tiefe Krater weist auch die Stirn auf, doch die Augen haben eine starke Ausdruckskraft. Grün wie ein

Bergsee strahlen sie aus ihrem gealterten Gesicht. Früher einmal ist sie sicher attraktiv gewesen und hat jede Menge Männer damit betört. Mit fahrigen Bewegungen sucht sie ihre Tasche und geht mit gebeugter Haltung schnurstracks zum Ausgang. Der letzte Raum scheint sie nicht mehr zu interessieren. Vielleicht hat sie sich erschreckt oder eine Erinnerung hat sie getriggert? Mit solchen Dingen kenne ich mich bestens aus.

Die Familie, die ebenfalls im Ausstellungsraum war, öffnet gerade die Tür zum letzten Teil der Galerie. Mein Rundumblick zeigt an, dass ich mir nun Zeit lassen kann. Doch den Stuhl, den die alte Dame benutzt hat, schiebe ich weg und hole mir aus der Mitte des Raumes einen neuen. Dieses Verhaltensmuster, sich nie auf einen benutzten Stuhl zu setzen, zumindest fünf Minuten lang nach fremder Benützung, habe ich mir selbst angewöhnt. Auraschichten, die energetischen Hüllen, die uns unsichtbar ummanteln, lassen Reste dieser Energie zurück. Erst nach gefühlten Minuten wandeln sie sich wieder in neutrale Energie um. Immer schon konnte ich belastende Emotionen oder Schmerzen von anderen Mitmenschen spüren, wenn ich ihren Sitzplatz ohne Zeitverzögerung einnahm. Momentan brauche ich alle Kraft aber für mich allein. Denn der Tumor fordert viel Energie von meinem Körper, damit er ungestört seine Monopolstellung behaupten kann. Jede

Energiespende meinerseits führt zu Schwindelanfällen und verschwommenen Sichtfeldern. Also halte ich mich streng an diese Regel. Um noch möglichst lange selbstbestimmt zu leben.

Langsam lasse ich mich auf die rot gepolsterte Sitzfläche des Designersessels nieder. Meine Beine strecken sich von alleine nach vorne und genießen diese kleine Auszeit. Verwirrt sehe ich auf das relativ kleine Bild vor mir. Auf den ersten Blick entdecke ich nichts Besonderes daran. Je länger ich es aber betrachte, desto mehr heben sich Schichten davon ab und werden dreidimensional. Sehe ich das wirklich gerade entstehen, oder spielt mir mein Kopf mit seinem mystischen Untermieter wieder einmal einen Streich? Immer noch drängt sich ein Teil davon in meine Richtung vor. Und das, obwohl auf Farben gänzlich verzichtet wurde. Nur Weiß und gräuliche Umrandungen und Sprenkel kann ich sehen. Um tiefer darin einzutauchen, fokussiere ich mich auf das, was an Form erkennbar ist. Wenn mich nicht alles täuscht, blickt mir ein Gesicht entgegen.

Was um alles in der Welt ist da los? Bevor ich mir hundertprozentig sicher bin, verschwimmt alles vor meinen Augen. Ein Strom von Energie erreicht mich und löst meine innere Alarmanlage aus. Nicht mit einem schrillen Ton, sondern mit einer Welle von Schmerz. Fest presse ich meine Augenlider zusammen, um dieses Empfinden, ohne dabei zu schreien, auszuhalten. Türkise Flecken erscheinen trotz meiner geschlossenen Augen vor mir, und sie blitzen immer wieder grell auf.

Unsicher, ob ich mich alleine erheben kann, bleibe ich in dieser Stellung und versuche, in die Schmerzattacke hinein zu atmen. Es gelingt mir nur leidlich, aber zumindest hört dieser lästige Schwindelanfall auf. Vorsichtig blinzle ich ein wenig, um festen Boden unter meine Füße zu bringen. Genauso schnell, wie alles begonnen hat, ist es wieder verschwunden. Zurück bleibt der schale Geschmack einer unbestimmten Angst. Es wäre doch möglich, dass dies eben gar nichts mit meiner Erkrankung zu tun hatte. Sondern mit dem Bild, denn auch die Frau vorhin hatte einen sehr besonderen Gesichtsausdruck und eine rasche Flucht in Betracht gezogen.

Ich versuche, mich daran zu erinnern, was ich gesehen habe, bevor mich dieser weltumfassende Schmerz in die Knie gezwungen hat. Genau, es war das dreidimensionale, sehr echt wirkende Porträt eines Mannes mit weiblichen Zügen vor mir auf dem Bild. Mit einem riesigen Schmerz, der direkt von seinen verhangenen Augen auf mich herabströmte. Dieses Gesicht kenne ich, denn überall, wo Religion gepredigt wird, ist es abgebildet. Wenn ich mich doch erinnern könnte, um wen es sich dabei handelt. In meinem Gehirn rasen die Gedanken um die Wette. Doch kein erlösender Name taucht auf. Lichtgestalten werden außerdem von Menschen völlig anderes gesehen, als sie wirklich sind. Diese Energieanhäufungen würden wir nicht wahrhaben, daher wählen diese Wächter der Ewigkeit vertraute Formen, die uns Menschen geläufig und sympathisch sind. Genial müssen sie sein, wenn sie uns so täuschen können.

Wo dieses Antlitz eben noch sehr präsent war, ist außer einem undefinierbaren Rand nicht mehr viel zu sehen. Mysteriös und unglaublich wirkt das Ganze auf mich. Obwohl ich mich selbst fast als Atheistin bezeichne, beschäftigt mich diese Seelenlandschaft und die universelle Ebene sehr. Wer von uns Menschen hat sich noch nie damit beschäftigt, was nach unserem Tode passiert? Wiedergekehrte, die nach Unfällen hirntot waren, berichten von Nahtoderlebnissen, von Lichttunneln und Erscheinungen in Menschengestalt. Auch von unendlicher Liebe und Annahme predigen sie, wie früher es die spanischen Mönche als Eroberer und Missionare taten. Obwohl die nicht immer Gutes im Sinne hatten. Wer sich vor Jahrhunderten nicht unterordnete und den neuen Göttern huldigte, wurde gnadenlos massakriert, unter dem Deckmantel der heiligen Religion. Auch im Mittelalter erlitten unzählige kluge Kräuterfrauen ihren extrem schmerzhaften Tod auf dem Scheiterhaufen. Durch gebildete

Anhänger der Kirche, die unter Sinnesverwirrung, Täuschung und Wahnsinn litten. Von Lust getrieben, die sie nie öffentlich ausleben durften. Selbst abergläubisch, suhlten sie sich im Leid dieser armen, hilflosen Kreaturen, wenn sie unter großem Spektakel verbrannten.

Und dieses Bild soll ich stehlen? Wer weiß, was da auf mich zukommen kann. Doch habe ich eine Wahl? Solange niemand davon erfährt, was für eine Wirkung dieses Erlebnis auf mich und andere Menschen hat, ändert sich nicht viel. Von einem bedeutungslosen Mann gemalt, der nicht einmal auf eine Kunstakademie gegangen ist und in der Kunstszene ein unbekanntes Dasein fristet. Um die Signatur besser entziffern zu können, gehe ich sehr nahe an die Wand. *J. 2025* steht sehr klein darauf. Wer auch immer du bist, *J.,* du trägst ein Geheimnis mit dir. Und ich werde es entdecken. So sicher, wie mich dieser Tumor umbringt.

Langsam und zielsicher gehe ich in die Zielgerade meines Lebens. Aber in dieser Zeit habe ich nicht vor dahinzuvegetieren, sondern möglichst viel in mich aufzunehmen. Zu erleben, wie sich das Leben anfühlt, wenn es viel intensiver und bewusster gelebt wird. Bis zum heutigen Tag habe ich mir nie Kopfzerbrechen darüber gemacht, sondern einfach funktioniert. Das darf sich jetzt ändern.

Auch mir ist nicht nach mehr Kunst und wie meine Betrachterin vor mir, verlasse ich auf direktem Weg diese Ausstellung. Erst als die wärmenden Sonnenstrahlen meine Haut berühren, streife ich das Gefühl der Panik endgültig ab. Hier kenne ich mich aus, diese Energie bin ich gewöhnt. Ohne Probleme erreiche ich die Parkbank, auf der ich meinen Vitamin-D-Tank auflade. Langsam döse ich ein wenig dahin. So lässt es sich leben, hoffentlich auch nach dem Raub. Nichts würde mich mehr freuen, als noch eine gute Zeit hier auf Erden zu haben. Ohne Schmerzen und ohne Furcht, ob ich den nächsten Tag noch erlebe. Ein klein wenig Zukunft für mich allein wäre nett.

Endlich ist der Tag angebrochen, an dem ich mein nur mehr kurz dauerndes Leben verändern kann. Hoffentlich zum Guten, wenn heute alles klappt. Seltsamerweise geht mir seit dem Aufwachen alles leicht von der Hand. Ahnungslos ist nur mein Gewissen. Wenn es wüsste, was für schwere Kost es noch heute zu verdauen hat, würde es nicht ruhig dahindämmern. Ich spüre bereits die Ruhe vor dem Sturm. Um für alles gewappnet zu sein, lege ich nach dem Anziehen meiner Klamotten auch die schwarzen Sachen bereit, die mein Auftraggeber von mir verlangt hat. Betrachtend stehe ich vor meinem ungemachten Bett, auf dem meine schwarze Leggings und der dunkelbraune Hoodie auf ihren Einsatz warten. Nicht ganz sauber, aber auch in Dunkelgrau, stehen meine Laufschuhe daneben auf dem Boden. So bin ich bestens gerüstet, den Profis der Einbrecher Konkurrenz zu machen.

Nach meinem ausgedehnten Frühstück mit Müsli und Orangensaft streiche ich wohlwollend über mein kleines Bäuchlein. Da ich bereits als Kind vor Aufregung nichts essen konnte, habe ich meinen Magen noch rechtzeitig gefüllt. Mein Kreislauf darf mir auf keinen Fall heute am Abend einen Scherz spielen. Alles muss funktionieren, innen und außen, damit ich zu meinem Geld komme und endlich meine Schulden getilgt werden.

Zwischendurch blitzen immer wieder Gedanken auf, wegen meiner überschießenden Reaktion auf das Bild. Hoffentlich fühle ich, in diesem Augenblick des Diebstahls, nicht mehr, als wenn ich einen Strauß Blumen tragen würde. Fein säuberlich lege ich noch die befohlenen Utensilien dazu.

Meine LED-Taschenlampe mit großem Akku und einer Leuchtkraft von sechshundert Lumen, übrigens ein Geschenk eines zufriedenen Kunden, wird mir gute Dienste leisten. Die Helligkeit des Strahls wird auch von der Polizei geschätzt, daher verwenden sie das gute Stück ebenfalls gerne. Schwerer war es, einen stabilen Plastiksack in der Größe des Bildes zu finden. In dem Baumarkt nachzufragen, wäre zu verdächtig gewesen. Daher habe ich mich durch die Regale gekämpft und die ideale Transporthilfe gefunden, sarkastischerweise in der Abteilung für Malerei. Auch auf dem Weg zu den Ateliers brauchen Kunstwerke einen Schutzumhang. Preislich war es zwar schmerzhaft für mein Portemonnaie, jedoch hoffe ich, dass heute Mittag mein Schuldenstand bereits halbiert ist. Und die Papiertüte in mittlerer Größe habe ich in mehreren Ausführungen daheim gelagert. Je nachdem, wo ich einkaufe, wenn ich unterwegs bin. So, das wäre geschafft.

Langsam macht sich Unruhe breit, daher checke ich noch kurz mein Konto. Tatsächlich ist ein Eingang sichtbar. Dieser komische Typ, der mich und meine Erkrankung lächerlich machte, hat Wort gehalten. Zumindest bin ich etwas beruhigter, da er höchstwahrscheinlich auch seinen Teil der Abmachung am Abend einhalten wird.

Um meine Hände freizuhalten, lege ich noch einen großen, dunklen Rucksack auf das Bett zu den anderen Dingen. Zwischen meinen Fingern halte ich das Stück Blech, das mir abends die Tür offenhalten wird. Die Beschaffung war der einfachere Teil dieser Geschichte. Auf dem Weg zum Baumarkt kam ich an einer Baustelle vorbei. Dort lagen viele dieser Blechteile neben einer Maschine. Kurz bückte ich mich, um mir den Schnürsenkel neu zu binden, während meine langen Finger nach einem passenden Teil davon griffen. Fast wäre ich doch aufgefallen, denn ich habe nicht bedacht, dass schnelles Bücken für mich immer seine Konsequenzen hat. Ein leichter Schwindel begann in meinem Kopf zu kreisen, den ich jedoch rasch wieder im Griff hatte. Nun ist es geschafft, alles liegt hier fertig bereit.

Mit schnellen Schritten schreite ich zum zweiten Mal zur Ausstellung. Wie gut, dass heute eine andere Frau an der Kasse sitzt. Publikum gibt es wieder sehr wenig. Nur eine Schulklasse höre ich noch am Gang mit dem klassischen Gemurmel des ständigen Tuschelns der Kinder. Da sie sich aber weit vor mir befinden, hoffe ich, meinen Auftrag zur Öffnung der Nebentür unbeobachtet auszuführen. Im ersten Ausstellungsraum befindet sich niemand. Trotzdem schlendere ich in moderatem Tempo durch, damit ich nicht weiter auffalle. Beim Sichten nach der Tür bemerke ich gegenüber am Gang das Schild mit dem Hinweis zur Toilette. Das wird ja einfacher, als ich mir ausgemalt habe. Negativ daran ist, dass die Tür einen Luftzug entfacht, immer wenn jemand den stillen Ort betritt. Hoffentlich meldet dies niemand beim Aufsichtspersonal. Heute habe ich von denen noch niemanden gesehen. Auch in diesem Punkt hatte der Unbekannte recht. Keiner kümmert sich bei dieser Ausstellung wirklich so richtig um die Sicherheit der Bilder. Mit detektivischem Blick checke ich ab, ob sich hier ein Kind von der Gruppe der Schüler getrennt hat. Doch alles ist still. Lautlos ziehe ich das Blechstück im Kartenformat aus meiner Hosentasche und versuche, möglichst leise die Tür zu öffnen, damit ich das gute

Stück zehn Zentimeter über dem Boden dazwischenschieben kann. Ein wenig ruckelt die Seitentür. Dabei sehe ich, dass von außen nur ein Knopf angebracht wurde. Also doch ein wenig Sicherheitsvorkehrung, wenn auch im Kleinen. Was tue ich, wenn die Tür am Abend verschlossen ist? Verflixt, ich muss mir die Nummer meines Auftraggebers noch heraussuchen.

»Kann ich Ihnen helfen?«

Mein Blick fällt auf einen kleinen Mann, an dessen Brust das Namenskärtchen mit dem Ausstellungstitel prangt. Vor lauter Schreck bleibt mir das Wort im Halse stecken.

»Ich …«, setze ich verwirrt an und räuspere mich laut, damit meine Stimme auch wieder menschlich klingt.

»Danke, nein. Ich wollte nur mal für kleine Mädchen gehen.«

Mein widerspenstiges Haar fange ich an, in Dreadlocks zu verwandeln, und dies alles nur aus purer Nervosität. Warum muss mich dieser, sich selbst wichtigmachende Kleinwüchsige auch anpöbeln? Mein schlechtes Gewissen kann er sicher aus meinem Gesichtsausdruck und aus meiner Körperhaltung ablesen. In Gedanken versuche ich, mich zu beruhigen. Doch je länger sein Blick auf mir verweilt und sogar in meiner Brusthöhe hängenbleibt, umso wütender werde ich. Da hilft nur mehr der pure Angriff.

»He, Sie da, starren Sie nicht so auf meinen Busen. Das ist sexuelle Belästigung.

Wenn Sie nicht möchten, dass ich das melde, dann entfernen Sie zuerst ihren Blick von mir und dann sich selbst.«

Verbale Angriffe wie diese, bringen mich aus der Verlegenheit heraus. Ein Seitenblick noch von ihm und schon rauscht er mit hochrotem Kopf davon. Gott sei Dank ist das gutgegangen. Wäre ich nicht stehengeblieben und hätte den Luftzug mit meinem Körper abgefangen, dann … Ich möchte mir gar nicht ausdenken, was passiert, wenn dieser Winzling mich verpfeift. Mit Sicherheit wäre die Entwendung des Bildes abgeblasen gewesen und mein Schuldenberg wieder um das Doppelte angewachsen. *Hilfe*, schreit alles in mir. Nach außen hin richte ich mir die Haare vor dem Toilettenspiegel und wasche mir die Hände gründlich, um Zeit zu schinden. Zeit, die ich brauche, um mich zu sammeln und meinen rasenden Herzschlag zu beruhigen. Das fehlt noch, wenn in diesem Moment mein Körper auch noch verrücktspielt.

Nach gefühlten zehn Minuten kontrolliere ich beim Hinausgehen noch einmal, ob die Blechkarte auch hält. Alles erscheint wie vorher, daher gehe ich mit schlendernden Schritten wieder zurück in die Ausstellungsräume. Inzwischen hat sich der Saal zwei gefüllt. Vor dem gewissen Gemälde bildet sich eine lange Schlange. Dahin komme ich nicht mehr zurück, so lange möchte ich nicht warten. Denn oftmals werde ich angesprochen und dies will ich auf jeden Fall heute vermeiden. Müssen Menschen warten, beachten sie ihre Umgebung genauer als sonst. Das wäre kontraproduktiv in meinem Fall. Hurtig eile ich weiter und sehe mir zur Abwechslung auch noch den dritten Ausstellungsraum an. Doch diese modernen Dinger, die hier an den Wänden drapiert sind, gehören nicht zu meinem Beuteschema. Zu verrückt erscheinen sie mir in Form und auch den grellen Farben, auf deren Leinwände sich die Künstler ausgetobt haben.

Da ich alles hier an Vorarbeit erledigt habe, gehe ich auf dem direkten Weg zum Ausgang. Seitlich davon steht in Warteposition dieser Typ, der mich vor dem Wasserklosett überrascht hat. Doch in Anbetracht seiner Schamgefühle von vorhin, senkt er sogleich seinen Blick und dreht den Kopf in die andere Richtung. Na, der war ja leicht zum Einschüchtern. Da gab es früher schwierigere Fälle, die sehr penetrant bei ihrer Fragerei blieben. Allerdings hatte ich da kein schlechtes Gewissen, heute war es aber völlig anders. Nicht jeden Tag habe ich vor, ein Gemälde zu stehlen. Und in einem Jahr auch ganz sicher überhaupt nicht mehr. Bei diesen Gedanken fange ich an zu kichern. Hilfreich ist es doch auch, wenn ich mich selber auf die Schaufel nehme. Und dem Gevatter Tod zulächle, mit dem Hinweis, dass er noch ein wenig auf mich warten darf.

Nach meiner Heimkehr bin ich fix und fertig. Situationen wie diese setzen mir doch sehr zu. Mein Energiepegel neigt sich dem Ende entgegen. Deshalb räume ich die vorbereiteten Kleidungsstücke und die restlichen Dinge in das Wohnzimmer auf die Couch. Ich trinke noch ein Glas Wasser, bevor ich mich auf dem Bett lang hinstrecke. Bevor mir die Augen zufallen, denke ich daran, den Wecker zu stellen, damit ich ja nicht verschlafe. Gleich danach fallen mir die Augen zu und unbewusst rolle ich mich seitwärts zusammen wie ein Embryo. Das ist Entspannung pur, bevor mich die Traumwelt willkommen heißt.

Laut gähne ich, kurz bevor der Wecker von mir stillgeschaltet wird. Der durchdringende Signalton hat meinen Traum zerschlagen und presst mich in die reale Welt hinein. Das Abenteuer kann beginnen.

Bekleidet wie ein Profidieb, stehe ich frierend an der vorderen Ecke des Ausstellungsgeländes. Kaum jemand traut sich auf die Straße, denn das Wetter hat trotz positiver Prognosen entschieden, einen Temperatursturz zu wagen. Griffbereit liegt die Taschenlampe in meiner linken zittrigen Hand. An meinen Rücken schmiegt sich der Rucksack mit den mitgebrachten Utensilien. Vielleicht habe ich mir zu viel zugemutet. Genau werde ich es in einer Stunde wissen, ob mein Mut und meine Ausdauer reichen, um in der Geschichte dieses eigenartigen Bildes meinen Abdruck zu hinterlassen.

Bei meinem Rundumblick entdecke ich nahe der Häuserzeile gegenüber eine glimmende Zigarette. Wahrscheinlich handelt es sich um einen Raucher, der von seiner Familie gebeten wurde, draußen seiner Sucht nachzukommen. Nach fünf Minuten ist die immer wieder golden aufleuchtende Glutstelle verschwunden. Jetzt geht es wirklich los. Mit vorsichtigen Schritten schleiche ich dicht an dem Mauerwerk des Gebäudes in Richtung Seitentür, die ich am Vormittag mit einem kleinen Stück Blech präpariert habe. Es wäre gut, wenn der Sicherheitsbeamte dieser Ausstellung seine Aufgabe nicht zu gut gemacht hat. Schlampig und nur aus der Ferne die Fenster und Türen kontrolliert hat. In wenigen Sekunden werde ich es wissen. Mein Puls rast und kleine Schweißtropfen bilden sich auf meiner Stirn, trotz des kalten Windes. *Nur alles gut überstehen,* ist der einzige Gedanke, den ich unbewusst immer wieder aussende.

Ein winziger Lichtfleck vor der besagten Tür lässt mich aufatmen. Durch das Notlicht im Flur zeigt er mir an, dass die Tür nicht verschlossen ist. Erleichterung macht sich in meiner Gefühlswelt breit, denn das Öffnen der Tür ist nun ein Kinderspiel. Mit einem letzten Blick hinter mich, schlüpfe ich für andere unbemerkt hindurch. Leise ploppt es auf. Der Seiteneingang hat sich von selbst geschlossen. Um sicherzugehen, probiere ich sofort aus, ob sie auch wieder aufgeht. Von innen ist es nur ein Handgriff. Alles passt und konzentriert laufe ich den Gang entlang.

Der große Ausstellungsraum zeigt sich völlig dunkel. Um auf keinen Fall über einen der Besucherstühle zu stolpern, kommt die mitgebrachte Taschenlampe zum Einsatz. Gespenstisch still huscht der Lichtstrahl auf die Bilderwand. Da das Licht nur einen kleinen Teil, einen Ausschnitt der Werke zeigt, sehen sie völlig anders aus. Ich bin gespannt, wie das Werk, das ich entwenden soll, nun auf mich wirkt. Ein kleines Stück noch weiter, das müsste der Platz sein, an dem es die Wand verziert. Doch ich finde es nicht. Hektisch laufe ich hin und her. Tanzend, in meinem aufgeregten Takt, spielt der Lichtkegel mit der Dunkelheit. Immer verständnisloser wird mein Blick. Mein Hals verengt sich angesichts der Wahrheit, die ich nicht akzeptieren kann. Das Bild ist weg, oder hat sich aufgelöst. Um meine Vermutung zu bestätigen, suche ich weiter und dehne meine Wanderung auch auf die anderen Räume aus. Ich kann es drehen und wenden, wie ich will. Dieses Werk ist nicht mehr da. Wer hat es von hier fortgebracht? Was soll ich bloß tun? Inzwischen rumort auch mein Magen und reagiert auf meine Angst. Vorgebeugt haste ich zu der Toilette, um mir Erleichterung zu schaffen. Völlig ausgelaugt muss ich mir eingestehen, versagt zu haben. Wieder einmal ist ein Traum von mir geplatzt. Gescheitert an meinem Hochmut, alles alleine zu schaffen. Wenn ich doch nur früher hier gewesen wäre! Aber wäre es dann nicht passiert? Um mich zu beruhigen, setze ich mich auf den Stuhl, der seit meiner ersten Sichtung noch immer auf dem Platz steht. Langsam beruhigt sich mein Körper und ich kann wieder klarer denken. Entweder wurde es inzwischen verkauft, oder was noch wahrscheinlicher ist, von dem Aussteller in eine andere Galerie gebracht. Die Möglichkeit, dass es noch einen zweiten Dieb hier gab, lehne ich entschieden ab. So viele Zufälle gibt es nicht um ein unbedeutendes Werk. Oder ist diese Malerei vielleicht gar nicht so simpel, wie sie mir erschienen ist? Klar, warum ist es für diesen Schattenmann am Telefon so wichtig, dass er über mich Erkundigungen einholt und eine Menge Geld dafür bezahlt? Geheimnisse wie diese befeuern meine Fantasie enorm. Den Platz dafür habe ich immer noch in meinem kranken Gehirn freigehalten. Sarkastisch mutet dies an, jedoch ist es realistisch vorstellbar. Es gibt so viele schöne Bilder hier, doch keines war würdig genug, um gestohlen zu werden. Diese Erkenntnis trifft mich wie ein Schlag. Darüber gibt es noch viel mehr zu erfahren, wie ich jetzt vermute.

Bereit, das Feld zu räumen, taste ich mich zurück zum seitlichen Ausgang. Dabei fällt mir noch etwas ein: Falls es eine andere Person gab, die *Ewiges Manifest* mitgenommen hat, wusste dieser Mensch von der geöffneten Tür. Was wiederum die Bestätigung dafür ist, dass mich jemand beobachtet hat. Erst beim Verlassen und Einschnappen der Tür kommt Panik in mir auf. Was sage ich der Person, die auf den Stufen der kleinen Kirche da vorne auf mich wartet? Wie wird der Anrufer reagieren? Um mich dieser Situation nicht auszuliefern, entsteht kurzerhand in mir die Entscheidung, mich sofort aus dem Staub zu machen. Einzig meine Unsicherheit lässt mich flüchten. Alles ist wieder beim Alten, darauf bin ich gar nicht stolz.

Seit gefühlten Stunden vibriert mein Handy. Längst habe ich es auf *Lautlos* gestellt, denn es zeigt mir immer die gleiche Nummer an. Wer mich ununterbrochen nervt, ist leicht zu erraten. Dafür braucht man keinen besonders ausgeprägten Spürsinn. Mein Schattenmann hat sich aufgemacht, mir das restliche Leben auszusaugen und an die Wand zu klatschen. Zumindest fühlt es sich stark danach an, denn seit Beginn dieses Telefonterrors habe ich unentwegt den Kopf voller kleiner Männchen, die mit ihren Hämmern auf einen riesigen Amboss schlagen. Leider steht dieser in einem Teil meines Gehirns. Nicht nur das kleine elektronische Ding kann summen. Gepeinigt nehme ich auch in anderen Körperregionen ein Vibrieren wahr. Voll von unruhigen Geistern, die ich selbst heraufbeschworen habe. Hätte ich mich doch nie auf diesen Deal eingelassen. Fast verstehe ich diesen dubiosen

Unbekannten. Er fühlt sich um sein Geld betrogen. Aber wie lange halte ich das noch aus? Meine Lebensqualität rutscht gerade herunter, von einer mir vorgegaukelten Problemlösung. Wie bescheuert muss man sein, sich in meiner Lage auf Leute einzulassen, die nur nach Macht streben? Die Gier im Rucksack obenauf tragen und sich an der Mühsal und Verzweiflungsenergie anderer laben. Ja, ein bisschen bin ich selbst schuld. Gierig nach einem Strohhalm zu greifen, wenn man so tief im Dreck steckt wie ich, ist nicht das, was man lösungsorientiert denken nennt. Umso mehr ich den Anonymen verstehe, desto wütender werde ich auf mich selbst. Das habe ich mir eingebrockt und meine Mutter würde sagen: *Löffle diese Suppe auch alleine aus.* Wie recht sie hätte mit dieser Aussage.

Ich nehme all meinen Mut zusammen und drücke endlich auf dem Display *Annehmen.* »Wer ist da?«, versuche ich es energisch klingen zu lassen.

»Sie wissen genau, wer sie versucht zu erreichen. Stellen Sie sich nicht dümmer an, als Sie sind.«

Die Grimasse, die ich auf diese Reaktion ziehe, kann er zwar nicht sehen, aber doch intuitiv bemerken. Schnell entspanne ich meine Muskulatur im Gesicht und meine Schultern gleich mit. Dringend notwendig war das sowieso, wenn ich nicht mit anhaltenden Schmerzen konfrontiert werden will.

»Davon abgesehen, dass Ihre Aktion für die Katze war, haben Sie sich nicht so schlecht angestellt. Fast wäre es gelungen.«

»Hmmm«, ist alles, was ich darauf hervorbringe.

Immerhin hat er mir ein verstecktes Kompliment gemacht. Das tut meinem Selbstwert so gut, wie ein Pflaster bei einer kleinen Wunde.

»Tja, noch ist es nicht vorbei. Unser Pferdchen hat das Rennen nicht beendet. Wir sind noch im Spiel, nur die Regeln wurden ein wenig durchgewirbelt.«

Täusche ich mich, oder klingt seine Stimme gar nicht so übel gelaunt? Als ob er froh wäre, und mir nur seine Meinung sagen möchte.

»Wie meinen Sie das? Haben Sie gewusst, dass es nicht klappen würde?«

Verwundert starre ich das Handy an und drücke auf die Lautwiedergabe, damit ich dieses Teufelszeug hinlegen kann. Sogar mein Arzt bestätigte mir, dass es für meinen Tumor nicht von Vorteil wäre, wenn er sich an dieser Energie ständig und lange labt.

»Gewusst nicht, aber geahnt. Wir haben rechtzeitig mitbekommen, dass es für dieses Bild noch eine andere große Interessensgruppe gibt. Und da lag es auf der Hand, dass sie alles daran setzen, das Bild vor uns zu schnappen.«

»Uns? Wer hat noch Interesse daran, ein gewöhnliches Bild zu entwenden? Können

Sie mir Namen nennen und für welchen Zweck benötigen es diese Leute?«

»Ach, das würde Ihnen sowieso nicht helfen. Aber es besteht doch die Möglichkeit, dass Sie von der Sekte *ANDO* schon einmal gehört haben. Hinter diesen Köpfen steckt einer der ganz Großen. Mit richtig viel Geld punktet ein gewisser Linus Koskinen und macht mächtig Druck in einer gewissen Szene.«

»Das ist mir neu mit dieser Sekte. Aber der Name Koskinen ist mir unter den Kunstsammlern schon mal aufgefallen. Besitzt er nicht sogar ein großes, altes Anwesen?«

»Tüchtig, Sie haben Ihre Hausaufgaben in Ihrem Beruf gemacht. Doch weiterhelfen wird Ihnen das nicht. Ist auch in keiner Weise nötig.«

»Warum?«

»Weil mir längst bekannt ist, wo sich das Bild derzeit aufhält. Und jetzt kommen Sie wieder ins Spiel. Falls Sie nicht auf Ihre Belohnung verzichten möchten, dürfen Sie sich unter das Volk mischen. Unter eine gewisse Bevölkerungsgruppe, die glaubt, die neuen Herrscher der Welt zu sein. Diese Sekte, die Gottheiten anbetet, konnte es nicht lassen, mit dem Bild zu prahlen. Das Kunstwerk wird in einer uralten Kirche, am Rand des Moosfrauenwaldes liegend, ausgestellt. Zwischen den Steinen dort entspringt eine mystisch anmutende Quelle, die dazu genutzt wird, das angebliche Heilwasser gewinnbringend zu verkaufen. Natürlich an kranke, gutgläubige Menschen, die alles geben würden, um wieder gesund zu werden.«

»Das kann ich verstehen!«, platze ich in seine Rede hinein. »Wer einmal dem Tod ins Auge geblickt hat, würde alles dafür tun, um sein Leben zu verlängern.«

»Wie dumm die Leute sind, trotz der guten Bildung.«

Seine Worte verletzen mich zutiefst und beleidigt reagiere ich mit Stille als Strafe für sein widerliches Verhalten.

»Na, nur nicht die beleidigte Leberwurst spielen. Das zahlt sich nicht aus, denn dies betrifft Sie nicht. Sie sind anders, darum habe ich Sie ausgewählt.«

Jetzt hilft es auch nicht, mit Komplimenten um sich zu werfen. Der bösartige Funken, den er mir hineingebrannt hat, beginnt gerade zu glimmen und wird in Kürze eine Feuersbrunst entfachen. Ob ein großer Brand daraus wird, kann nur er bestimmen. Ich würde ihm raten, nicht zu sorglos mit seinen verletzenden Worten umzugehen. Ein Bumerang kehrt meistens zum Abwurfort zurück, und wenn er nicht aufgefangen wird, schlägt er zu. Ziemlich hart, ohne Mitleid oder Gewissen zu haben.

»Sind Sie noch dran?«

Höre ich da eine winzige Unsicherheit? Beruhigend wirkt dies auf mich, niemand ist vollkommen.

Bedacht, mich nicht zu verraten, hauche ich in Richtung Handy: »Ich lasse mir von keinem mehr wehtun. Passen Sie auf, dass es Sie nicht selber erwischt. Auch ich habe Ihnen etwas zu sagen. Keinesfalls können Sie mir das Wasser reichen. Der Grund, wieso Sie mich brauchen, liegt auf der Hand. Sie wollen sich Ihre Finger nicht schmutzig machen und außerdem fehlt Ihnen die Empathie, um Menschen richtig einzuschätzen.«

Das war ein Gegenschlag von der feinsten Sorte. An dem wird er noch lange zu knabbern haben. Auch wenn es nur meine eigene Unsicherheit überspielt hat, erkenne sogar ich ein Körnchen Wahrheit darin.

»Sie sind genau richtig für mich und mein Anliegen. Ein wenig Menschenkenntnis habe ich doch gezeigt, als ich Sie auserwählte.«

Kichernd wie ein Kleinkind überbrückt er die brenzlige Situation zwischen uns beiden.

»Ruhen Sie sich etwas aus, morgen melde ich mich nochmals mit den genauen Koordinaten für die Kirche.«

»Halt!«, rufe ich ihn zurück, »ich habe mich überhaupt noch nicht entschieden, ob ich das mache.«

Inzwischen ist unsere Verbindung jedoch unterbrochen. Wie viel er noch von meinen Worten mitbekommen hat, ist fraglich.

Erst nach diesem für mich anstrengenden Gespräch bemerke ich eine Erleichterung. Meine Ängste, im Hinblick auf eine Rückfor-

derung des Geldes, haben sich nicht bewahr-
heitet. Mit Hilfe eines starken Kaffees versuche ich, abzuschalten und ein wenig zu rela-
xen. Das muss ich noch trainieren, denn
wenn ich seinen Worten Glauben schenken
darf, erwartet mich jede Menge Aufregung.
Wie viel in Wirklichkeit passieren würde,
konnte ich zu diesem Zeitpunkt nicht mal erahnen. Gut so, oft ist dies ein Geschenk in
einer schlimmen Phase. Niemals möchte ich
hellsehend sein, das steht fest.

Mit einem alten Segensspruch strecke ich
mich auf der Couch aus und lasse meine
Seele ein wenig baumeln. Das Loslassen tut
auch meinem Kopf gut. Gerade taucht wieder
ein leichter Schwindel auf, die Folge von zu
viel Aufregung. Ignorierend schließe ich die
Augen und drifte in meine Wohlfühlwelt hinein. Direkt auf den Punkt in meinem Gehirn,
den ich in Gedanken schrumpfen lasse. So
wird in meiner Scheinwelt der Tumor steck-
nadelgroß und hat keine Macht mehr über
eine junge Frau. Die sich nichts sehnlicher
wünscht, als endlich gesund zu sein.

Den richtigen Platz zu finden mit den mir
gesendeten Koordinaten, an dem die kleine
Kirche ihren Turm in den Himmel streckt,
war für mich Schwerstarbeit. Gehandicapt
durch meine Orientierungsprobleme habe
ich zwei Anläufe gebraucht, um endlich auf
die Zufahrtsstraße, die zur Kirche führt, zu
gelangen. Natürlich war ich mit meinem

Fahrrad unterwegs, ein Auto kann ich mir seit langem nicht mehr leisten. Entweder fahre ich mit öffentlichen Verkehrsmitteln, wähle Mitfahrgelegenheiten aus oder strample mich eben mit dem Rad ab. Meistens lassen mich die Kunden vom Bahnhof oder Flugplatz mit Chauffeur abholen. Denn sie bewegen sich vorwiegend in noblen Häusern mit einigen Bediensteten.

Heute ist ein guter Tag, an dem sich meine Körperschwankungen in Grenzen halten. Balance bedeutet für mich zu leben. Wenn der Tag anbricht, an dem ich mich nicht mehr selbständig fortbewegen kann, dann ist mein Ende in Sichtweite gelangt.

Strahlender Sonnenschein lässt diesen Frühlingstag heller und freundlicher erscheinen. Tief in mir drinnen ist aber seit der Diagnose eine endlose Dämmerung angebrochen. Selten wird sie von ein paar Lichterscheinungen unterbrochen. Dazu gehört auch, dass ich mich in meinem Körper wohlfühle, wie es gerade jetzt der Fall ist. Ein Hügel noch, dann tanzt die Spitze des Kirchturms nicht mehr vor meiner Nase herum, sondern zeigt ihren kräftigen Unterbau, der sich wahrlich sehen lassen kann. Alt und ehrwürdig thront sie vor dem Moosfrauenwäldchen. Davon legen die großen Eichen am Vorplatz Zeugnis ab, ebenso von der Geschichte des Gotteshauses. Einige Tafeln mit Informationen stehen Spalier, um die Besucher auch auf die Wunderwasserquelle aufmerksam zu machen. Fast jeder Zweite nimmt nach dem Besuch der religiösen Stätte die Mühe auf sich und sucht, mit einer Glasflasche bewaffnet, den Abfüllort des Wassers auf. Manche von ihnen kommen gleich mit einer kleinen Schubkarre her und betrinken sich daheim mit der sprudelnden Kraft dieses Naturwunders.

Heilungsgeschichten sind auch in der Kirche abgebildet. Wie Kopien von den Jesusgeschichten aus der Bibel, wiederholt es sich in unserer Zeit. Das ergaben zumindest meine Recherchen.

Mein Rad stelle ich im Schatten der alten Bäume ab. Hier ist es noch still, keine Menschenseele lässt sich sehen. Vögel halten sich aber nicht daran und zwitschern fröhlich ihr Liedchen, auch an diesem heiligen Ort. Allerlei Kleingetier krabbelt zu meinen Füßen, über meine alten Turnschuhe hoch bis zu meinen aufgestellten Hosenbeinen. Meine Aufgabe für heute ist schnell erledigt. Die Sichtung von innen ist angesagt und ein Informationsbericht für meinen dunklen Gönner schreibe ich dann später zuhause noch.

Vorsichtig öffne ich die hölzerne Türe mit den wuchtigen Eisenbeschlägen. Die schwere Aura dieses Gebäudes legt sich sofort nach dem Eintreten auf mich. Wo bin ich da nur gelandet? Dunkel und mystisch einfach zeigt sich die Bestuhlung in Form von abgegriffenen Bänken, die schon bessere Zeiten gesehen haben. Vorne am Altar flackert ein künstliches Licht. Die daneben in hohen Kerzenständern aufgereihten Wachskerzen wurden noch nie angezündet. Vermutlich wegen der Brandgefahr, da hier selten jemand nach dem Rechten sieht. Schwach wahrzunehmen für mich, hängt ein kalter Weihrauchgeruch in der etwas modrig wirkenden Luft. Nur von einem offenen, kleinen Seitenfenster dringt frischer Sauerstoff herein.

»Kommen Sie öfter her?« Die alte Dame, die es mir zuflüstert, habe ich noch gar nicht gesehen. Bekleidet mit einem geblümten langen Rock und einer dunkelvioletten Bluse war sie im Dämmerlicht hier drinnen kaum zu erkennen. Unter dem am Hinterkopf zugebundenen Tuch, lugen vereinzelt grauweiße Haarsträhnen hervor.

»Nein, ich besuche diese Kirche zum ersten Mal. Aber vielleicht können Sie mir helfen.«

In Gedanken gratuliere ich mir zu dem spontanen Einfall selbst.

»Ich habe gehört, dass es hier ein neues Bild geben soll. Ist das wirklich wahr?«

Mit fragenden Augen, aber ein wenig zurückhaltend, warte ich auf ihre Antwort.

»Das kann ich Ihnen leider nicht sagen.«

Ihre eingesetzten Zähne klappern leicht, als ob sie zu lose im Mund ihr Dasein fristen. Bei mir löst das einen Schauer auf meiner Haut aus, denn falsche Zähne gehen für mich gar nicht. Nur in Comicfilmen bringen sie mich regelmäßig zum Lachen. In der Realität des Alltags bescheren sie mir eine Gänsehaut.

»Vielleicht fragen Sie den Mesner. Der ist heute in der Sakristei, zumindest noch in der nächsten Stunde.«

Sie nickt mir zu, bekreuzigt sich und schlürft langsam auf durchgelatschten Schuhen zum hinteren Ausgang.

Vorerst setze ich mich in eine wahllos ausgesuchte Bankreihe, um mich von der Fahrt zu erholen. Mir läuft nichts davon, daher lasse ich die sakrale Stimmung auf mich wirken. In meinen Gedanken versuche ich, Ordnung in das Chaos zu bringen. Denn nichts verabscheue ich mehr, als wenn alles so plötzlich einer Veränderung unterzogen wird. Wenn es kein Bild hier gibt, ist der Fall für mich erledigt. Basta! Da kann der Schattenmann machen, was er will. Kirchen haben mich seit meiner Kindheit eigentlich begeistert. Diese verschiedenen Stilarten, die man vielerorts sieht, zeichnen sich vor allem durch eines aus: Sie sind von Menschenhand geschaffen, um den Himmel ein Stück zu uns zu bringen. Nicht umgekehrt, denn unser Freifahrtschein in den Tod führt geradewegs in den Boden unserer Welt. Egal ob als Leichnam oder als Aschehäufchen, der Himmel wird dabei ausgespart. Er dient uns Menschen nur als Verschönerung an sonnigen Tagen oder als Wetterunhold bei Regen,

Schnee, Sturm und Hagel. Wie viel Blödsinn wird eigentlich hier verzapft? Von wegen Aufstieg in geistige Zonen oder himmlisches Engelsparadies, alles erstunken und erlogen. Jedoch die Bauwerke, die Menschen zur Preisung Gottes erschufen, haben ein wenig göttlichen Funken auf die Erde gebracht. Natürlich funkelte es auch bei den Auftraggebern in den vergangenen Zeiten golden auf. Trotz der Schinderei ihrer Arbeiter kamen sie nie in Verruf, sondern ernteten göttlichen Lohn durch jene, die sich das Lebenswerk armer Künstler und rechtschaffener Leuten zu Nutze machten. Irgendwie nehmen mir gerade diese Gedanken an diesem heiligen Ort die Freude daran. So viel zu meiner mentalen Gesundheit, die durch löchrige Stellen immer das schwierige Schicksal der Minderheiten durchlässt.

Ein Geräusch bringt mich schnell zurück. Kratzend kommt von der Seite der laute Ton. Gleich danach betritt der Mesner den Altarraum und schleppt ein verhülltes Ding hinterher. Viel zu schwer erscheint es ihm, daher wehrt sich der Boden mit diesem unangenehmen Geräusch.

Vorhin habe ich nicht bemerkt, dass eine enorm vergrößerte Staffelei aus edlem, dunkelfarbigem Holz frei in der Mitte steht. Nur ein paar Fußlängen von der seitlich, hoch angebrachten Kanzlei entfernt. Alleine hievt der ausgezehrt auf mich wirkende Mann das rechteckige Paket, welches er im Schlepptau hält, auf das dort angebrachte Plateau aus Holz. Mit einem Stich durchzuckt mich die Erkenntnis. *Hier wird mir gerade das gesuchte Bild direkt vor die Nase gestellt.* Ein Lachen bahnt sich den Weg aus meinem Mund. Erschrocken hält der Mittfünfziger inne und dreht sich vorsichtig um. So schnell wie mir der Ton aus dem Mund strömt, so rasch verstumme ich verlegen und halte mir meine linke Hand vor dem Mund. Anscheinend erleichtert winkt er mir kurz zu. Noch bevor ich mich in die Bank zurückziehen kann, kommt er schnurstracks angewackelt. Sein linker Fuß ist steif, dadurch hält er ihn schräg vom Körper ab.

»Wir schließen die Kirche in wenigen Minuten.«

Durch die vorherige Kraftanstrengung keucht er immer noch ein wenig.

»Wann kann ich das Bild denn ansehen? Entfernen Sie mir bitte die Verpackung? Ich möchte davor beten.«

Wie eine Schülerin komme ich mir vor, abwartend, was als Nächstes kommt.

»Tut mir leid, aber das wird heute nichts mehr. Morgen kommt der Pfarrer und erst um 9 Uhr bei der Heilmesse wird das Geheimnis des Bildes gelüftet.«

Verlegen räuspert er sich leise und verschränkt die Hände dabei, um seine eigene Wichtigkeit zu unterstreichen.

»Ich rate Ihnen aber, viel früher da zu sein, denn bei der ersten Messe kommen sehr viele

Leute. Sogar der Bischof und hohe kirchliche Würdenträger haben sich angesagt.«

Nach ein paar Worten, die ich nicht genau verstehe, fuchtelt er mit seinen Händen umher, als ob er mich verscheuchen möchte.

»Gehen Sie schon! Ich habe noch so viel zu tun.«

Für ihn ist die Sache beendet. Um nicht weiter aufzufallen, begebe auch ich mich zum Eingang.

»Wann soll ich denn morgen kommen, um einen Sitzplatz zu bekommen?«

Mit meinem Ruf von hinten bringe ich das Fass seiner Geduld zum Überlaufen. Was er noch alles von sich gibt, ist nicht mehr für meine Ohren bestimmt. Aber gewiss waren das keine Gebete, die diese Mauern für alle Ewigkeiten verschlucken.

Das Sonnenlicht draußen ringt mit der inzwischen angewachsenen Hitze um die Wette. Selbst der Wind ist dem nicht gewachsen und hat sich dezent zurückgezogen. Nur im Schatten der Eichen ist es noch auszuhalten. Das mitgebrachte Getränk entpuppt sich als heißer Tee, anstatt meinen Gaumen zu kühlen. Dennoch bin ich froh, das Gefäß bis oben hin angefüllt zu haben. Man weiß ja nie, wie lange meine Fahrradtour anhält.

Frustriert radle ich wieder zurück. Viel habe ich nicht ausgerichtet, zumindest ist mir der Termin für die Enthüllung des Bildes zugetragen worden. Damit kann ich ein wenig punkten. Alles andere wird sich fügen.

Beim Gedanken, morgen wieder hierher zu radeln, hält sich meine Begeisterung in Grenzen. In meinem Zustand fühlt es sich schließlich fast wie ein Marathon für Menschen mit Beeinträchtigung an.

Wann habe ich das letzte Mal gut geschlafen? Eine Nachtruhe ohne Unterbrechung verbracht und mich zufrieden und ausgeruht im Bett gestreckt? Diese Frage beschäftigt mich gerade. Ich liege im Bett und versuche, eine angenehmere Position zu finden, denn mein Körper fühlt sich verspannt an und schmerzt. Nicht ein beliebiger Schmerz an einer Stelle beschäftigt meine Nerven, sondern ein wehmütiges, allumfassendes und unangenehmes Gefühl lässt keinen Platz für die Hoffnung, die ich so dringend brauche. Kein Mensch ist in meiner Umgebung, der mit mir fühlt und mich in den Arm nimmt, wenn ich miese Tage habe. Bevor ich aber weiter in meinem Selbstmitleid versinke, rapple ich mich hoch und öffne das Fenster. Nach einigen tiefen Atemzügen kommt mein Kreislauf in Schwung und die Frage taucht auf: Mache ich so weiter wie bisher? Inzwischen beneide ich andere Menschen um Dinge, die mir früher nicht einmal aufgefallen sind. Zum Beispiel ein Lächeln zwischen Partnern, die Umarmung eines Kindes von seiner Mutter, oder das zufriedene Summen meines Nachbarn, wenn er froh seinen Tag beginnt.

Schön und wunderbar ist für mich nur der Augenblick, wenn ich die Augen öffne und feststelle, dass ich noch lebe. Kümmerlich klein erscheint mir aber diese Freude und im Vergleich mit Gleichaltrigen komme ich mir vor wie eine Greisin. Was sie an Lebenszeit noch vor sich haben, wurde mir einfach genommen. Durch ein paar Worte, die sich wie ein Topf über mich gestülpt haben, ewig in mir nachhallen und mir den Boden unter den Füßen wegzogen. Warum schlägt das Schicksal immer bei mir zu, anstatt auch an anderen Türen zu klopfen?

Stinksauer über mich selbst und meine negativen Endlosschleifen beim Nachdenken, stürze ich mich heißhungrig über mein Frühstück. Selten habe ich so einen Appetit zur frühen Morgenstunde. Es scheint mir, als ob meine Tasse *Chai* Tee den entstandenen Frust hinunterspülen kann. Denn plötzlich erscheint mir nicht mehr alles so grau zu sein.

Meine Gedanken wandern zum heutigen Tag. Es soll ein besonderer Tag werden, denn in meinem Bauch kündigt sich ein neuartiges Gefühl an. Flattrig und unruhig zwar, jedoch auch mit einer großen Prise Neugier. Sehr gespannt bin ich auf die Enthüllung des Bildes und wie ich darauf reagiere. Vielleicht trage ich wieder einmal zu viel Erwartung in mir und das Bild kann nur auf mich wirken, wenn ich direkt davor sitze. In Anbetracht des großen Besucherandranges komme ich wahrscheinlich, bei meinem negativen Denken heute, nicht annähernd in die Nähe davon.

In mir drängt alles, möglichst schnell zur kleinen Kirche zu radeln. Daher trete ich fest in die Pedale und übersehe fast die rote Ampel an der nächsten Kreuzung. Das ist noch einmal gutgegangen. Ich kratze meine letzte Konzentration zusammen und entspanne mich erst, als ich die kleine Straße, die aus dem Ort führt, einschlage. Hier kann ich meine Gedanken wieder ungezügelt auf Wanderschaft schicken. Bis ich wütend werde, denn die vielen Autos auf dieser Zufahrtsstraße zur Kirche bedrängen mich.

Besonders eine Begegnung bleibt lange in mir abgespeichert. In einem noblen Fahrzeug mit getönten Scheiben sitzt ein großer Herr, der die Rücksicht sicher nicht aus seinem Wortschatz kennt. Mehr kann ich durch meine schnellen Seitenblicke nicht erkennen. Egoistisch drängt er mich fast in den Straßengraben. Aufgebracht klingle ich, was meine alte Fahrradglocke hergibt. Einige Meter vor mir bleibt er kurz stehen, winkt mir bei halboffenem Fenster entschuldigend zu und braust wieder davon. Na, der hat es aber eilig.

»So ein Egoist, der kann was erleben, wenn ich ihm noch einmal begegne!«, schimpfe ich vor mich hin.

Meine Kurzatmigkeit lässt aber keinen weiteren Spielraum zu, um die in meinem Kopf gebildeten Schimpftiraden auch akustisch in die Welt hinauszuschleudern. Ich brauche meine Kraft, um dieses Zweirad vom Fleck wegzubewegen. Da das Verkehrsaufkommen immer höher wird, befürchte ich, zu spät zu kommen, um mir einen halbwegs vernünftigen Platz in der kleinen Kirche zu sichern. Durchgeschwitzt und kraftlos lehne ich mein Rad hinter dem kleinen Anbau der Kirche unter eine kleine verglaste Maueröffnung.

Beim Blick in den Raum hinein, bemerke ich den Mesner von gestern. Er grinst mich schief an, kommt aber sofort herbei und öffnet den Fensterflügel ein wenig.

»Sagte ich Ihnen gestern nicht, dass Sie früh da sein sollen?«

Wenn ich mich nicht täusche durch die trüben Scheiben, dann bemerke ich neben dem sarkastischen Ton in der Stimme auch die offen zur Schau getragene Schadenfreude.

»Sorry, ich bin fix und fertig. Die Autos haben mich alle überholt. Und nun …«, hustend drehe ich mich zur Seite.

»Ist schon okay. Ich habe Ihnen am Rand der dritten Reihe links einen Platz reserviert. Aber verraten Sie mich nicht.«

Das klingt überraschend freundlich.

»Oh, vielen Dank. Das ist aber lieb von Ihnen.«

»Naja, Sie sehen nicht gerade gesund aus und da dachte ich mir, dass Sie es nötig haben.«

Mitleid brauche ich aber gar nicht. Bevor mir eine Erwiderung einfällt, beschwichtigt er von selbst seine Worte ab.

»War nicht böse gemeint. Auf Ihrem Platz liegt ein Zettel mit einem *U*. Weil ich ihren Namen nicht weiß, setzte ich den Anfangsbuchstaben für *unbekannt* ein.«

Ich nicke ihm zu und sehe währenddessen viele Menschen zum Kircheneingang strömen.

Wie ich schließlich auf meinen Sitzplatz komme, nehme ich nicht wirklich wahr. Es herrscht ein riesiges Gedränge und Gemurmel um mich herum. Mancher Priester wäre froh, wenn er seine Kirche so füllen könnte. In unseren Zeiten ist das eher selten so. Der Mesner hat Wort gehalten und ich finde den Sitzplatz gut gewählt. Da seitlich keine gerade Linie eingehalten werden konnte, durch die Stützpfeiler der Deckenkonstruktion, sehe ich direkt auf das verhüllte Bild. Neben mir füllt sich die Reihe mit dunkel gekleideten Männern in vornehmen Anzügen. Schräg vor mir sitzt ein junger Mann mit welligem, schwarzen Haar, das bis zu den Schultern reicht. Bei einem prüfenden Seitenblick von ihm auf eine Statue starre ich fasziniert auf das schöne Profil. Selten noch habe ich so vollendete Lippen und eine charakterstarke, römische Nase gesehen. Lediglich am Ansatz des Nasenbeins zeigt sich eine kleine klassische Wölbung, die das gewisse Etwas daran formt. Vielleicht spürt er mein visuelles Abtasten, denn der Kopf dreht sich zu mir und er starrt mich mit großen Augen an.

»Ach, Sie sind das!«, stammelt er in einer vollen Bassstimme.

Sogleich stellen sich meine Härchen am Arm auf und es kribbelt in meinem Bauch.

»Kennen wir uns?«

Ich schüttle meinen Kopf hin und her, was ein *Nein* anzeigen soll.

»Es tut mir leid. Ich wollte Sie nicht abdrängen. Abgelenkt durch ein Missgeschick meines Beifahrers, habe ich Sie fast übersehen. Wie gut, dass nichts passiert ist.«

Der Typ war das also von vorhin. Wenn ich gewusst hätte, wie gut er aussieht, wären meine Schimpfwörter dort geblieben, wo kein Ohr sie hört. Aber rücksichtslos war er dennoch. Für weitere Konversation bleibt aber keine Zeit. Der Priester hat soeben seine Bühne am Altar betreten. Sakrale Musik, durch eine für mich unsichtbare Orgel, begleitet seinen Einzug theatralisch. Eine perfekte Inszenierung sehe ich hier, Machtgehabe vom Feinsten. Für eine Ungläubige wie mich ein gefundenes Fressen, um heimlich zu lästern. Zumindest innerlich bereite ich eine Rede vor, in der ich dem allseits hochgelobten Himmel kurz seinen Zauber nehme.

Glaube ist etwas sehr Irrationales und hat viel mit dem uneingeschränkten Vertrauen in eine positive Wendung zu tun, die von außen kommt. Hoffnung hingegen, ist der Blick nach vorne in eine verheißungsvolle Zukunft, damit ich das Leben wieder selbst anpacke. Deshalb hat der Glaube für mich nur wenig mit Hoffnung zu tun, aber er gibt meinem Wunschstreben und der damit verbundenen Sinnfindung einen ordentlichen Schub. Denn auch ich hoffe noch immer, dass meine Erkrankung nur ein Traum ist, aus dem ich irgendwann endlich erwache. Damit ziehe ich mich aus der Affäre des Glaubens, an der die Kirche anhaftet. Und die Realität bekommt bei mir Gelegenheit, sofort das Weite zu suchen. In Gedanken packe ich gerade meine inneren Emotionen als Geschenk für das Jenseits ein, daher überhöre ich den Großteil der Rede durch den Priester. Nur das Ende bekomme ich mit, die letzten Sätze. Und die lassen meine Augen groß werden.

»Wir danken unserem Gönner, der Gruppierung der Gläubigen von *ANDO*. Diese Anfangsbuchstaben stehen für *adoramus nobis dona om*, was übersetzt heißt: *Wir verehren die Gaben Gottes*.«

Worte wie diese bringen die Maschinen in meinem Gehirn zum Rattern. Hat sich da gerade eine Sekte angemaßt, die Worte Gottes aus der Bibel für ihre Belange zu verwenden? Ist das nicht reine Blasphemie? Aber keine Zeit, um weiter darüber nachzudenken. Die Enthüllung des Bildes steht bevor. Erst nachdem ich mich vergewissert habe, dass es sich um das gesuchte Gemälde handelt, kann ich diesen entweihten Ort wieder verlassen. Jetzt fällt mir auch auf, dass die ersten drei Reihen nicht nur von den Würdenträgern der Kirche bevölkert sind, sondern auch von den fast gleich gekleideten Herren in Besitz genommen wurden. Von hinten sehen sie aus ... wie derjenige, der mein Herz zum Klopfen brachte. Vorhin, als seine Augen über mich gewandert sind.

Die Stille im Raum und die weihrauchgeschwängerte Luft lassen meine äußere und innere Stimme endgültig verstummen. Starr richte ich meinen Blick auf die entblößte Leinwand vor mir. Alles, was ich noch denken kann, ist: *Ja, es handelt sich um das gesuchte Bild.*

Dann kommt ... nichts mehr als zeitloser Raum. In meinem Kopf beginnt es zu prickeln. Von meinen Zehen aus beginnt ein warmer Strom durch meine Energiebahnen hochzusteigen, windet sich wie eine Schlange um meine Wirbelsäule, bevor sie mit einem hörbaren Knall direkt an meinem Scheitel austritt. Danach überschwemmt mich nicht nur eine Hitze, die gefühlt alles in mir verbrennt, sondern auch ein berauschendes Glücksgefühl. Selbst in den Fingerspitzen nehme ich eine Reaktion wahr. Mein Herz klopft hämmernd im Brustkorb und vor meinen Augen verschwimmt die Realität. In bunten Wellen pulsiert die Luft um mich herum und glockenreine Töne füllen meine Gehörgänge. Wie schön ist das denn? Paradiesisch formt sich die ausströmende Atemluft aus meinem Mund in Formen und Farben, wie ich sie noch nie in meinem Leben gesehen habe. Allumfassende Liebe strömt in mich, auf mich und lässt meinen Körper von innen heraus leuchten. Kein negatives Gefühl kann sich halten. Ich beuge meinen Kopf nach unten und sehe dunkle Schlacken aus mir austreten. Sie winden sich entlang der alten Steine, die den Boden bedecken und kriechen direkt in das Bild hinein. Dort lösen sie sich auf, als ob es sie nie gegeben hätte. Auf der weißen Leinwand formen sich die darin enthaltenen erdigen Farben zu einem Kopf. Sanft und voller Liebe sehe ich ein überirdisch schönes Antlitz, das mich an einen Engel erinnert. Sein Blick durchdringt mich völlig, nimmt von mir Besitz. Unfähig aber, darüber weiter nachzudenken, starre ich ihn an, ohne eine äußere Gemütsregung zu bekunden.

»Du bist geheilt!«

Ohne Bewegung seiner Lippen spüre ich diese Worte mehr, als ich sie hören kann. Unendliche Freude bringen sie direkt zu mir, durchdringen meinen Körper und tauchen in meine Seele ein. Mein Puls rast noch immer, doch lautlos erdulde ich diese starken Emotionen, als ob sie immer ein Teil von mir waren. Von meinem Herz aus, schwinge ich in meinen Körper ein zu einem grandiosen Finale. Mehr gefühlt als bewusst, fängt meine Körpergrenze an zu verschwimmen und weitet sich über diesen Kirchenraum hinaus aus. Bis hinein in eine andere Dimension. Meine Seele gleitet, getragen von einer unsichtbaren Macht, dahin. Dann wird es schwarz um mich herum, und ich verliere mich in der Unendlichkeit.

Seine grauen ausdrucksstarken Augen mit den kleinen grünlichen Sprenkeln darin sind das Erste, was ich wieder bewusst sehe. Benommen versuche ich, mich aufzurichten.

»Bleib noch etwas liegen. Jonas, aus der Bruderschaft, hat dir ein Beruhigungsmittel gegeben. Er ist Krankenpfleger, du kannst ihm vertrauen. Bald geht es dir wieder besser.«

Allein seine bassgeschwängerte Stimme beruhigt die aufgewühlte Emotion in mir. Eigentlich fühle ich mich sehr gut.

»Was ist passiert?«

Fragend sehe ich mich um. Der Ort, an dem ich liege, hat nichts mit einer Kirche zu tun. Ein schmales Bett und eine spartanisch eingerichtete Kammer mit hohen weißen Wänden kann ich erblicken. Nur ein schlichtes Kreuz ist an der Wand befestigt. Der Stuhl, auf dem der schwarzgelockte Mann sitzt, gehört zu einem schmalen Schreibtisch. Ansonsten ist niemand hier.

»Später sieht er noch nach dir. Wie fühlst du dich?«

Mitfühlend drückt er meine Hand, die auf der leichten Decke liegt, mit der er mich fürsorglich bedeckt hat.

»Du bist beim Anblick unseres Bildes ohnmächtig geworden. Ist schon öfter vorgekommen, daher ängstige dich nicht zu sehr. Meistens tritt danach sofort ein besonderer Zustand ein. Ähnlich dem, wie du dich nach deiner Geburt, als Baby, gefühlt hast.«

Entgeistert starre ich ihn an. Selbst in dieser verzwickten Lage sieht er überirdisch schön aus. Alles was aus seinem Mund kommt, klingt fantastisch und berauschend. Was passiert da gerade mit mir? Bin ich überhaupt noch am Leben? Ist vielleicht mein Tumor geplatzt und gaukelt mir diese schönen Bilder vor?

Noch ein wenig benommen richte ich mich auf. Sitzend komme ich mir nicht mehr krank vor. Nicht einmal ein leichter Schwindel ist erkennbar, der mich schon seit Monaten begleitet. Kein Schmerz ist da, auch das Benommenheitsgefühl, welches mich seit Beginn meiner Erkrankung begleitet, ist momentan nicht fühlbar. Ich schüttle meinen Kopf, um das Gefühl für die Realität zurückzubekommen.

»Ruhe dich noch ein wenig aus. Ich sehe nach den anderen.«

»Wie viele …?«

»Das ist jetzt nicht wichtig für dich. Wir haben alles unter Kontrolle. Jeder wird versorgt.«

»Wie heißt du eigentlich?« Meine Stimme klingt noch etwas belegt und kratzig.

»Verzeihung, das habe ich völlig vergessen. Mein Name ist Jarle und ich freue mich sehr, dass das Bild dich gewählt hat.«

Bevor ich dazu noch etwas sagen oder fragen kann, ist er schon aus der Kammer entschwunden.

Ich bleibe mit vielen Fragen, leichtem Zweifel und einem wahnsinnig guten Gefühl zurück. Zuletzt hatte ich dieses Empfinden von völliger Gesundheit, als meine Mutter noch lebte. Wie sonderbar, dass mir das in diesem Augenblick bewusst wird.

Komisch, ein Satz schwirrt in mir noch immer umher. Was hat dieser attraktive Mann mit dem göttlichen Namen Jarle vorhin erwähnt? Das Bild hat mich gewählt? Bin ich nun eine Auserwählte? Ein paar tiefe Atemzüge holen mich wieder in die Realität zurück. Tatsachen brauche ich jetzt, keine aus der Luft herbeigezogenen Fantasien. Ein Bild kann mich nicht wählen. Und niemals ist ein

Mensch ein Auserwählter. Solche Berichte kenne ich nur aus der Bibel, und die ist ein perfekt getarntes Lügenkonstrukt. Gefüllt mit überholten Geschichten, die sich irgendwelche Menschen ausgedacht haben. Wie ein Märchenbuch aufgebaut, in dem man in alten Zeiten und fantastischen Ländern seine Gedanken auf Abenteuerurlaub schicken kann.

Noch etwas benommen rapple ich mich hoch, dehne meine verspannten Glieder und fühle mich … einfach wundervoll. Bevor mich eines dieser Sektenmitglieder noch rekrutieren kann, schlüpfe ich lautlos durch den Seiteneingang der Kirche hinaus. Wie gut, dass ich meinen Drahtesel nicht beim Haupteingang abgestellt habe, denn dort ist inzwischen die Hölle los. Aufgeregtes Geschnatter aus hundert Kehlen übertönt jegliches Naturgeräusch. Mit einem Überlegenheitsgrinsen im Gesicht, schnappe ich mir mein Fahrrad und trete kräftig in die Pedale, um diese verrückte Situation von vorhin hinter mir zu lassen. Erst als ich zuhause ankomme, kommt mir die Erkenntnis. Mit so viel Schwung und Freude, ohne ein Gefühl von Schwindel oder Kraftlosigkeit, habe ich seit Ewigkeiten nicht mehr Sport getrieben. In kürzester Zeit hat mein Körper diese lange Strecke bewältigt. Immer noch fühle ich mich stark und voller Tatendrang. Es erscheint mir fast wie ein Wunder zu sein.

Die Nachricht für den Unbekannten verfasse ich kurz und bündig mit einem WhatsApp auf meinem Handy: *Das gesuchte Bild steht in der kleinen Kirche.*

Unmittelbar darauf stürze ich mich ins pralle Leben. Mit einem fruchtigen Eisbecher im Café am Park besiegle ich diesen Erfolg, mitten unter unzähligen Gästen und lautstarker Kulisse. Leben vom Feinsten, nur für mich, pur und völlig normal.

Die Antwort des Unbekannten auf mein WhatsApp ist ebenso kurz wie klar: *Holen Sie sich das Bild und verstecken Sie es in Ihrer Wohnung, bis Sie die nächsten Instruktionen von mir bekommen. Sofort!*

Nach diesem phänomenalen Nachmittag ist mir alles gleichgültig. Also, noch einmal mache ich mich mit Fahrrad und Rucksack zu der kleinen Kirche auf. Dieses Mal ist niemand mehr hier, nicht einmal der kauzige Mesner. Immer noch unversperrt ist das Portal mit dem abgegriffenen Ring auf dem Beschlag. Es spiegelt den Leichtsinn des Bildbesitzers wider, denn die Entwendung des Gemäldes ist ein Kinderspiel für mich. In Anbetracht meiner körperlichen und mentalen Kräfte, die mir zu hundert Prozent zur Verfügung stehen, schnappe ich mir das Bild. Ich packe es vorschriftsmäßig ein und transportiere es auf meinen Rücken, um der Anforderung meines Gönners gerecht zu werden. Daheim angekommen, schiebe ich das Paket mit dem brisanten Inhalt in die Abstellkammer und stelle alten Kram davor. Niemand soll auf die Idee kommen, hier etwas Wertvolles bei mir zu finden. Angesehen habe ich es mir vorsichtshalber nicht mehr. Selbst beim Einpacken habe ich es tunlichst vermieden, einen Blick darauf zu werfen. In Gedanken wiederhole ich immer mein selbsterdachtes Mantra: *Es ist nur ein normales Bild. Nichts Besonderes enthält es, außer Leinwand und Farbe.* Mit der Anzahl der Gedankenwiederholungen erscheint es mir wirklich so zu sein. Gespürt habe ich auch nichts, außer meinem Schweiß auf der Stirn und unter den Achselhöhlen.

Gnadenlos brannte vorhin die Sonne herab. Noch vor ein paar Tagen hätte ich diesen Diebstahl und den Transport per Fahrrad nie ausgehalten. Mein desolater Kreislauf und der dazugehörige Partner mit dem Namen Schwindel, hätten dafür gesorgt, dass mein chronischer Freund Schwäche im Vordergrund agiert.

Ist das anscheinend nun Geschichte? Mehr darüber werde ich bei meiner morgigen Routineuntersuchung im Krankenhaus erfahren. Meine Freude hält sich aber in Grenzen. Das Bild des aufdringlichen und nicht von mir eingeladenen Tumors in meinem Oberstübchen wird nichts Neues zeigen. In meiner gedanklichen Vorstellung entsteht das gewohnte Bild von der Praxis des Arztes und seiner Person. Mit der kleinen Brille auf seiner großen breiten Nase könnte er als Karikatur durchgehen, wenn da nicht der spezielle Mitleidsblick wäre, mit dem er mich fürsorglich immer bedeckt. Dann kommt der obligatorische Ausspruch von ihm dazu: *Hmmm, so ist das also.* Dabei spreizt er die Finger seiner linken Hand, während sie das Kinn mit den dunklen Bartstoppeln umfassen. Wackelnd mit dem Kopf und ständig den Minenkopf seines Kugelschreibers drückend, wird er mir damit schonend mitteilen, dass der Tumor sich vergrößert hat. Immer nach dem gleichen Schema verläuft diese Untersuchung. Darüber bin ich aber immer noch ein klein wenig froh, denn seit einiger Zeit geistert in meiner Erwartungshaltung ein Horrorszenario umher. Falls er das in meiner gedanklichen Szene nicht mehr tut, sondern eine Einweisung auf die Palliativstation ausstellt, wäre dies der Anfang von meinem Ende. Mit dem altgewohnten Bild meines Arztes hingegen, halte ich die Hoffnung aufrecht, diese Einweisung noch möglichst lange hinauszuschieben.

Aber noch bin ich zuhause und heute geht es mir trotz des Diebstahls und der damit verbundenen Stresssituation richtig gut. Das muss gefeiert werden. Ich krame eine Flasche Wein aus meinem versteckten Lager im Wohnzimmerschrank und öffne ihn, damit diese purpurfarbene Flüssigkeit atmen kann.

Schnell sind ein paar Zutaten zurechtgelegt für meine Lieblingspasta: *Fettuccine Alfredo*. Die Zutaten dafür habe ich immer daheim. Wenn mich der Appetit übermannt, befriedigt mich nur mehr diese italienische Variation der Nudeln. Der große Topf mit dem gesalzenen Wasser kocht bereits und die ersten Nudeln gleiten in ihr perfekt temperiertes Bad, aus dem sie neugeboren und *al dente* gekocht wieder hervorkommen. Schnell lege ich noch einen hölzernen Kochlöffel quer über den brodelnden Topf, damit die Stärke im Wasserbad nicht überschäumt. Dabei verbrenne ich mir ein wenig die Finger, denn der Dampf hat die gefühlte Temperatur eines Vulkans. Währenddessen schneide ich ein Stück Butter in gleichmäßige Würfel und zaubere mittels Reibeisen aus dem kleinen Stück Parmesan eine flockige Variante. Einen kleinen Teil vom Kochwasser der Nudeln habe ich aufgefangen, um später damit die cremige Konsistenz des Gerichtes zu bekommen. Bei mittlerer Hitze schmelzen die Butterstückchen in der niederen Pfanne und sondern Bläschen von Eiweiß ab. Schnell verteile ich die Pasta darin, um das flüssige Fett vor einem zarten Braunton zu bewahren. Jetzt bleibt nur mehr der Akt der Zusammenführung von restlicher Butter, geriebenem Parmesan und dem übrig gebliebenen Kochwasser übrig. Eifrig rühre ich um, bis Butter und Käse ihre Emulgierhochzeit feiern und ich den glänzenden Mantel um die *Fettuccine* ziehe. Voilà, nun mit Salz und frischem, bunten Pfeffer aus der Mühle abschmecken und ein wenig Petersilie zum Dekorieren dazugeben. Ich gestehe, bei mir gibt es diese Kräuter als Dauerberieselung auf meinem Teller. Diesen Geschmack liebe ich einfach viel zu sehr, um mich mit ein paar Blättchen davon zufriedenzugeben. Inzwischen hat der Wein genug geatmet und flugs sprudelt er in Form von tausend Tröpfchen in das große, bauchige Rotweinglas. Mit direktem Blick aus meinem offenen Küchenfenster genieße ich diesen wundervollen Abend und das hervorragende, selbstgekochte Essen. Genießerisch schlürfe ich beide Leckereien, die Speise genauso wie den Rebensaft, der die Kraft von tausenden Sonnenstrahlen in sich trägt.

Das Abräumen verschiebe ich auf morgen, um diese tolle Stimmung gleich mit ins Bett zu nehmen. Na ja, der Wein hat sein Übriges getan und wird mir zu einem tiefen, traumlosen Schlaf verhelfen. Morgen ist ja auch noch ein Tag.

Im Krankenhaus geht es wie gewohnt zu. Trübsinnige Gesichter, lautstarke Ausrufe und ungeduldig wartende Patienten häufen sich zusammen an einem gemeinsamen Platz. Über den meisten von ihnen schwebt eine dicke Angstwolke. Die stickige Luft weicht erst aus dem Wartesaal, als sich eine Krankenschwester erbarmt und das versperrte Fenster kurz öffnet. Ich befinde mich im sechsten Stock dieses Gebäudes und es ist kein Märchen, dass todkranke Menschen sich hier hinunterstürzen. Um einem langsamen Verfall ihres Körpers und Geistes entgegenzusteuern. Was sie dann nicht mehr mitbekommen, ist die ausufernde Reinigung des Schauplatzes im Erdgeschoß. Dann werden ihre Körperteile, die mit dem roten Lebenssaft aus ihrem Inneren durchtränkt sind, gesammelt und entsorgt. Direkt hinein in den schwarzen Leichensack aus luft- und flüssigkeitsdichtem Kunststoff, bereit für den Transport in die Gerichtsmedizin.

Kein Wunder, dass meine sarkastische Phantasie an diesem Ort Höchstleistung erbringt. Diese Warterei an einem negativ aufgeladenen Ort lässt meine Nervenbahnen vibrieren, aber endlich werde auch ich aufgerufen. Sehnsuchtsvolle Blicke begleiten mich bis zur Tür, vorbei an der gestressten Vorzimmerdame, direkt hinein in das Allerheiligste des Arztes. Die vorherigen Untersuchungen habe ich bereits durchlaufen, nur das obligatorische Arztgespräch ist noch offen. Doch die Begrüßung fällt anders aus als bei vorherigen Terminen. Statt dem gewohnten *Setzen Sie sich bitte*, starren mich vier Augenpaare an. Was ist nun los? Hat das mit mir zu tun? Schnell überprüfe ich den Sitz meiner Frisur und kontrolliere, ob der oberste Knopf meiner Bluse geschlossen ist. Aber alles passt perfekt.

»Frau Sunniva Kondor?«

»Ja, die bin ich. Sie kennen mich doch, Herr Professor!«

Zweifelnd sehe ich mich um, aber es erscheint mir wie immer zu sein. Nur das Beisein der anderen drei Weißkittel bringt mich aus dem Konzept. Ist es schon soweit? Steht mein Name bereits auf der Einweisung zur palliativen Behandlung? Glauben die etwa, dass ich durchdrehen werde? Wollen sie mich festhalten und dazu zwingen, hierzubleiben?

Der bebrillte Arzt schreitet zur Wand, wo meine MR-Aufnahme, von hinten belichtet, hängt.

»Sehen Sie her, es gibt keinen Schatten mehr. Der Tumor ist gänzlich verschwunden.«

»Was soll das, wollen Sie sich über mich lustig machen? Ich vertrage die Wahrheit. Um wie viel ist er gewachsen?«

Meine Augen starren auf das Bild, doch außer den Gehirnhälften mit den Umrissen sind nur schwarz-weiß Schattierungen für mich als Laien erkennbar.

»Nein, Frau Kondor, er ist wirklich verschwunden. Spontanheilung würde ich sagen, obwohl ich es selbst kaum glauben kann. So etwas habe ich noch nie erlebt. Fast erscheint es mir, als ob Gott hier seine Finger im Spiel gehabt hat.«

Kurz räuspert er sich und gemeinsam mit seinen Kollegen studieren sie erneut mein Bild.

Ich fühle mich dabei wie nackt, ausgezogen bis auf meine Gehirnwindungen. Es erscheint mir pietätlos, so neben mir zu reden, da ich nicht an Gott glaube. Er soll doch diesen Religionskram draußen lassen.

»Wie gibt es das?« Immer noch begreife ich das Gehörte nicht.

Unsicher stammle ich die paar Wörter und bewege meine Finger unaufhörlich. Meine Hände ringen genauso um Fassung wie das, was in meinem Kopf ist.

»Es existiert bislang keine systematische Erforschung solcher Phänomene. Nicht wahr, meine Herren?«

Die drei stummen Ärzte nicken wie Hampelmänner mit ihren Köpfen. Nicht zu fassen, dass viele Studierte nicht in der Lage sind, ein Wunder in Worte zu fassen. Na ja, eigentlich ergeht es mir genauso. Anstatt große Freude zu empfinden, wechselt Angst mit Unsicherheit ab. Angst, dass diese dunkle Zellenansammlung wiederkehrt, und Unsicherheit, wie mein Leben nun weitergehen soll. Als Erstes fällt mir gleich mein Schuldgefühl ein. Das darf nun wieder aus meinen verborgenen Tiefen aufsteigen und Verantwortung für meinen Diebstahl auf sich nehmen. Und noch viele weitere Dinge, die ich nun bald erledigen muss. Die ich lange vor mir hergeschoben habe, in der Hoffnung, dass fremde Menschen sich nach meinem Tod damit herumschlagen werden. Wenn ich mich nicht mehr auf diesem Planeten aufhalte.

»Wie geht's nun weiter? Brauche ich die Medikamente noch?«

So viele Fragen tauchen plötzlich auf und warten darauf, dass ich sie mit meinen Lippen forme.

»Nein, vorerst nicht. Frau Kondor, genießen Sie das Leben wieder. Nicht viele bekommen so eine große Chance. Wir sehen uns in drei Wochen noch einmal zur Kontrolle. Bis dahin haben wir mehr von diesen Auswertungen.«

Schnell drehen sich die vier Ärzte um und diskutieren meinen Fall, als ob ich nicht mehr anwesend wäre. Toll, gerade bin ich noch im Mittelpunkt des Geschehens gewesen. Zwei Minuten später nur mehr ein Fall von vielen. Sofort tauche ich wieder in mein Angstnetz, gesponnen aus neuen Befürchtungen, ein.

Ohne mich zu verabschieden, setze ich einen Fuß vor den anderen. Gesteuert von meinem Unterbewusstsein komme ich erst wieder zu mir, als die Aufzugsglocke die Ankunft des Liftes mit einem *Gong* ankündigt. In der Aufzugskabine sehen mir entweder müde Gesichter entgegen, oder sie wenden sich diskret von meinen Augen ab und starren auf die Knöpfe des Liftes, als ob dort die Lösung ihrer Probleme auf sie warten würde. Endlich kommen wir nach zwei Stopps im Erdgeschoß an.

Um nicht noch weiter von dieser dicken Energiesuppe ungewollt zu kosten, peile ich direkt den Ausgang an.

Tief atme ich draußen durch und lasse mich im Rhythmus des Verkehrs mittragen. Kurze Aufenthalte an den Ampeln nehme ich nur ferngesteuert wahr. Erst ein lautes Hupen holt mich aus diesem Zustand heraus. Fast hätte ich den Zebrastreifen betreten, obwohl der Autofahrer rasend schnell um die Ecke kommt. Nun bin ich wirklich aufgewacht und freue mich auf ein langes Leben. Zumindest soweit ich es mir zu diesem Zeitpunkt vorstellen kann. Wie sagte meine Mutter immer? *Schritt für Schritt, alles Weitere kommt von alleine.* Daran werde ich mich halten.

Zu meiner neuesten Marotte gehört, nach dem Eintreten in mein kleines Reich, der Blick in die Abstellkammer. Ist das Bild auch noch genau da, wo ich es abgestellt habe? Keine Ahnung, vielleicht glaubt mein Unterbewusstsein, dass es die Macht hat, sich fortzubewegen. Und mich damit in eine unangenehme Situation zu bringen. Schnell verschließe ich die Tür wieder und sperre sie sicherheitshalber zu. Immer, wenn sie offen ist, habe ich das Gefühl, Frischluft zu brauchen. Eine ungewohnte Atmosphäre dehnt sich in meinen Wohnräumen aus, die nur durch beständiges Lüften annehmbarer und erträglicher wird.

Was hat es mit diesem Bild auf sich? War es der Auslöser für meine Spontanheilung? Aber wie funktioniert das? Ich hätte nun die Gelegenheit, dieses Gemälde genauer zu untersuchen, doch ich traue mich nicht. Meine Angst begründet sich darin, dass ich dabei entdecke, wie normal es sich anfühlt. Besser erscheint es mir, das Verschwinden meines Tumors als Spontanheilung anzusehen. Wie der Arzt es auch benannte. Diese Weißkittel haben doch immer recht, oder?

Mein Magen knurrt wieder wie in alten Zeiten. Und der Appetit wächst mit jeder neu anbrechenden Minute auf alle möglichen Speisen, vor denen mir in letzter Zeit gegraut hat und richtig schlecht geworden ist. Schon der Duft alleine, beim Betreten und Verlassen eines Restaurants, genügte, um meinen Speichel anzuregen und einen Schluckreflex auszulösen. Meistens half nur tiefes Durchatmen, manchmal kam mir auch der Magensaft hoch. Dies war bis vor kurzem das Unangenehmste, denn meine Zweifel, ob ich dann Mundgeruch habe, wurden so ständig geschürt. Da half auch kein Handtest, mit dem ich meine eigene Atemluft überprüft habe. Gott sei Dank ist es damit vorbei. Ich bin eine ganz normale junge Frau mit Wünschen und Träumen.

Apropos Träume: Der junge Mann, der mir in der Kirche geholfen hat, geht mir nicht mehr aus dem Sinn. Jarle, was für ein besonderer Name und er passt perfekt zu ihm. Ob er ein Besucher war, ein zufälliger Gast oder war er Teil dieser Sekte? Verflixt, das wäre gar nicht in meinem Sinn. Da lerne ich einen atemberaubenden Mann kennen, zeigte mich selber äußerst schwach in einer kläglichen Situation, und dann noch dieser Verdacht. Wieso läuft bei mir immer alles schiefer als bei anderen?

Nun passiert ein phänomenales Wunder, und diese tödliche Erkrankung verschwindet von einer Minute auf die andere, aber ich bin fast genauso traurig wie vorher. Fühle mich vom Leben durchgebeutelt und benachteiligt. Irgendetwas stimmt hier ganz und gar nicht. Hat das mit der Energie des Bildes zu tun? Ich muss lösungsorientiert denken.

Mir hilft dieser Gedankenwirrwarr nicht weiter. Um Klarheit zu bekommen, durchforste ich die Internetseiten mit dem Namen Jarle und werde bald fündig. Interessanterweise gibt es mehrere mit diesem nordischen Namen. Doch nur einen in meiner näheren Umgebung. Siedend heiß fällt mir noch ein Aspekt dazu ein. Dieser attraktive Mann will sicher mit mir nichts zu tun haben, wenn er erfährt, dass ich sein Bild gestohlen habe. Mit der linken Hand schlage ich auf meine Stirn. Wie hirnverbrannt muss diese Situation noch werden? Endlich begegne ich meinem Traummann, der zu einer Sekte gehört und ihr vielleicht hörig ist, und der meine Zuneigung nicht erwidern kann. Selbst bin ich eine Diebin, die mit dubiosen Unbekannten zusammenarbeitet, um die Miete bezahlen zu können. Ständig spreche ich zu mir selbst, habe keine Freundinnen und keine näheren Verwandten. Besitze kein Auto und arbeite nicht für meinen Lebensunterhalt. All dies klingt so schräg, dass es fast wehtut. Ich bin eine Außenseiterin, wie es im Buche steht, niemals entspreche ich der gesellschaftlichen Form. Daher darf ich mich nicht wundern, wenn ich genauso spezielle Typen anziehe und in mein Leben lasse.

Mein Handy erwacht zum Leben.

»Haben Sie das Bild bei sich?«

Keine Begrüßung, kein *Wie geht es Ihnen* und kein Lob kommt über diese unbekannten Lippen. Was in seinem Geist versteckt ist, möchte ich gar nicht wissen. Dunkel, schmutzig und verlebt stelle ich mir seine Person vor. Gekleidet in unappetitliche Klamotten von der Stange. Den widerlichen Geruch, den seine faltige, gelbliche Haut ausströmt, muss ich dank einer Vermeidung des direkten Kontaktes, nicht durch meine Nase einatmen. Nur über solch negative Bewertungen seines Körpers behalte ich den notwendigen Abstand zu ihm. Um meine Seelenhygiene rein zu halten, ist dies für mich unbedingt notwendig.

»Ja, alles erledigt. Es steht bei mir.«

Seinen Sprachstil kopiere ich inzwischen auch. Wie tief bin ich doch gesunken.

»Sehr gut! Lassen Sie es gut verpackt, sehen Sie es auf keinen Fall noch einmal an. Das würde ihnen mehr schaden als nützen.«

Was dieser Typ alles weiß. Gibt es da noch viel Unbekanntes, worüber er mir eigentlich Bescheid geben sollte?

»Reden Sie mit keiner anderen Person darüber. Strengste Geheimhaltung ist notwendig, bis ich es bei Ihnen abholen lasse. Den genauen Übergabetermin erfahren Sie beizeiten. Ich hoffe, es macht Spaß, wieder gesund zu sein?«

Ein hämisches Grinsen, welches ich zwar nicht sehen, aber dennoch fühlen kann, begleitet diese ausgespuckten Worte. Aalglatt und scharf wie ein Messer kommt die sarkastische Bemerkung zu mir rüber. Daher gehe ich nicht darauf ein.

»Dann bis bald«, ist alles, was ich hervorbringe.

Dass ich anschließend gleich die Verbindung unterbreche, ist bitter notwendig. Energien, die so durchtränkt sind von unausgesprochenem Zynismus, hasse ich aus tiefstem Herzen. Sie haben die Macht, lange in mir zu verbleiben und es sich auf ewig gemütlich zu machen. In meinen Gedanken, meinem Blut und meinem Herzen. Probleme habe ich genug, daher versuche ich, durch ein anschließendes Reinigungsritual dies alles wieder loszuwerden, bevor es zu einem festen Bestandteil meiner Psyche wird. Am besten wirkt da immer eine Dusche mit kaltem Wasser.

Niemand ist vollkommen, doch alle streben es an. Ich habe vorerst genug von den Weisheiten, die an jeder Straßenecke von Transparenten leuchten. Auch wenn ich mich oft wie ein störrischer Esel verhalte, liegt es an mir, die Welt so zu sehen wie ich es aushalte. Leicht ist es, die Schuld bei anderen zu suchen und beim Schwächeren alles abzuladen. Heute reihe ich mich da ein und mache das auch genauso. Damit ich mich wieder als Mensch und gleichberechtigte Frau fühle. Wenn mich nie jemand lobt, seinen Frust aber bei der nächsten Gelegenheit, die sich bietet, ablädt, dann sollte er nicht meinen Weg kreuzen. Bevor ich mich in die Duschkabine begebe, wappne ich mich mit einem guten Vorsatz: Ich lasse mir einfach nichts mehr gefallen.

Auf meinem Konto wurde inzwischen der restliche Betrag meines unbekannten Gönners gutgeschrieben. Ab heute stehe ich nicht mehr in der Schuld meiner Hausbank, mein Minus auf dem Konto hat sich endgültig verabschiedet. Wie jeder andere Bürger dieser Kleinstadt kann ich schnurstracks in dieses Geldinstitut hineingehen und mir Scheinchen holen. Oder meine Kreditkarte zücken und mir neue Kleidung und Schuhe kaufen. Es ist lange her, dass ich so eine finanzielle Freiheit spüre.

Das durch den frühzeitigen Tod meiner Mutter mir vererbte Vermögen ist durch meine vielen teuren Ausbildungen bereits aufgebraucht. Danach musste ich meinen Lebensunterhalt selbst verdienen. Neben dem Lernen jobbte ich jahrelang abends in Bars und Cafés. Das ist Knochenarbeit, die durch die Anmache verheirateter Männer, die daheim ihre Frauen und Kinder sitzen haben, noch erschwert wird. Deshalb verabscheue ich notorische Fremdgeher. Die andere Seite der Medaille zeigt aber auch auf, dass Frauen diesen Möchtegernkavalieren im Hinblick auf solche außerehelichen Liebeleien in nichts nachstehen. Auch sie sind oft alleine unterwegs und haben gegen einen One-Night-Stand viel zu wenig einzuwenden. Diesen flüchtigen Kick brauchen sie, um etwas Farbe in ihren Alltag zu bringen. Zugegeben, nicht alle denken so. Um diese Sorte aber zu erkennen, braucht es viel Fingerspitzengefühl. Gerade lächelt mich ein attraktiver Vierziger in meinem Stammcafé an.

»Darf ich Sie auf einen Kaffee einladen?«

Er zwinkert mir zu. Die frühere Variante von Sunniva würde verneinen und sich auf der Stelle abwenden. Irgendwie ist mir aber nach ein wenig Spaß. Heute drehe ich den Spieß um.

»Gerne, aber bitte mit einem Stück Obstkuchen.«

Kurz zuckt er mit den Schultern, bestellt aber sofort für mich.

»Ich bin nur auf der Durchfahrt. Ach ja, ich habe mich noch nicht vorgestellt, mein Name ist Hagen.«

In seinen Worten versteckt sich viel von seinen wahren Absichten. *Er ist auf der Durchfahrt* heißt so viel wie: *Wir können alles miteinander machen und dann ziehe ich wieder weiter. Erhoffe dir nicht zu viel von mir. Es bleibt bei dem einen Mal.* Diese Sorte Mann kenne ich. Aber ich spiele weiter mit.

»Man nennt mich Katja.«

Das begleitende Kichern unterdrücke ich, um ihn nicht fortzujagen, bevor er bezahlt hat. Einen falschen Namen zu nennen ist üblich. Fast sicher bin ich mir, dass auch er mich angelogen hat.

»Du bist mir gleich aufgefallen. So eine Schönheit sticht aus der Masse heraus.«

Sein Blick wandert in meinen Ausschnitt und tastet sich hinunter bis zu meinen Zehen. Um mitzuspielen, rekle ich mich kurz, bevor ich mich über den gerade vor mir abgestellten Kuchen stürze. Seit meiner Genesung kann ich Unmengen an Lebensmitteln verschlingen. So eine Gier nach süßen Backwaren kannte ich vorher nicht. Da ich mich aber über mein Gewicht nicht beschweren kann, verputze ich mit wenigen Bissen meine Portion. Mein Gegenüber hat mit dem Verzehren seines Kuchenstücks noch gar nicht angefangen. Sein gieriger Blick hat mehr mit Gelüsten anderer Art zu tun. Zum Abschluss meines Snacks spüle ich den zugegebenermaßen leckeren Kaffee in einem hinunter.

»Ich muss mal für kleine Mädchen.«

Ohne seine Antwort abzuwarten, greife ich nach meiner Handtasche und bewege mich behände zwischen den Stühlen hindurch, entlang der Bar, ein paar Halbstufen hinauf bis zur Toilette. Doch anstatt in das Damenklo hineinzugehen, zweige ich auf dem Gang vorher ab und benütze die Seitentür, um schnell aus seinem Blickfeld zu verschwinden. Den Gastgarten übersehe ich nun von der anderen Ecke des Gebäudes aus. Mein Kavalier bezahlt gerade die Rechnung bei der Kellnerin. Schade, dass ich nicht sehe, wie lange er noch sehnsüchtig auf mich wartet. Oder ob er sich zur Toilette schleicht, um mich in der Kabine zu überraschen?

Was ist bloß mit mir los? Das bin doch nicht ich, was ich gerade da abgeliefert habe. Als ob eine fremde Macht von mir Besitz ergriffen hätte. Kann durch eine Spontanheilung der Charakter eines Menschen verändert werden? Schnell bin ich wieder von meinen Gedanken abgelenkt, und kichere beim Weitergehen nun offen vor mich hin. Dem habe ich es gezeigt. So bald wird er nicht wieder eine junge Frau anbaggern.

Mein Blick fällt auf das sorgsam angelegte Blumenbeet neben der Straße. Tulpen und Narzissen wetteifern mit den schönsten Farben hier, auf diesem schmalen Plätzchen Erde. Ihre gelben, sattvioletten und rosa Blütenkelche recken sich der Sonne entgegen. Halb offen, stehen sie im Zenit ihres Daseins. Mit einem kräftigen Schwung hebt sich meine linke Hand, und fegt wie ein Sturmwind über ihre Pracht. Blütenblätter regnen auf den Asphalt herab und verzieren den blauschwarzen Bodenbelag mit einem zufällig entstandenen Muster. Die kahlen Halme wiegen sich noch aus der Bewegung heraus hin und her, suchen wie verzweifelt nach ihrem Kopfschmuck. Ohne zu begreifen, dass sie enthauptet und ihrer Zukunft beraubt wurden. In meiner Kehle kitzelt es und aus meinem Mund bricht ein Schrei heraus. In meinem Inneren fließt ein herrlicher Strom von Zerstörungsenergie und sucht sich seinen Ausgang. Vergeblich, wie mir scheint, denn immer noch wütet dieses Gefühl in mir weiter. Mit meinem Fuß knicke ich die verbliebenen grünen Halme ab und stampfe sie in den erdigen Untergrund. Herrlich fühlt sich das an. Berauscht von meiner Aktion schlendere ich weiter. Im Takt meiner Schritte sucht mein Verstand nach einer Erklärung für diesen Frevel, den ich an der Natur begangen habe. Doch dieser Funken meines Gewissens erlischt, bevor er richtig an die Oberfläche kommt.

Gerade habe ich mich beruhigt, da kommt der nächste Anfall. Dieses Mal ist meine Nachbarin an der Reihe. Auf meinem Fußabstreifer vor der Wohnungstür liegt die obligatorische Zeitung, die sie mir immer hier ablegt, damit ich sie mir nicht kaufen muss. Doch heute hat mich ein Teufel geritten. Lässig bücke ich mich, rolle sie zusammen und läute Sturm an ihrer Wohnungstür. Sogleich höre ich Schritte und die Tür geht fast lautlos auf. Ihr erstaunter Gesichtsausdruck, mit dem offen stehenden Mund, verstärkt meine

Verachtung für sie noch zusätzlich. Mit einem geringschätzenden Blick knalle ich das Tageblatt auf ihre geöffnete Hand.

»Die kannst du behalten. Eine abgegriffene und fleckige, gebrauchte Zeitung ist meiner nicht würdig. Bring sie doch selbst zum Altpapiercontainer, oder bist du zu faul dafür?«

Hämisch grinse ich dabei und mein Herz klopft mir bei dieser Aktion bis zum Hals. Voll freudiger Erregung über ihren Schmerz, den sie leidvoll durch ihre Haltung zum Ausdruck bringt, fühle ich mich noch ein wenig besser als zuvor.

»Aber, aber ich …!«

»Halt doch deinen Mund. Du gehst mir auf die Nerven mit deinem ewigen Gejammer.«

Ich drehe mich um und lasse sie einfach stehen. Ihr Weinen höre ich noch hinter meinem Rücken, als ich meine Wohnungstür zuknalle. Wie ein Befreiungsschlag fühlt sich diese Energiewelle an, die mich durchspült. Heftig atme ich auf und fühle mich lebendig wie nie zuvor. Das hat mir also gefehlt. Schon längst hätte ich nicht so nett und anpassungsfähig leben sollen. Wie gut es tut, auf den Tisch zu klopfen und sich seiner Präsenz bewusst zu sein.

Meine Schuhe werfe ich von mir, ohne mich zu bücken und sie ordentlich hinzustellen. Jetzt habe ich Durst. Ganz gegen meine sonstige Gewohnheit, trinke ich direkt aus der Tetraverpackung des Fruchtsaftes. Ohne den darin verbliebenen Rest auszuleeren, schleudere ich diese in meinen Papierkorb. Wo sie definitiv nicht hingehört.

Beim Öffnen des Kühlschrankes bemerke ich, dass darin gähnende Leere herrscht. Also nochmal raus und einkaufen gehen. Gefangen im Überschwang meiner euphorischen Gefühle, ist vielleicht jetzt nicht der ideale Zeitpunkt für weitere Begegnungen. Beim Blick in meine Geldtasche finde ich nicht mehr viel Bares. Ach was soll's, es wird schon reichen. Mit schnellen Schritten reiße ich meine Jacke vom Garderobenhaken und fliege fast die Treppe hinunter. Nicht weit von meiner Wohnung entfernt ist ein kleiner Laden, in dem ich seit Jahren die wichtigsten Lebensmittel und Getränke bekomme. Normalerweise plaudere ich immer noch ein paar Worte mit der netten Kassiererin. Doch heute ist alles anders. Ich stürme durch die Eingangstür, ohne zu grüßen, und packe wahllos ein paar Dinge in den silbernen Einkaufskorb des Ladens. Kleinere Dinge, wie Batterien, Dosen mit Kokosmilch und Süßigkeiten wandern direkt in meine Jackentaschen. Vor der Kasse hat sich eine kleine Schlange gebildet. Ohne Rücksicht zu nehmen gehe ich einfach vor und dränge mich vor eine junge Mutter mit einem Kleinkind im Buggy. Als sie kurz den Kopf in eine andere Richtung dreht, entreiße ich dem kleinen Mädchen den Schnuller und stecke ihn in meine innere Jackentasche. Sogleich beginnt die Kleine zu weinen. Nicht einmal die Mutter kann sie beruhigen.

Hämisch lache ich in mich hinein und schnauze sie an: »Sorgen Sie doch dafür, dass das Geplärre aufhört. Das ist ja nicht auszuhalten.«

Mit hochrotem Gesicht geht sie aus der Warteschlange, um die – zugegeben - süße Maus aus dem Wagen herauszunehmen und an sich zu drücken. Beschützend hält sie das Kind an sich gepresst und beruhigt dadurch das kleine Mädchen. Währenddessen sucht sie verzweifelt den Boden nach dem Schnuller ab. Endlich ist der Platz für mich freigeworden. *Geht doch,* denke ich mir noch. Die verwunderten Blicke der anderen Wartenden bemerke ich nicht, denn nun habe ich die Kassiererin im Visier.

»Legen Sie bitte alle Waren auf das Band!«, fordert sie mich, angesichts der Situation, verärgert auf.

»Da liegt schon alles.«

Irritiert sieht sie mich an.

»Sie haben noch etwas in Ihrer Jackentasche. Bitte legen Sie es sofort dazu.«

Wie kann sie das wissen? Ihr Blick geht nach oben. Mein Kopf hebt sich an und jetzt entdecke ich den über der Kasse angebrachten Spiegel. Vorwitzig sieht man darin die Batterien aus meiner Tasche blitzen. Ach, deshalb ist sie so unfreundlich. Schnell ziehe ich sie heraus und lege sie auf das Band dazu, doch das ist noch nicht alles.

»Hören Sie, wenn Sie hier stehlen wollen, muss ich die Polizei holen. Entweder Sie bezahlen ihren gesamten Einkauf, oder ...«

Was jetzt, die ansonsten sehr freundliche Frau entpuppt sich als Furie. Eingebildet und ungehobelt raunzt sie mich weiter an. Dieser Laden wird mich nie wieder sehen.

»Jetzt machen Sie schon endlich. Andere Leute wollen auch ihre Einkäufe bezahlen.«

In ihrer Hand hält sie ein Handy und ihre Finger drücken gerade eine gespeicherte Nummer. Ob sie wirklich die Polizei anruft oder nur blufft, kann ich nicht abschätzen.

Hinter mir entsteht eine Bewegung. Ein junger Mann drängt sich nach vorne und redet mit der Kassiererin. Erst als er sich umdreht ... erkenne ich ihn. Es ist Jarle, der Mann aus der Kirche. Etwas freundlicher wirkt nun auch die Frau an der Kasse. Sie nickt ihm zu und Jarle hilft mir, meine Taschen auszuräumen. Sogar den Schnuller findet er und gibt ihn der erstaunten Mutter zurück. Wie hypnotisiert fühle ich mich. Ich bekomme alles mit, sogar wie Jarle meinen Einkauf bezahlt und in eine Papiertasche packt. Dennoch bin ich wie ferngesteuert. Er nimmt meine Hand und geht mit mir aus dem Laden. Hinter mir beginnt ein Getuschel unter den Anwesenden. Das Letzte, was ich höre, ist: *so eine Verrückte.*

Wieder hilft mir dieser attraktive Mann in einer surrealen Situation. Mit einem festen Griff auf meine Finger geht er neben mir her, bis zu meiner Wohnung. Ungefragt nimmt er den Wohnungsschlüssel aus meiner Hand, schließt auf und bugsiert mich auf einen Sessel in meiner Küche. Schnell räumt er die Sachen in den Kühlschrank, die Kühlung benötigen. Dann füllt er Wasser in meinen Wasserkocher und brüht mir einen Tee auf. Die offene Packung mit den Teebeuteln habe ich nach dem Frühstück auf dem Küchenbord abgestellt. Erst als wir beide uns in die Augen sehen, und sitzend bei einer Tasse Tee zur Ruhe kommen, wird mir bewusst, dass dieser fremde Mann in meiner Küche sitzt. Langsam komme ich wieder zu mir. Ich schäme mich zutiefst für mein Verhalten, das ich an den Tag gelegt habe. Mit gemischten Gefühlen hatte ich immer schon zu kämpfen. Doch so, wie ich mich heute aufgeführt habe, bin ich ihm eine Erklärung schuldig. Aber ich finde keine passende. Es scheint mir, als ob ich eine völlig andere Person gewesen bin. Die alte Sunniva in mir drinnen hätte sich nie so benommen. Was ist bloß mit mir los? Könnte diese Spontanheilung damit zu tun haben? Wer ist dieser Mensch, der mir gegenüber sitzt? Warum war er in diesem Augenblick in dem Laden?

»Du wirst dir sicher viele Fragen stellen und keine Antworten darauf haben.«

Seine tiefe, volle Stimme beruhigt mich etwas. Anstatt mir Vorwürfe zu machen, sucht er nach einer Lösung. Wie gut das tut.

»Ich bin dir auch noch einige Antworten schuldig. Leider fand ich dich in der Kirche nicht mehr wieder, nach deinem Bildkontakt mit meinem Werk.«

»Was, du hast dieses Bild gemalt?«

Meine Augen werden riesengroß. Das hätte ich nie vermutet. Vor mir sitzt der unbedeutende Künstler. Zumindest glaubte ich das bis eben gerade. Jetzt beginne ich aber, eine neue Sichtweise zuzulassen. Das Bild hat es in sich, ist etwas Besonderes. Mein Gefühl dafür ist immer noch vorhanden.

»Ja, ich habe es erschaffen. Aus Farbe und einer besonderen Zutat.«

»Was bitte schön kann man außer Farbe noch vermalen?«

Verwundert streiche ich mit meinen Fingern durch meine Haare. Die sicher in alle Richtungen stehen, nur nicht, wo ich sie haben möchte.

»Da muss ich mit meiner Erzählung etwas ausholen. Hast du Zeit dafür?«

»Alle Zeit der Welt. Du siehst doch, dass ich völlig durch den Wind gedreht bin. Mein Verhalten ist so sonderbar. Ich finde keine Erklärung dafür. In meinem Kopf wechselt sich die Scham, für das, was ich getan habe, ab mit Neugier auf das, was du mir sagen möchtest.«

Lange Rede, kurzer Sinn, ich warte auf seinen Bericht.

»Vor vielen Jahren hat mein Vater die Gemeinschaft *ANDO* gegründet. Er ist übrigens einer der Historiker, die sich der Zeit, in der Jesus Christus gelebt hat, widmen. Viele Ungereimtheiten aus den Überlieferungen der Bibel und diversen Schriftrollen, die bei Ausgrabungen gefunden wurden, ergaben ein völlig anderes Bild dieser Glaubensgemeinschaft. Sie zogen das Resümee, dass Jesus nicht auferstanden ist, sondern von den Jüngern nach seinem Tod verbrannt wurde. Seine Asche bewahrte man in einem Steinkrug auf, versteckt in einer Felsennische. Archäologen entdeckten daneben einen zweiten Krug. Darin befand sich ebenfalls die Asche eines Körpers. Vermutlich handelte es sich dabei um die Reste eines gefallenen Engels. Der eine große Rolle in der Geschichte dieser Religion gespielt hat. Hinter diesen antiken Tonkrügen waren Schriftzeichen in den Stein geritzt, die eine Erklärung dazu gaben, wie diese Krüge hierher kamen. Laut einer Übersetzung dieser alten Zeichen wurden sie während der Kreuzzüge von wütenden Kreuzrittern im 12. Jahrhundert nach Christus aus der *Ädikula* in Jerusalem geraubt. Dem Ort, wo Jesus angeblich gekreuzigt und begraben wurde. Nach einer Odyssee, die nicht näher beschrieben wurde, landeten die zwei Aschekrüge in dem Felsenkeller eines griechischen Klosters. Dort wurden sie von nun an, unter strenger Geheimhaltung, verwahrt und so konnten die Mönche diese heiligen Reliquien vor dem gemeinen Volk schützen.«

Ich muss ihn unterbrechen, denn auf meiner Zunge liegt ein Name, den ich bereits als Kind geliebt und gefürchtet habe. Meine Mutter hat mir so oft Geschichten von ihm vorgelesen.

»Der gefallene Engel … redest du vom Engel Luzifer?«

»Ja, genau, Luzifer, der Sohn der Morgenröte. Einst schien sein Energiestrahl hell glänzend und verherrlichend. Er wurde von Gott gepriesen und reflektierte den Glanz des Himmels als Träger des Lichts und Höchster der geschaffenen Himmelswesen. Nach seinem Fall und der Verbannung durch Gott Vater, entdeckte er die dunkle Seite der Verführung. Durch seine rasende Wut über den Verlust seines Platzes im höchsten Rang des Paradieses, sah er in allen guten Mächten Rivalen, die es zu beseitigen galt, mit Verrat, Schmerz und Diffamierung. Dadurch wurde sein Lichtkörper auf den Energielevel eines Menschenkörpers reduziert und sein Leib wurde schließlich zu Fleisch und Blut, wie bei einem gewöhnlichen Menschen.«

Jarle nippt ständig an seiner Tasse, um seinen trockenen Mund zu befeuchten.

»Hier drinnen brennt die Luft, es ist so heiß. Wie hältst du diese Temperatur aus? Sogar ich fühle mich ein wenig schummrig und sehe plötzlich das alles nicht mehr so positiv.«

Siedend heiß fällt mir ein, dass nur ein paar Meter von unserem Sitzplatz entfernt das gestohlene Bild in meiner Abstellkammer steht. Um die Spannung zu überbrücken, schenke ich ihm noch Tee nach. Nachdenklich betrachtet er mich dabei.

»Und wie geht es weiter in deiner Geschichte?«

Indirekt fordere ich ihn auf, diese spannende Sichtweise mit mir zu teilen.

»Seitdem herrschen das Gute und das Böse in dieser Welt. Abwechselnd buhlen sie mit ihrer Energie um die Macht und Stellung in unserem Leben.«

»Hmmm!« Mehr bringe ich nicht heraus.

»Eines Tages fanden diese Aschekrüge den Weg zum Vatikan. Bevor aber die heilige Asche in den Kellern des Kirchenoberhauptes sicher verwahrt wurde, entnahmen ein paar Mönche einen Teil der Asche. Dieser Diebstahl blieb nicht lange unbemerkt. Alle Beteiligten erklärten aber den Schwund der Asche als unerklärbares Phänomen eines göttlichen Eingreifens. Niemand war an einer Aufklärung interessiert, denn sakrale Dinge waren nicht wirklich von dieser Welt. Außerdem waren Geistererscheinungen dieser Art furchteinflößend und unheimlich, denn das damalige Weltbild wäre schnell aus den Fugen geraten. In streng geheimer Mission wurde die entwendete Asche, unter der Hand, nach Österreich verkauft. Ein bekannter Bischof nahm sie in seinen Besitz, lagerte sie in dem *Sanktuarium,* dem Reliquiemschrein seiner

Kirche und verkaufte die Asche aus den gefundenen Tonkrügen in winzigen Mengen. Todkranke Menschen wurden dadurch sofort geheilt, wenn sie alleine die Verpackung, in der sich die Asche befand, berührten.

Nun komme ich ins Spiel. Mein Vater erfuhr davon und gründete daraufhin die Glaubensgemeinschaft *ANDO,* übersetzt heißt das: *Wir verehren die Werke unseres Gottes.* Die Ehrung dieser heiligen Asche erfolgt durch meine Malerei. Ein Teil dieser Aschepartikel wurde mit der Farbe vermengt und auf das Bild gespachtelt. Anschließend ließ ich meine Finger mit dem Pinsel auf der weißen Leinwand führen, begleitet von den Gesängen und Anrufungen unserer Kirchenmitglieder. So entstand dieses Bild. Doch vor einigen Tagen wurde es in der kleinen Kirche entwendet. Seitdem ist der Aufenthaltsort unbekannt.

Da es die Kirche aber in eine prekäre Lage bringt, wenn die Wahrheit ans Licht kommt, haben wir den Diebstahl nie gemeldet. Wir versuchen verzweifelt, es wiederzufinden. Zu wichtig ist die Sache für die Menschheit, damit Gut und Böse das Gleichgewicht halten.«

»Aber wieso ist es so wichtig?«

Mein Einwand lässt Jarle aufhorchen.

»Weißt du irgendetwas darüber?«

»Erzähle mir zuerst, wieso es so wichtig ist, das Bild wiederzufinden. Eigentlich kann es ja überall seine guten Taten vollbringen. Oder?«

»Nein, eben nicht. Da gibt es noch ein weiteres Geheimnis dazu.«

Ich zapple auf meinem Sessel ein wenig hin und her. Eine innere Unruhe hat mich befallen und lässt mir keine andere Wahl, als immer mehr darüber zu erfahren. Auch wenn es mir vielleicht nicht guttut, das Folgende zu hören. Denn schließlich bin ich selbst unverschuldet in die Sache hineingeraten.

»Betroffenen könnte die Sache um die Ohren fliegen. Denn ich habe nicht mit der Asche von Jesus gemalt, sondern mit der von Luzifer.«

Geschockt erstarre ich. Bevor ich verinnerlichen kann, was er gerade erklärt hat, frage ich weiter.

»Wieso habe ich dann Heilung erfahren, anstatt tot umzufallen?«

»Naja, ursprünglich war Luzifer ein Erzengel von höchstem Rang. Danach kam sein Fall in die Hölle. Hast du nicht bemerkt, dass sich dein Charakter verändert? Und das nicht zum Guten? Der weitere Verlauf wäre die Rückkehr deiner Erkrankung mit noch größerem Schmerz und dem unvermeidlichen Sterben als Schlussfolge. Doch das ist noch nicht das Ende. Wer so zu Tode kommt, brennt im ewigen Fegefeuer.«

Es ist so still im Raum, dass ich sogar die Küchenuhr ticken höre. Obwohl dieses Geräusch mein Unterbewusstsein schon lange verinnerlicht hat. Das sind ja grauenhafte Aussichten, die über meinen Tod hinaus bis in das Jenseits reichen. Sogleich macht sich ein Panikgefühl in mir breit. Mein Verstand versucht, das Unerklärliche zu begreifen, wird aber sofort von einem höchst düsteren und bedrohlichen Gefühl dominiert. Aber noch gebe ich nicht auf.

»Gibt es eine Lösung für dieses Problem? Schließlich seid ihr ja im Besitz von beiden menschlichen Rückständen. Wusstet ihr nicht bereits durch die in Stein geschriebene Überlieferung, dass die Asche von Luzifer solche Auswirkungen haben kann?«

»Nein, Sunniva, die ersten Wunderheilungen mit dieser Asche wurden nicht dokumentiert. Charaktereigenschaften bei den Geheilten wurden weder beobachtet, noch waren sie von Interesse für die Kirche. Gute und schlechte Menschen gab es bereits seit Anbeginn der Menschheit, niemand kümmerte sich wirklich darum. Tja, da gibt es noch etwas. Nicht alle, die geheilt wurden, haben dies zu befürchten. Nur die, welche das Bild selbst ausgewählt hat. Wir umschreiben so die Kontaktdauer der Betroffenen. Sehen sie das Bild nur einmal, kommt die positive Seite von Luzifer an den Tag. Befindet sich aber ein hilfesuchender Mensch öfter in seinem Umkreis, dann wird er oder sie eine Auserwählte, die die Folgen davon zu tragen hat. Nur an einem geweihten Ort, wie zum Beispiel einer Kirche, die nach der heiligen Geomantie aufgebaut wurde, kann es länger verwahrt werden, ohne den gefährlichen Einfluss von Luzifer.«

Es wird mir gerade alles zu viel. Ich bin verunsichert und reiße das Fenster auf, obwohl der Straßenlärm immens laut ist. Die gewohnten Geräusche sind auf jeden Fall menschlicher Natur und deshalb erdend. Meinen angespannten Nerven tut das gut. Immer öfter stelle ich mir die Frage, wer dieser Auftraggeber in Wirklichkeit ist. Was, wenn er mir auf die Schliche kommt? Welchen Plan verfolgt er?

Ich sehe mich gezwungen, Jarle alles zu beichten. Er wird für mich zum Gesegneten, denn nur mit seiner Hilfe kann ich mein schreckliches Schicksal abwenden.

In der darauffolgenden Stunde erzähle auch ich ihm alles. Schonungslos direkt bringe ich meinen Fall vor. Von meinen Beweggründen für den Diebstahl erzähle ich ebenso wie von der angespannten Lebenslage durch meine eigene Geschichte. Nun ist er an der Reihe, zu entscheiden, ob er mich als vertrauenswürdig wahrnimmt und mir helfen möchte. Immer klarer wird mir bei meinen Worten, dass nur Jarle allein mich retten kann. Hätte mir nach meiner ersten Begegnung mit ihm jemand gesagt, dass ich wenige Tage später sein Vertrauen gewinnen möchte, wäre ich lachend zusammengebrochen. Schnell kann alles anders werden. Es ist nicht immer so, wie es scheint.

»Da bleibt nur die Möglichkeit, das Bild ein zweites Mal zu stehlen, durch uns beide. Wir bringen es an einen sicheren Ort und ich male das Gegenstück dazu. Mit der richtigen Asche, der von Jesus Christus. Vielleicht stelle ich dadurch das Gleichgewicht wieder her, und du entgehst deinem grässlichen Tod, und dem, was danach kommt.

In meiner Kindheit wäre ich fast ertrunken. Mein Vater hat mich in letzter Minute gerettet. Mehr tot als lebendig, versuchten sie zuerst im Rettungswagen und danach im Krankenhaus mein Herz wieder zum Schlagen zu bringen. Durch diese Nahtoderfahrung habe ich das Licht gesehen. Den Tunnel, samt der vor mir verstorbenen Lichtgestalten, die mich abgeholt und mit Liebe ummantelt haben. Ich wollte überhaupt nicht auf diese Erde zurückkehren, so wohl hat sich meine Seele gefühlt.«

Sein Blick schweift bei diesen Worten in die Ferne.

»Warum bist du dann doch zurückgekehrt?«

Lange bleibt meine einfache Frage unbeantwortet. Bis er schließlich abwägt, ob er mir das Folgende mitteilen will.

»Es war ein Betrug.«

»Wie meinst du das?«

Erstaunt starre ich ihn an. So viel habe ich davon gelesen, wie wunderbar das alles ist. Seit diesen Informationen fürchte ich mich nicht mehr vor dem Tod. Aber was, wenn es wirklich ein Betrug wäre? Wohin führt uns der Weg ins ewige Leben?

»Ich dachte auch immer so, bis ich es selbst erlebt habe. In meiner kindlichen Unschuld fragte ich nach, ob sie wirklich diese Personen wären. Sogleich ließen sie ihre lichtvollen Umhänge fallen und übrig blieben die schwarzen Augen von Dämonen. Mit furchterregenden Krallen versuchten sie, mich festzuhalten. Schnell wendete ich meinen Blick ab und flüchtete zurück zu denen, die mich wirklich lieben, meine Eltern. Sie saßen an meinem Bett, verzweifelt und traurig, als ich meine Augen öffnete. Die Freude, die sie ausstrahlten, als sie merkten, dass ich wieder da war, ist unbeschreiblich. Ein Grund heute, auch meinem Vater zu helfen bei seinen religiösen Aktivitäten und Entdeckungen. Meine Lebensaufgabe ist es nun, die Menschheit aufzuklären, ihnen die Wahrheit zu servieren. Auch wenn sie wehtut.«

Richtig schwerer Tobak ist das für mich. Erst muss ich meine Gedanken ordnen und dann entscheiden, wie es weitergeht. Flüchtig streife ich seine Hand, die so etwas Göttliches und doch Furchterregendes geschaffen hat. Jesus Christus wird mein Retter sein. Durch Jarle, den ich vor kurzem noch nicht einmal gekannt habe. Ich, die an gar nichts glaubt, werde bekehrt. Um mein Leben zurückzugewinnen, von dem ich geglaubt hatte, es bereits verloren zu haben.

K önnte es sein, dass ich die Sache falsch angegangen bin? Im Beisein von Jarle fühle ich mich als ein völlig anderer Mensch. Viel freier und sorgloser, als ich es je vorher war.

Der Klingelton meines Handys holt mich in diesem Augenblick zurück. Mir wird kalt. Plötzlich scheint es nirgends mehr Lichtblicke zu geben.

»Der Termin für die Übergabe des Bildes wurde vorgezogen. In zwei Tagen melde ich mich noch einmal, wenn der Übermittler und der ausgewählte Ort feststeht.«

Nur ein leises, summendes Geräusch hallt noch in meinem Ohr nach. Nicht einmal eine Antwort wird von mir erwartet. Alles soll nach seinem Willen geschehen. Wer ist dieser arrogante Schnösel wirklich? Welche Macht hat er über mich? Zu welchen Netzwerken hat er Verbindung? Kein Wunder, dass ich mich seit heute Morgen wieder krank fühle. Ist der

Tumor zurückgekehrt, wie Jarle es prophezeit hat? Oder bilde ich mir das alles nur ein? Mein Interesse für psychosomatische Begleiterscheinungen tritt jetzt wieder in den Vordergrund. Schon einmal gaukelte mir mein Körper Aktivitäten vor, die nicht der Realität entsprachen. Durchwachsene Panikattacken habe ich zur Genüge kennengelernt. Sie sind leider extrem realistisch wahrnehmbar und legen meinen Organismus lahm. Neben den diversen Angstzuständen kommen dann noch die Ungewissheit, wie es weitergeht, dazu und das Alleinsein und die Furcht vor dem Tod. Wie fehlgeleitet komme ich mir nun vor, weil ich glaubte, dies alles sei vorbei. In Anbetracht meiner komplexen Situation, erscheint es mir fast ein Wunder zu sein, überhaupt noch zu leben. Weiter zu atmen und alltagstauglich zu funktionieren, als ob nichts wäre. Noch dazu mit einem unbekannten Schatten hinter mir, von dessen Existenz ich ahne, ihn aber nie fassen kann. Alleine, und doch nicht ungebunden in meinem Tun. Immer wieder fühle ich etwas Bedrohliches auf mich zukommen. Wenn ich hinsehe, löst es sich zwar nicht auf, aber wabert um mich, wie der Rauch einer Zigarette. Irgendwann verschwindet es einfach für die Augen, jedoch nicht für alle anderen Sinne. Unsicherheit und Zukunftsangst setzen sich in meinem Inneren fest. Einerseits klopft mein Herz weiter, als ob nichts geschehen wird. Andererseits ist es ungewiss, ob ich am morgigen Tag noch lebe. Zurück bleiben meine Gedanken und meine Seele. Sie halten sich an der Hand und können nicht loslassen.

Selbst Jarle ist unsicher, wie er sich weiterhin verhalten soll. Gepeinigt von seiner Vorstellung über das Leben nach dem Tod, sucht er, genauso wie ich, verzweifelt eine Lösung für die Menschheit. Und vor allem für uns selbst. Ich bin in unmittelbarer Zukunft betroffen von dem Grauen, das mich auf der anderen Seite im Jenseits erwartet. Von dem wir beide immer noch nicht wissen, wie es tatsächlich aussieht. Gibt es überhaupt Dämonen? Oder sind jene nur gefallene Engel, genauso Ausgeschlossene des Himmels, so wie ich mich derzeit auf der Erde fühle? So gesehen haben wir vieles gemeinsam, das könnte uns zu Verbündeten machen.

Auf keinen Fall will ich aber so wie gestern werden, voller Aggression und Verachtung für meine Mitmenschen. Welchen enormen Schaden kann diese negative Ausstrahlung anrichten, die gestern meine kleine Welt ganz verwüstete, obwohl alles zuvor intakt gewesen war. Meine Gedanken wandern zu den Auswirkungen auf die Menschen, die ich gestern so gemein verletzte und zu meinen Opfern machte. Im Herz weh tut mir immer noch der Anblick meiner Nachbarin, die sich jeden Tag ein paar Minuten für mich Zeit genommen hatte. Vielleicht sitzt sie gerade in diesem Moment weinend am Küchentisch und versteht die Welt nicht mehr. Oder sie verspricht sich selbst, nie wieder einem anderen Menschen Hilfe zu gewähren, damit es zu keiner Wiederholung kommt. Ich muss unbedingt zu ihr gehen und mich für mein unverzeihliches Verhalten entschuldigen.

Bevor ich es mir anders überlege, klingle ich bereits an ihrer Tür. Nicht einmal Zeit für meine Morgentoilette habe ich mir genommen. Zu wichtig erscheint mir dieser Akt für den inneren Frieden und die Unendlichkeit meiner Seele.

»Es tut mir so leid…«, schon purzeln die Tränen aus meinen Seelenfenstern. Auch die Frau in der Tür hat rotumrandete Augen, die von einer durchwachten Nacht erzählen. Und von dem erlittenen Schmerz, der immer noch in ihr wütet.

»Keine Ahnung, warum ich dich so verletzt habe.« Meine ohnehin nicht sehr kräftige Stimme bricht völlig. Das Gestammel, was darauf folgt, ist selbst für meine Ohren nicht einer Sprache zuzuordnen.

»Komm her, du Liebe«, höre ich zwischen den Weinanfällen. »Ich mag dich doch so sehr, du verlorene Seele von Mensch.«

So viel Gefühl hätte ich nie erwartet. Es tut meinem wunden Herzen gut, diesen Zuneigungsbeweis zu spüren. Aus vollem Herzen möchte ich das zurückgeben. Aber völlig unbeholfen in diesen Dingen, erscheint es mir unmöglich, ähnliche Worte über meine Lippen zu bringen. Daher drücke ich sie nur noch fester an mich. Gemeinsam wiegen wir uns, wie eine Mutter ihr Kind schaukelt. Feste Umarmungen sollten auf meinem Tagesplan stehen. Sie sind nicht nur heilsam, sondern holen ein Stück Himmel auf die Erde. In meinem Verstand blitzt ein Gedanke auf, den ich zwar noch nicht benennen kann, der jedoch das alles ausdrückt, was ich fühle.

»Leider muss ich die Kinder zur Schule bringen. Wir reden später einmal darüber. Ist das für dich in Ordnung?« Ihr Atem geht schwer und sie schnieft ständig, weil die Nase läuft.

»Jaja, vielen Dank für das, was eben passiert ist, das mit dem Verzeihen meine ich.«

Jetzt habe ich doch noch ein paar Buchstaben gefunden, die passen. Ihr Gesichtsausdruck sieht überirdisch schön aus, trotz der roten Augen. Wie ein Engel auf Erden erscheint mir diese zarte, doch überaus starke Frau.

Der nächste Schritt muss getan werden. Meine Finger tippen wie von selbst die Nummer der Stadtverwaltung auf mein Handydisplay. Mit einfachen Worten bekenne ich meinen Vandalismus an dem Blumenbeet und verspreche, Schadenersatz zu leisten. Durch meine Selbstanzeige erwarte ich keine weiteren Folgen. Die Rechnung der Gärtnerei, die den Schaden beseitigt und neue Blumen setzt, werde ich in den nächsten Tagen einfach begleichen. Das ist zumindest im Moment kein finanzielles Problem.

Nun steht noch die letzte Entschuldigung an. Bewaffnet mit einem Vorschuss Selbstvertrauen, packe ich meinen Einkaufsbeutel und betrete den Laden, in den ich niemals mehr gehen wollte. An der Kasse sitzt eine andere Angestellte, wie ich beim Hineingehen bereits sehe. Meine Chance bekomme ich dennoch, denn gerade, als ich ein paar Brötchen in ein Papiersäckchen fülle, kommt die von mir gesuchte Frau durch die Seitentür aus ihrer Pause zurück. Ihren weit aufgerissenen Augen entnehme ich, was sie von mir hält. Die ansonsten fülligen Lippen presst sie fest zusammen. Vielleicht, um sich einen bissigen Kommentar zu verkneifen? Was soll's, ich bin schließlich gekommen, um die Sache zu bereinigen.

»Sorry, wegen gestern. Das ist nicht meine Art. Ich verspreche, nie wieder so einen Diebstahl zu versuchen. Wie früher bezahle ich natürlich jeden meiner Einkäufe hier.«

Wie zur Betonung dessen, was ich soeben gesagt habe, strecke ich mit meiner Hand die gut gefüllte Papiertüte hoch. Ein wenig zittrig fühle ich mich dennoch, auch wenn es mir gar nicht so schwergefallen ist, diese Worte auszusprechen.

»Okay, aber bitte nehmen Sie Abstand davon, weiterhin bei uns einzukaufen. Diese

Nummer, die Sie bei dem Kleinkind abgezogen haben, war echt hinterhältig und gemein. Auch mit Geld lässt sich so eine Aktion nicht wieder aus der Welt schaffen. Vor allem dann, wenn es die Schwächsten unserer Gesellschaft trifft, und sie nicht sicher sind vor Leuten wie Ihnen. Wir haben genug Sorgen, um uns gegen die Supermärkte durchzusetzen. Unsere Arbeit sollte nicht auf Nebensächlichkeiten beschränkt sein und nicht durch unverschämte Kunden geschädigt werden. Leider häufen sich bei uns die Diebstähle, obwohl es hier nicht viel zu holen gibt. Das trifft uns wirklich empfindlich.«

Immer noch sauer sieht sie aus. Das verstehe ich aber und lege die bereits eingepackten Brötchen wieder zurück ins Regal, um sofort das Weite zu suchen.

»Nein, die Brötchen können Sie mitnehmen und dieses Mal auch bezahlen. Nur für die Zukunft wäre es besser, wenn wir uns nicht mehr sehen.«

Nicht gerade fröhlich sehe ich aus, beim Verlassen dieses Gemischtwarenhandels. Aber es geschieht mir recht. Daheim angekommen, mache ich mir mein Frühstück. Knusprig und noch lauwarm lachen mich die Brötchen an. Beim ersten Bissen jedoch fällt mir das Schlucken schwer. Die Reaktion der Kassiererin verstehe ich zwar, dennoch überrascht mich die Auswirkung auf mich selbst. Schließlich habe ich mich entschuldigt und Jarle hat gestern auch alles für mich bezahlt, was in meinen Jackentaschen versteckt war. Aber das Leben ist eben gefüllt mit Angenehmem und Unangenehmem. Vielmehr sollte ich mir Gedanken dazu machen, wie es nun weitergeht. Nehme ich wirklich das Angebot von Jarle an, oder liefere ich in zwei Tagen das Bild an den großen Unbekannten? Inzwischen weiß ich ganz genau, dass er das Bild unrechtmäßig besitzen wird. Es könnte sogar sein, dass es zum Schaden von Menschen eingesetzt wird. Der Rubel, der mit Heilungen rollt, wäre nicht ehrlich verdient. Denn diese Pseudohilfe weckt nach einem kurzfristigen Hoffnungsschimmer die schlimmsten Alpträume, die sich ein Mensch vorstellen kann. Ich wäre hilflos ausgeliefert in einem unendlichen Raum, voller Dämonen und dunkler Geister. Unvorstellbare Qualen müsste ich erleiden, ohne eine lichtvolle Seele, die mir hilft. Bei dieser Vorstellung packt mich das nackte Grauen von allen Seiten und schürt tief in mir verborgene Wut auf die Ungerechtigkeit in dieser Welt, die vertanen Chancen im Leben und die Unterdrückung, die jeden Tag in jedem Land passiert. Von meinem eigenen Schicksal rede ich gar nicht mehr. Kein Jugendlicher auf dieser Welt sollte ohne Eltern aufwachsen, so wie es mir ergangen ist. Ein sicheres Zuhause zu haben, sollte selbstverständlich sein. Frieden zwischen den Völkern ebenfalls, zumindest in meinen Augen. Wer sich die Köpfe einschlagen will, sollte zumindest seinen eigenen hinhalten und nicht jenen unserer Kinder und Männer.

Bei der Rückschau auf meinen gestrigen Tag überkommt mich wieder die Scham. Wenn nicht einmal ich mich selbst im Griff habe, um mein Leben zu bewältigen, wer dann? Gleich wieder beginnt sich die Spirale in meinem Gehirn zu drehen und verursacht eine neue Schmerzattacke. Vor allem über mich selbst bin ich wütend, denn der unterdrückte Zorn macht mich auch nicht zu einem besseren Menschen als die gerade Angeprangerten. Wallend beginnt er sich in meinem Herz zu sammeln, damit er wie ein Vulkan abermals ausbricht. Wehe dem, der mir in diesem Augenblick in die Quere kommt. Auch wenn der Luziferanteil in mir seine mächtigen Finger ausstreckt, liegt es an meiner Seele, dies zu verhindern. Kann ich das alleine bewältigen? Sollte ich nicht diese Übermacht an Negativität in mir in Schach halten?

Verloren in der Ewigkeit sollte der Titel des Bildes sein. Damit jeder Hilfesuchende gewarnt ist vor dem, was gerade in mir begonnen hat zu wachsen und zu gedeihen. Offenbar will es die Herrschaft an sich reißen und meinen Körper der Zerstörung zuführen. Wie meine Seele dann aussieht, will ich gar nicht wissen. Zu furchtbar ist diese Vorstellung. Aber eben nur dann, wenn ich diese negative Emotion zulasse.

Etwas verloren fühle ich mich auch jetzt noch. Der schrille Klingelton meiner Türglocke reißt mich aus weiteren Überlegungen heraus. Wahrscheinlich gut so, denn dieses Gefühl breitet sich in enormen Tempo aus und läuft Gefahr, über meine Seele zu schwappen. Kurz richte ich meine Kleidung und werfe einen Blick in den Garderobenspiegel, bevor ich meinen Eingangsbereich für die fremde Person da draußen öffne. Eine junge Postbotin steht da, streckt mir ein kleines Päckchen entgegen und fordert eine Unterschrift für die Übergabe ein. Lächelnd verabschiedet sie sich, bevor sie die Stufen im Treppenhaus hinabstürmt.

Verwundert betrachte ich die kleine Schachtel. Ich habe doch gar nichts bestellt? Wer ist der Absender? Der Paketschein ist lediglich mit einem *A.U.* vermerkt. Vorsichtig schüttle ich es, um durch ein Geräusch mehr zu erfahren, was sich darin befinden könnte. Doch vergeblich, denn die Schachtel bleibt stumm. In der Küche suche ich meine kleine Schere aus der Lade. Mit ihrer Hilfe öffne ich das durchsichtige Paketband. Zum Vorschein kommt als Erstes ein Plan mit einem roten Kreuz darauf. Ah, schön langsam dämmert es bei mir. Der Übergabeort für das Bild von meinem Unbekannten. *A.U.* steht also für *Absender unbekannt*. Nicht einmal bei einfachen Dingen verrät er sich. Als ob er das nicht zum ersten Mal machen würde. Vielleicht ist er ein bekannter Politiker oder noch besser, ein Bischof, weil er sich in Kirchenbelangen so gut auskennt. Meine Spekulationen halten mich von der weiteren Durchsicht meines Päckchens ab. Darunter kommt ein kleines Etui, ähnlich einer Aufbewahrung für die Brille, zum Vorschein. Darin befindet sich zu meinem Erstaunen ein Anhänger mit einer silbernen Kette. Mit einem eigenartig geformten Kreuz, das auf dem oberen Ende eine Schlinge aufweist. Sofort benütze ich mein Handy zu Recherchezwecken. Es nennt sich *Ankh*-Kreuz und ist eigentlich eine ägyptische Hieroglyphe, die symbolhaft für Leben und Wiedergeburt steht. Das koptische Kreuz, auch Lebensschleife genannt, hat meine Mutter immer am Hals getragen. Doch nach ihrem Tod fand ich es nicht mehr unter ihren privaten Dingen, die nach der Wohnungsräumung übrig blieben. Wieso begegnet es mir heute wieder? Hat dieses Geschenk eine Bedeutung für mich oder ist es nur eine Geste meines Unbekannten, um sein schlechtes Gewissen reinzuwaschen? Soeben finde ich noch einen kleinen Zettel, der etwas verborgen darunter liegt. In Druckschrift, damit niemand Rückschlüsse auf seine Person erheben kann, durch seine Handschrift. Die kleinen Buchstaben verraten mir Folgendes:

Als Schutz für dich, damit wir auch später noch zusammenarbeiten können.

Was denkt sich dieser Narzisst eigentlich? Und wie soll mich ein komisches Kreuz, das zugegeben hübsch aussieht in seinem silbernen Schimmer, vor dem ewigen Verderben bewahren? Doch irgendwie zieht mich das Symbol an. Die sanfte Erinnerung an meine Mutter ist ein durchschlagendes Argument, es auch zu tragen. So stelle ich eine Verbindung zu ihr her und kann mir durchaus vorstellen, dass sie es ist, die mich schützt. Bevor ich es mir wieder anders überlege, öffne ich den Verschluss der Silberkette und lege sie um meinen Hals. Sogleich durchströmt mich ein wundersames Gefühl. Als ob warme Wellen meinen Körper umspülen würden. Auch meine Stimmung hebt sich ein wenig an. Ob dies der Erinnerung oder dem kühlen Metall zuzuordnen ist, keine Ahnung. Es ist aber auch nicht wichtig, nur das Gefühl zählt.

Während ich mit meinem neuen Anhänger spiele, indem ich ihn drehe und abtaste, sehe ich auch das Übergabedatum des Bildes. Auf der Rückseite des Planes ist es vermerkt, ebenso wie die genaue Uhrzeit. Wenn mich nicht alles täuscht, wäre dies bereits morgen Nachmittag. Und ich habe mich immer noch nicht entschieden, wie ich weiter vorgehe. Vertraue ich Jarle wirklich so sehr, um mit ihm und dem Bild an einen unbekannten Ort zu flüchten? Wie geht es dann weiter? Wir können uns doch nicht auf ewig irgendwo verstecken und abwarten, bis Gras über die Sache gewachsen ist. Zwischen diesen Überlegungen drängt sich ein weiterer Gedanke und nimmt immer mehr Raum in meinem Kopf ein. Was wäre, wenn mein Tumor wieder zurückkehrt und ich ärztliche Hilfe brauche? Spätestens dann würde alles auffliegen. Oje, dieser Plan ist nicht richtig durchdacht. Ich muss auf jeden Fall noch einmal mit Jarle alles besprechen. In seiner Anwesenheit fühle ich mich viel besser und kann mich mehr konzentrieren. Außerdem denkt er lösungsorientierter als ich. Dass er auch mehr Erfahrung in solchen Situationen hat, hoffe ich doch sehr. Unser letztes und einziges Treffen bei mir, hatte sehr abrupt geendet. Durch meine Ermüdung nach unserem Gespräch habe ich seinen Weggang fast nicht wahrgenommen. Erst als meine Wohnungstür mit einem lauten Klick eingeschnappte, wurde mir das Alleinsein bewusst. Wir hatten keine Nummern ausgetauscht und wo er wohnt, ist mir auch nicht bekannt. Das klingt gar nicht gut für mich. Wie soll ich ihn finden?

Während ich noch weitere Überlegungen anstelle und seinen Namen bereits im Telefonregister suche, klingelt es erneut an der Tür. Was ist da bloß los? Vielleicht ist es meine Nachbarin, die ich ja zum Reden indirekt eingeladen habe. Doch dieses Mal erfüllt mir das Universum meinen sehnlichsten Wunsch. Direkt vor mir steht Jarle, schüchtern und ein wenig verlegen lächelnd.

»Darf ich reinkommen?«

Er nimmt mich in den Arm und drückt mich an seinen wohlriechenden Körper. Wie habe ich das verdient? Zwei so einfühlsame Umarmungen an einem Tag. Wie wundervoll das Leben sich zeigen kann.

»Gerne, du wirst mir nicht glauben, aber ich überlegte gerade, wie ich dich am besten schnell finden kann.«

»Heißt das, du kommst mit mir?«

Freudige Erregung zeichnet sich in seinem männlichen Gesicht ab. Bei unserem ersten Zusammentreffen erschien mir seine Jugend im Vordergrund zu stehen. Doch nun bemerke ich den sprießenden dunklen Bartwuchs, die edel geformte Nase nach römischer Art und seine vollen Lippen, die ich auf einmal küssen möchte. Erst sein Blick mit dem weichen Grauton in den Pupillen holt mich sanft aus dieser Vorstellung zurück.

»Noch habe ich mich nicht entschieden. Aber die Punkte, die dafür sprechen, überwiegen zur Zeit.«

Ich hole tief Luft, nicht wegen der Entscheidung, sondern weil ich seinen Geruch inhalieren möchte.

»Komm, ich zeige dir wie ich es mir vorstelle. Mein Vater weiß, dass ich wieder einmal eine Auszeit brauche, in der ich nur das male, was von meinem Inneren nach außen drängt. Seit vielen Jahrzehnten gibt es da eine kleine Hütte an einem kleinen See, in der Nähe der Berge.«

»Warte, bevor du weitersprichst setzen wir uns an den Tisch. Da kann ich die wichtigsten Punkte notieren, damit mir die Wahl leichter fällt.«

Schon eile ich bewaffnet mit Papier und Stift direkt in das Wohnzimmer hinein.

Auch Jarle folgt mir und legt die Polster auf der Couch beiseite, damit er es sich bequem machen kann. Lässig streift mich sein Blick und Bewunderung spricht aus seinen Augen. Ich denke, dass ihm das gefällt, was er vor sich sieht.

»Wie war das mit der Hütte? Können wir dort auch übernachten? Und ist sie sicher vor unliebsamen Gästen? Gibt es auch eine Küche darin, wo wir kochen und essen können? Ich habe so viele Fragen …!«

»Das merke ich auch gerade.«

Er lacht herzlich auf. »Du kommst mir vor wie ein Kind vor einem Schulausflug.«

Belustigt streicht er über seinen Bauch. Sein T-Shirt ist hochgerutscht und gibt einen Blick auf die muskulöse gebräunte Haut frei. Schnell wende ich mich ab, denn siedendheiß steigt Röte in mein Gesicht. Ertappt fühle ich mich immer, wenn ich das andere Geschlecht genauer unter die Lupe nehme. Dieser Augenblick, den ich gerade erlebe, hat es in sich. So nah kam mir seit langer Zeit niemand mehr. Schon gar nicht aus der männlichen Zunft und in dieser attraktiven Ausführung.

»Mach dich nicht lustig über mich. Mein Kopf ist wirklich durcheinander von den vielen wichtigen Gedanken, die so eine Flucht auslöst. Wir wären doch auf der Flucht? Oder?«

Es gibt noch etwas, was ich ihm beichten muss.

»Du, da gibt es noch andere Interessenten für das Bild.«

»Schon klar, sicher sind es viele Menschen, die es gerne in ihren Besitz nehmen würden. Doch es ist mein Werk. Ich habe es gemalt.«

»Aber mit der Asche, die der Kirche gehört, oder sehe ich das nicht richtig?«

»Naja, die Eigentumsrechte liegen, wenn man es genau nimmt, irgendwo dazwischen. Mein Vater hat diesem Bischof viel Geld gespendet, um in den Besitz der Asche zu kommen. Ob allerdings dieser Gottesmann auch einen Gegenwert dafür bezahlt hat, ist uns nicht bekannt. Bevor wir aber das klären können, müssten wir beide dafür sorgen, dass niemand mehr zu Schaden kommt. Das ist das Wichtigste dabei.«

»Erzähl mir mehr über die Hütte am kleinen See. Das hört sich sehr romantisch an.«

Eigentlich wollte ich dieses Wort nicht sagen. Vielleicht glaubt er nun, dass ich anderes mit ihm im Sinn habe. Peinlich ist auch die Stille nach meinen Worten. Habe ich ihn falsch eingeschätzt? Will er etwas mit mir anfangen?

»In diese Hütte kommen immer wieder Familienmitglieder zu Auszeiten hin. Am See kann man angeln und zur Ruhe kommen. Oder so wie in meinem Fall malen. Sie liegt sehr idyllisch vor einer wunderbaren Bergkulisse in einer kleinen Senke. Die Möblierung darin ist sehr einfach gehalten. Außer einem kleinen Kocher gibt es keine nennenswerten Geräte. Von einem nahegelegenen Lokal für Ausflügler kann man Essen bestellen. Wir hätten also einmal am Tag etwas Warmes im Bauch.«

Das von mir inzwischen bereitgestellte Wasserglas dreht er zwischen seinen Händen und nimmt einen kleinen Schluck daraus.

»Gibt es da mehrere Schlafzimmer?«

Fragend und unsicher klingt meine Stimme. Aber ich muss das wissen. Die Vorstellung, so nah bei ihm zu liegen, behagt mir trotz seines guten Geruches noch nicht. Ich brauche erst eine gewisse Vertrauensbasis, damit ich mir mehr Nähe mit ihm vorstellen kann. Selbst wenn dieser Mann so attraktiv ist wie Jarle.

»Nein, aber mehrere Möglichkeiten zum Schlafen. Da öfter mal Besuch vorbeischaut, gibt es neben einem Holzbett noch ein paar Liegen samt Polster und Decken. Und wenn es kalt wird, sorgt ein Gasofen für wohlige Wärme. Nur ein paar Lebensmittel sollten wir einpacken. Wasser ist genug vorhanden in bester und reinster Naturqualität. Übrigens, das Auto würde mir mein Vater leihen. So wie immer, wenn ich zur Hütte fahre.«

Diese Aussichten gefallen mir immer besser.

»Kannst du mir sagen, wo sich mein Bild gerade befindet?«

In meinem Bauch entsteht ein Kampf. Soll ich ihm wirklich trauen, obwohl er einer Sekte angehört? Ist das die Lösung für mein Problem? Wie lange kann ich eigentlich in der Hütte bleiben? Gefühlsmäßig habe ich die Entscheidung schon getroffen, doch mein Verstand ist noch nicht ganz dabei. Und das schlechte Gewissen, weil ich den Unbekannten übers Ohr haue, drückt auch auf mein Bauchhirn. Dieser skrupellose Typ wird nicht aufgeben, auch wenn ich von hier weggehe. Er wird mich verfolgen, bedrohen und im schlimmsten Fall dann auch noch das Geld zurückfordern. Was soll ich bloß tun?

»Du hast es, oder? Ich spüre, dass es ganz in der Nähe ist.«

Ich nicke nur, alles andere hat sich erübrigt. Er spürt die Aura der Asche und wenn ich ihm vertraue, kann mich er vielleicht aus diesem Dilemma befreien. Mir bleibt ja gar nichts anderes übrig, als das Bild und mich an ihn auszuliefern, wenn ich weiterleben möchte. Oder Ruhe haben will nach meinem Tod. Ohne großen Dramen, mit Dämonen und Geistern in dem unendlichen Raum der Anderswelt, den Rest der Ewigkeit verbringen. Egal was kommt, er kann mir helfen.

»Moment, was hast du da für einen Anhänger um den Hals? Ist das etwa ein Ankh-Zeichen?«

Er erhebt sich vom Sofa und kommt nah an mich heran. Vorsichtig hebt er den Anhänger dicht an seine Augen und begutachtet ihn.

»Dachte ich mir. Aber er ist gut und wird dir helfen, deine innere Mitte wiederzufinden. Ein tolles Symbol. Es unterstützt deine Heilung und schützt dich vor unbekannten Einflüssen und Energien.«

»Wieso weißt du so viel darüber? Werdet ihr in der Sekte auch dahin geschult, mit Wissen zu brillieren? Rhetorisch bist du wirklich gut drauf. Auf jede Frage findest du die richtige Antwort. Muss ich mir deswegen Sorgen machen?«

Mit meinem spärlichen Wissen über Energie, Religion und Geisteswissenschaften gewinne ich keinen Wettbewerb. Gerade meine Neugier verhindert, dass ich mich vor Jarle blamiere. Sie ist mein Garant für selbst anerlerntes Allgemeinwissen, welches ich einsauge wie mein Lieblingsgetränk, den Karottensaft. Niemand weiß von meiner unsäglichen Gier nach diesem orangefarbenen Saft, der mein Hungergefühl befriedigt und mich mit Vitaminen und Nährstoffen versorgt, wenn Essen nicht in Frage kommt.

»Echt jetzt? Glaubst du, wir werden einer Gehirnwäsche unterzogen? Das ist Bullshit vom Feinsten. Die Allgemeinheit hat zwar eine schlechte Meinung von uns, jedoch kann sie uns eines nicht absprechen: Wir leben, was wir sagen. Und nicht umgekehrt, wie viele Christen dies tun. Brav am Sonntag in die Kirche gehen und ab Montagmorgen wieder Kunden übers Ohr hauen, die Familie unterdrücken und über den Nachbarn ablästern. Entschuldigung, aber ich habe die Nase voll von diesen Sichtweisen über uns. Keiner fragt nach, aber jeder weiß genau Bescheid, was wir sind oder was wir nicht sind. Das ist echt krass.«

Mitfühlend nehme ich seine Hand.

»Es tut mir leid, dass ich dir mit Vorurteilen begegnet bin. Ständig wird uns eingeimpft, misstrauisch gegen Sekten zu sein und von deren Gedanken und Mitgliedern Abstand zu halten. Um nicht in irgendeinen Strudel der Abartigkeit hineingezogen zu werden.«

Nun reihe ich mich gerade zu denen ein, die er angeprangert hat.

»Aber du bist anders. Du gibst mir die Chance, mich zu zeigen. Eben wie ich bin und nicht wie du glaubst, dass ich sein würde.«

Längst steht er neben mir und nimmt mich wieder in den Arm.

»Komm mit mir mit. Du wirst es nicht bereuen. Da ist etwas an dir, dass mich anders fühlen lässt und mich inspiriert. Ich würde nichts lieber machen, als dich zu malen. Dort am See hätten wir Zeit, uns kennenzulernen und an deiner Heilung zu arbeiten. Ich kann auch Handauflegen, sogar ziemlich erfolgreich. Meine Bilder werden mit Energie gefüllt durch den Pinselstrich, der die in mir entstandene Energie weitergibt. Selbst wenn ich ohne Asche male, erziele ich Erfolge damit. Mein sehnlichster Wunsch ist es, von der Öffentlichkeit gesehen und gewürdigt zu werden. Aber das braucht noch Zeit.«

Ein Seufzer entrinnt meinem Mund. Er sagt die Wahrheit, ich kann es spüren.

»Ich komme mit dir. Wann starten wir?«

Voller Freude tanzt er mit mir durch das kleine Zimmer.

»Ich habe schon alles gepackt und im Auto verstaut. Wir brauchen nur noch deine Sachen zu holen und das Bild. Wenn du magst, können wir in etwa zwei Stunden am kleinen See sein.«

Seine Augenbrauen zucken ein wenig, aber ansonsten wirkt er sehr ruhig und gelassen. Einen solchen Menschen brauche ich in meinem Leben. Ich mag es, dass er mir zeigt, wo es lang geht. Er soll mich an der Hand nehmen, mich führen, aber trotzdem einen Freiraum lassen, damit ich mich selbst fühlen kann. Wenn alles gutgeht, dann sitze ich in ein paar Stunden unter dem Himmelszelt mit funkelnden Sternen an einem Lagerfeuer. Fast kitschig erscheint mir diese Vorstellung. Ich wäre den Unbekannten los und auch seine, noch nicht vollbrachten, gefährlichen Taten. Ebenso wie die ständig kreisenden Gedanken um meine Erkrankung. Der Tumor kann mir nicht an den See folgen. Ich lasse ihn einfach hier und spüle meine Sorgen die Toilette hinunter.

»Apropos Toilette. Gibt es neben der Hütte eine Möglichkeit, um …?«

»Du hörst wohl nie auf, dir über irgendwas Sorgen zu machen? Zu deiner Beruhigung, ja es gibt ein kleines Häuschen, in dem du dein Geschäft machen kannst. Ohne Zuschauer, Ehrenwort!«

Gemeinsam lachen wir herzhaft darüber. Jarle macht sich auch noch ein paar Notizen und währenddessen packe ich die notwendigsten Sachen zusammen. Warme Kleidung genauso wie meine Badesachen. Vielleicht komme ich auch zum Schwimmen, wer weiß. Noch schnell ein Handtuch und meinen Kulturbeutel. Zwei Rollen Klopapier müssen auch mit, für den Fall der Fälle. Als Letztes hole ich noch ein wenig Bargeld und … das Bild. Fest verpackt verstauen wir die Dinge im Kofferraum. Das Bild findet zwischen Vorder- und Rücksitz einen sicheren Platz. Bevor ich meine Wohnung zusperre, läute ich noch bei meiner Nachbarin an. Ohne Verabschiedung möchte ich nicht fahren, nicht nach der wundervollen Versöhnung heute früh.

»Ich wollte nur tschüss sagen, denn ich fahre für ein paar Tage weg. Hmmm, damit du dir keine Sorgen um mich machst. Nach den Gegebenheiten der letzten Tage brauche ich eine kleine Auszeit.«

Hinter ihr verstecken sich ihre Kinder und machen sich einen Spaß damit, mich anzulachen.

»Das finde ich gut.«

Ihr freundliches Lächeln steht in keinem Widerspruch zu ihrer Körpersprache. Sie hat mir wirklich verziehen.

»Melde dich, wenn du wieder da bist. Dann kannst du gerne mal mit uns essen, wenn du das möchtest. Wir freuen uns, dich als Nachbarin zu haben.«

Noch eine Umarmung, die aber kurz ausfällt.

»Danke, dass du es mir gesagt hast. Du weißt schon, das mit dem Leidtun. Ein schwieriges Thema, ich weiß.«

Eine Träne rollt jetzt doch über ihre Wange. Bevor das ganze sentimental wird, winke ich der kleinen Schar noch zu, ehe ich mein großes Abenteuer beginne. Unten, in dem alten Kombi, wartet vielleicht meine Zukunft auf mich. Gerne lasse ich mich davon überraschen, dass sie genauso wird wie in meinen schönsten Träumen. Gemeinsam mit Jarle beginnt ein neuer Abschnitt in meinem Leben. Dieser Mann ist bereit, ein Stück mit mir gemeinsam zu gehen. Wohin uns das alles führen wird, ist zwar noch ungewiss. Aber mit Sicherheit kann ich sagen: *Ich habe alles versucht.*

Die Fahrzeit kommt mir sehr kurz vor. Nur eine Unterbrechung zum Tanken, gibt mir Gelegenheit, Luft zu schnappen. Mit der Energie des Bildes hinter mir, nehme ich von der Strecke nur die Hälfte bewusst wahr. Benommen, wie nach dem Konsum von ein paar Gläsern starken Weins, lehne ich mein Haupt auf die Kopfstütze des Sitzes zurück.

»Es dauert nicht mehr lange.«

Sein Blick zu mir ist voller Mitgefühl und Zärtlichkeit.

»Wir werden das Bild keinesfalls bei uns in der Hütte aufbewahren. Ansonsten kannst du dich nicht richtig erholen. Es könnte dir sogar weiteren Schaden zufügen.«

Kurz streicht er über meinen linken Handrücken, bevor er sich wieder dem Lenkrad und der Straße zuwendet.

»Hast du Durst? In dem Seitenfach ist für dich eine Trinkflasche verstaut. Mit einem

Kräutertee, der nicht nur durstlöschend, sondern auch sehr erfrischend ist.«

Sein Blick streift mich in dem Moment, als ich den Thermobehälter vorsichtig öffne, um nichts zu verschütten. In meinem Dämmerzustand eine wahre Herausforderung. Nach dem ersten Schluck fühle ich mich immerhin wirklich besser. Ein schwacher Zitronengeschmack bleibt auf meinem Gaumen zurück. Lautlos verziehe ich meine Lippen.

»Das ist die Zitronenmelisse darin. Sie verhilft dir zu einem frischen Geschmack im Mund, damit er nicht austrocknet.«

Der Verkehr wird dichter, daher hat er keine Zeit mehr, zu plaudern. Jetzt ist Konzentration angesagt, damit wir nicht die Ausfahrt verpassen. Die Landschaft um uns herum verändert sich. In der Ferne tauchen die ersten Berge auf und die sattgrünen Wiesen mit ihrer Frühlingspracht bestätigen das neue Leben. Überall entstehen aus den Samen, die den Winter überdauert haben, frische Blätter und Blüten. Sie machen alles bereit, um im Sommer und Herbst die Früchte und neue Samen als Krönung der Schöpfung hervorzubringen. Alles in der Natur bekommt eine zweite Chance, hoffentlich auch ich.

»Wohin willst du das Bild bringen, um es sicher und trocken aufzubewahren?«

Meine Sprache ist noch etwas verwaschen, was mich erneut verwirrt. Welche Macht hat eine Leinwand über mich bekommen? Energie ist so vielfältig einsetzbar, selbst in alltäglichen Dingen ist sie vorhanden. Ohne dass wir sie sehen oder berühren können. Wer einmal die Stärke eines Blitzes kennengelernt hat, wird diese Kraft völlig anders sehen als derjenige, dem diese physische Spannkraft noch verborgen geblieben ist.

Träge schaukelt das Auto dahin, denn inzwischen hat Jarle das Tempo erheblich reduziert. Hier und da weist er mich auf die Schönheit einzelner Gebäude hin.

»Ich denke, in einer naheliegenden Höhle ist mein Kunstwerk gut aufgehoben. Dort herrscht Winter wie Sommer immer die gleiche Temperatur von wenigen Plusgraden. Ein idealer Ort, um es keiner Einwirkung von außen auszusetzen. Darin versteckt gibt es verschiedene Nischen, die trocken und relativ staubfrei sind.«

Wie zur Bestätigung nickt er mit seinem Kopf. Sofort fällt mir auf, dass Jarle selten nein sagt. Wenn er etwas gar nicht möchte, dann formuliert er seine Worte so, dass eine Möglichkeit offenbleibt. Aber ein direktes *Nein* gibt es bei ihm nicht. Selten habe ich Menschen wie Jarle kennengelernt. Die meisten Neinsager tummelten sich bisher immer in meiner Nähe. Hier fühlten sie sich wohl, denn ich hatte selten etwas dagegenzusetzen. In typischer Opferhaltung gefangen, ließ ich fast alles über mich ergehen. Das ist nun vorbei. Am Beispiel von Jarle eröffnen sich mir neue Wege. Auch wenn sie noch nicht abgesichert sind, erweitern sie meinen Horizont ganz gewaltig.

»Du hast es geschafft. Wir sind da.«

Soeben fahren wir auf einer kleinen Forststraße, die sich sanft abwärts neigt. Die Baumreihen lichten sich bereits, und vor uns liegt ein herrlicher Platz mit traumhaftem Ausblick. Idyllisch eingebettet zwischen sanft abfallenden Wiesen hin bis zum kleinen See, liegt die kleine Hütte. Rechts davon sehe ich, versteckt neben zwei großen Fichten, die besagte Toilettenanlage. Zumindest glaube ich, sie als solche zu erkennen. Mit einem kleinen Abstand zur Hütte beginnt das Ufer des Sees mit seinem wogenden Schilfgürtel. Gleichmäßig, im Takt der Wasserbewegung und dem leichten Wind, schaukelt auch ein hölzernes Boot auf den kleinen Wellen. Es ist am Steg befestigt, damit es nicht selbständig die große weite Welt sucht. Der Wagen rollt indessen direkt neben dem Eingang der Hütte vorbei. Jarle parkt ihn ein und frohgemut setze ich meine Füße, nach dem Öffnen der Autotür, auf den Naturboden. Schnell läuft mein neuer Begleiter auf meine Wagenseite und hilft mir beim Aufrichten. Immer noch plagt mich der leichte Schwindel. Mein Kreislauf muss erst auf Touren kommen. Aber das hindert mich nicht daran, diese reine Berg- und Seeluftkombination einzuatmen.

Vielversprechend sieht die seitliche Veranda aus. In weiser Voraussicht auf romantische Sonnenuntergänge liegt sie dafür genau an dem richtigen Platz. Jarle lässt mich vorsichtig auf die bequem aussehende, geflochtene Garnitur aus Rattan gleiten.

»Ich hole die Sachen aus dem Auto und wärme den mitgebrachten Eintopf auf, damit wir unsere hungrigen Mägen füllen können. Danach geht es dir sicher gleich besser. Das Bild lasse ich noch im Auto. Morgen früh bringe ich es an die richtige Stelle in der Höhle, damit du besser entspannen kannst.«

Schon läuft er behände zwischen Kofferraum und Hütte hin und her. Es dauert nicht lange und ein köstlicher Duft verbreitet sich rund um die Hütte. Mit wenigen Griffen verwandelt er die Natur in ein Freiluftlokal vom Feinsten. Den heißen Eintopf serviert er in passenden Tellern und zusammen mit einem Körbchen voller Brotschnitten. Dunkel und saftig sehen sie aus, mit einer knusprigen Kruste voller Sonnenblumenkörnern und schwarzem Sesam.

»Habe ich dir schon gesagt, dass ich Vegetarier bin? Hier drinnen findest du zwar kein Stückchen Fleisch, dafür jedoch viel Gesundes in Form von Gemüse, Pilzen und Kräutern.«

Verwundert blicke ich ihn an.

»Ich dachte, du fischst hier regelmäßig? Sagtest du nicht so etwas in diese Richtung?«

»Nein, das macht nur mein Vater. Ich bin immer hier zum Malen. Den tierischen Produkten habe ich vor Jahren abgeschworen. Bei einem meiner Ferienjobs half ich in einem Schlachthof aus. Zwei Tage haben genügt, um mich zu überzeugen, dass es auch ohne Fleisch möglich ist, sich gesund und nährstoffreich zu ernähren. Was ich da gesehen habe, lässt mich heute noch nicht ruhig schlafen. Oft habe ich mich nachher gefragt, wie das Fleisch der geschlachteten Tiere den Leuten schmecken kann. Würden sie die Qualen und die Angst dieser gepeinigten Lebewesen sehen und spüren können, dann wäre das kein Thema mehr. Dabei essen sie ja nur die feinsten Fleischstücke davon. Alles andere wird zu Tierfutter oder überhaupt weggeworfen. Entsorgt und verachtet, obwohl die Tiere hierfür ihr Leben gegeben haben.«

Diese Seite von Jarle lerne ich erst richtig kennen. Er wird mir immer sympathischer mit dieser Einstellung. Auch ich esse seit Jahren nichts mehr aus Fleisch oder Fisch, jedoch liebe ich immer noch Milchprodukte. Daran muss ich noch arbeiten, denn auch hier gibt es inzwischen ein großes Angebot von Ersatzprodukten, die aus Soja oder anderen Hülsenfrüchten gewonnen werden.

»Das finde ich gut.« Mehr möchte ich momentan nicht dazu sagen, denn mein Mund ist gefüllt mit einer wahren Delikatesse. Nicht nur der Geruch dieses Gaumenschmauses verzaubert mich, sondern auch der Geschmack. Mir kommt es vor, dass ich noch nie etwas Köstlicheres gegessen habe. Hier an der frischen Luft schmeckt es tausendmal besser als alleine in meiner kleinen Küche. Auch die Gegenwart einer wertschätzenden Person an meinem Tisch trägt dazu bei. Meine Bedenken hinsichtlich der ungewohnten Nähe zu diesem Mann, löst sich gerade auf. Wenn es so weitergeht, wird es eine wunderbare Zeit, die ich mit ihm verbringen darf. Hätte ich gewusst, was noch alles auf mich zukommt, wäre ich nicht so euphorisch geworden. Das Leben schreibt manchmal seltsame Drehbücher. Und meine Rolle darin ist noch immer nicht festgelegt. Oder kann ich sie einfach nicht richtig wahrnehmen?

Gerade liebäugle ich mit der Einrichtung der Hütte. Weit entfernt von einfach erscheint mir diese sehr durchdachte Planung hier drinnen. Klein, aber übersichtlich und komplex nutzbar, präsentiert sie sich im Abendrot, welches durch die kleinen Fenster hereinblinzelt. Einzelne Strahlen lassen meine Aufmerksamkeit auf das wundervolle Holz darin lenken. Die dicken Holzbohlen, die eine gewisse Stabilität von außen vermitteln, wandeln sich im Innenraum in glatt gehobeltes edles Holz um. Sogar die Zwischenräume wurden mit einer Holz-Leim-Masse verfugt, was deren Schönheit keinen Abbruch tut. Volkstümlich anmutend sind auch die Einzelstücke der Möbel, was dem Innenflair zugutekommt. Sehr gemütlich sieht es hier aus. Sogar fließendes Wasser kommt aus einem unterirdischen Brunnen in reinster Naturqualität. Wo bin ich da gelandet? Habe ich so etwas überhaupt verdient? Schon wieder nagen Zweifel an mir und machen mich aufmerksam, dass ich an meinem Selbstbewusstsein weiter arbeiten darf. Wie ein aufgehender Stern ist Jarle in mein Leben getreten. Genau zum richtigen Zeitpunkt passiert so vieles rund um mich. Mein Körper reagiert wieder mit einer Schwindelattacke, aber nun vor lauter Glück. Wenn dieses ständig vor mir flüchtende Element doch da bleiben würde. An guten Tagen glaube ich es zu besitzen, dieses Quäntchen Zufriedenheit. Doch es verschwindet im gleichen Moment meiner Entdeckung wieder. Dorthin, wo ich es zwar sehen, aber nicht mehr erreichen kann. Ich komme mir vor wie eine Maus, der ein Stück Käse vor der Nase baumelt. Wie ungerecht sich das anfühlt, kann ich bezeugen.

Am nächsten Morgen werde ich von lautem Vogelgezwitscher wach. Ein Nebengeräusch hat mich aus dem Traumland geholt, wie Meeresrauschen klingt das. So gut habe ich noch nie geschlafen. Ohne Schmerzen durchschlafen ist seit Monaten mein Traum, der hier an dem kleinen See in dieser traumhaft schönen Hütte Wirklichkeit wurde. Vorsichtig luge ich über meine Bettdecke in den großen, offenen Raum. Niemand ist zu sehen. Nur das bereits gemachte Bett auf der Liege unweit von mir deutet darauf hin, dass hier Jarle geschlafen hat. Sicher ist er bereits unterwegs zur Höhle, um das Bild vor Dieben wie mir zu schützen. Haha, hier erscheint mir auch das, was passiert ist, wie ein Traum. Fröhlich gestimmt laufe ich in meinem Nachthemd zur Tür, um bei wunderschöner Sicht auf die Berge den Tag zu begrüßen. Doch ein wenig frostig ist es draußen in dieser leichten Bekleidung. Ein paar Minuten lang muss ich alles sehen und natürlich zur Bestätigung riechen, um es als Realität anzunehmen. Außer den Tierstimmen und dem Wassergemurmel der Wellen, die an die Randsteine klatschen, bin ich völlig alleine. Gut, so kann ich meine Morgentoilette unbeobachtet erledigen. Beim Gang zur WC-Hütte fällt mir auf, dass der Wagen von Jarle nicht mehr da ist. Vielleicht holt er noch frisches Gebäck, doch weit und breit habe ich gestern keine Siedlung gesehen. Wie seltsam und ungewöhnlich. Ich bin allein auf dieser Welt. Unglaublich und fast beängstigend wirkt diese Erkenntnis auf mich. Gewöhnt, immer von Lärm und einer Menge Leute umringt zu sein, dringt diese Macht der Natur voll auf mich ein. Gestern Abend bin ich todmüde ins Bett gefallen und blitzschnell in einen tiefen Schlaf gesunken. Von Jarle habe ich gar nichts mehr mitbekommen. Diskret hielt er sich vor der Hütte auf, bis ich das kleine

Licht über dem Bett ausgemacht habe. Erst dann öffnete er vorsichtig die schwere Holztür. Das leichte Quietschen habe ich noch mitbekommen, und das war dann das Ende meiner bewussten Gehirntätigkeit.

Fertig mit meiner Morgenroutine, gehe ich mit leichten Schuhen bis hin zum verwitterten Steg an den See hinunter. Dort bleibe ich stehen, denn der Boden ist glitschig vom Überschwappen des Wassers. Erst die Sonne kann die Reinigung vollenden, mit der die Wellen begonnen haben, und die Holzbohlen trockenlegen. Mit ihrer Kraft und der gespeicherten Wärme darin dienen sie dann als Wohlfühlunterlage beim Sitzen. Auch das Gras war beim Betreten vorhin noch taufrisch und voller durchsichtiger Perlen, die in allen Farben schimmernd ihr Dasein feiern. Bienen und andere Insekten tummeln sich bereits auf und zwischen den Grashalmen, um an den süßen Nektar zu kommen. Emsig wuseln zu meinen Füßen Ameisenkolonien in geordneten Reihen, voll bepackt mit übergroßen Stücken an fressbaren Fundstücken. Mein mitgebrachter Apfel ist längst verspeist, und das säuberlich abgenagte Kerngehäuse wird von den fleißigen Arbeiterinnen gerne angenommen, sodass nur mehr der vertrocknete Stängel hervorblitzt. Der Butz versteckt sich unter hunderten dunklen Leibern dieser wichtigen Helfer hier draußen.

Ein Motorengeräusch lässt mich aufmerksam hinhören. Bald darauf klingt das Zuschlagen der Autotür noch leicht nach. Voll bepackt mit Papiertüten kommt Jarle um die Ecke der Hütte und stellt alle Mitbringsel auf der Bank der Terrasse ab. Winkend läuft er auf mich zu. *Wie im Film,* blitzt in meinem Kopf der Gedanke auf. *Nimmt das alles ein Happyend mit uns oder ist es eine jener Geschichten, die uns weinend im Sessel zurücklassen, nachdem die letzten Bilder unsere Tränenflut in Gang gebracht haben?*

Wieder einmal zweifle ich das an, was mich gerade glücklich macht. Wann hört das endlich auf? Diese Selbstzerfleischung mit morbiden Anteilen kann einem auch wirklich die Suppe des Lebens versalzen. Mit diesem Gedankengang winke ich zurück, meine Gesichtszüge entgleisen allerdings ein wenig dabei.

»Komm frühstücken!«, ruft mir Jarle zu.

Schnell nicke ich mit dem Kopf, damit er mich in diesem Zustand nicht sieht. Ein paar Minuten werden reichen, um aus mir wieder die fröhliche, unbekümmerte Sunniva zu machen. Eilig gehe ich zu ihm zurück zur Hütte und helfe, die Einkäufe zu verstauen.

»Wann bist du heute früh losgezogen? Ich habe dich nicht gehört.« Fragend blicken meine leicht verschwollenen Augen zu ihm hoch.

»Ich war bereits um vier Uhr früh wach. So schnell wie möglich wollte ich das Bild in die

Höhle bringen, falls doch Wanderer unterwegs wären. Aber mir ist niemand begegnet. Und ich habe ein gutes Plätzchen gefunden, an dem nun das Bild sicher aufbewahrt ist.«

»Wo befindet sich eigentlich der nächste Ort? Gestern habe ich es nicht mitbekommen, wohin ich einkaufen gehen kann.«

»Das mache ich. Ich finde es besser, wenn dich keiner sieht. Dann kann dich dein unbekannter Auftraggeber auch nicht so leicht finden. Mich kennen sie hier seit meiner Kindheit. Man grüßt sich, und das war's auch schon. Hier gibt es wenig Tratsch, dafür haben sie vor lauter Arbeit keine Zeit.«

Zustimmend nicke ich mehrmals. Mein Mund ist bereits voll nach dem ersten Biss ins gefüllte Rosinenbrötchen. Verführerisch lecker sieht es aus, nachdem ein wenig Vanillecreme aus dem Backwerk tropft. Jarle hält mir eine Serviette entgegen, damit ich den Tropfen auffangen kann, aber ich schlecke ihn lieber genüsslich mit der Zunge ab. Dabei stelle ich mir vor, dass es Jarles Zunge ist, die ich an meinen Fingern spüre. Mein Kopfkino fängt an zu brummen, genauso wie die leisen Stimmen in meinem Bauch. Und das Kribbeln nimmt Besitz von anderen Körperstellen, deren Existenz ich in der letzten Zeit völlig vergessen habe. Eine kleine Bewegung, die lasziver nicht sein könnte. Was macht dieser Mann mit mir? Um wieder auf andere Gedanken zu kommen, fange ich an, jeden einzelnen Krümel zu suchen, den ich beim Essen verloren habe.

»Magst du nachher ein frisches Müsli essen?« Auch er verspeist den letzten Bissen seiner Mohnschnecke.

Voll konzentriert auf meine langen Finger, schnipseln Jarle und ich nun die Zutaten für ein Müsli zusammen. Früchte, Samen und natürlich Haferflocken ergeben ein schmackhaftes Vielerlei mit wichtigen Vitaminen und Spurenelementen. Ein wenig Chiasamen bringt auch noch Mineralstoffe in unsere köstliche Speise. Gesättigt lehnen wir uns nachher zurück. Jarle muss noch einmal weg, um unser Abendessen in dem Gasthaus zu bestellen. Ich habe also jede Menge Zeit, um hier richtig anzukommen und meine mitgebrachten Utensilien zu verstauen. Zeit für mich und meine Gedanken alleine, wie es weitergeht. Mein Handy muss aufgeladen werden, damit ich kontrollieren kann, ob der große Unbekannte meine Flucht bereits entdeckt hat, samt dem neuerlichen Diebstahl des Bildes. Denn eigentlich gehört das Bild nun ihm, zumindest nach den Gesetzen der Bezahlung. Jarle könnte seinen Besitzanspruch nur im Falle einer Gerichtsverhandlung geltend machen. Erfahrungsgemäß dauert so etwas aber unendlich lange. Anders gesehen, habe ich mit meiner neuen Aktion einfach alles abgekürzt und das Bild seinem rechtmäßigen Besitzer zurückgegeben.

Wer Jarle allerdings wirklich ist, muss ich noch herausfinden. Dafür brauche ich Zeit.

149

» **W**arum hat mich das Bild *Ewiges Manifest* eigentlich auserwählt?«

Diese Frage tanzt in meinem Kopf herum. Mit meiner akribischen Art zu denken, zaubere ich bei Jarle nur ein müdes Lächeln hervor.

»Du hast durch deine Erkrankung eine reinere Seele als andere Menschen.«

Sein Kommentar beflügelt mich umso mehr, dies genauer zu ergründen.

»Aber es gibt doch so viele andere kranke Menschen auf dieser Erde, die das Bild auch hätte wählen können.«

»Ja, aber da muss mehr passen. Vieles davon ist uns nicht bekannt. Das Universum hat seine eigenen Gesetze. Auch wenn wir glauben, sie zu verstehen, liegt unsere Einschätzung oft weit daneben. Immens groß ist der uns gar nicht bekannte Teil davon. Von der Veränderung, die ständig passiert, haben wir fast null Ahnung. Alles ist wandelbar und

versucht bei jeder Gelegenheit, das Gleichgewicht auszupendeln und zu halten. Aber ich
denke, es hat auch damit zu tun, dass ein
kranker Mensch sein Hauptaugenmerk auf
Gesundheit, Wohlbefinden und Glauben
lenkt. Er ist nicht ständig von Macht, Geld
und Besitz besessen, denn diese weltlichen
Errungenschaften verbleiben nach dem Tod
eines Menschen auf dem Planeten Erde.«

Na, wenn er sich da nicht in mir täuscht.
Geld spielt für mich immer noch eine große
Rolle.

Wieder schmunzelt er vor sich hin. Wie viel
weiß er wirklich? Hat ihn sein Aufenthalt in
der Sekte so weltoffen gemacht oder ist er
auch ein Auserwählter?

Jarle beginnt, seine Malsachen zusam-
menzupacken. Behängt mit seiner schwarzen
Tasche, die seine Schultern durch das Gewicht hinunterdrücken, und den bespannten
Leinwänden in der anderen Hand, verschwindet er für die nächsten Stunden in die
offene Landschaft.

»Beim Malen bekomme ich den Kopf frei.
Erst danach kann ich mich dem Wichtigsten
aller Bilder widmen. Mit der speziellen Farb-
Asche-Mischung wird ein neuer Messias entstehen. Eben der Gegenpol zu dem Luzifer-
bild.« Träumerisch blicken seine Augen. Irgendwie erscheint es mir, dass er sich darauf
freut und diese Schwingungen, beim kreati-
ven Prozess des Kunstwerkes, genießt.

Noch bevor er aus meinem Sichtfeld in Richtung Berge verschwindet, macht sich mein Handy bemerkbar. Das leichte Vibrieren auf dem Regal, wo es an einer *Power Bank* sich auflädt, ist nicht zu überhören. Wer ruft mich an? Hoffentlich nicht mein Unbekannter. Zurzeit sollte ich mich dieser Energie nicht aussetzen. Neugierig sehe ich auf das Display. Nicht die erwartete Nummer blinkt mir entgegen, sondern der Name meines Arztes.

»Hallo.«

Dann herrscht Funkstille.

»Ist dort Sunniva Kondor? Ich habe eine Nachricht für Sie.«

Egal, was nun kommt. Bevor ich die weiteren Stunden in Unruhe verfalle, wäre es besser, sich der Situation zu stellen.

»Ja, ich bin da. Was gibt es Neues, Herr Professor?«

»Ihr Fall hat hohe Wellen geschlagen in unserem Team. Deshalb prüften wir Ihre letzten Blutwerte noch genauer. Und da gab es viele Ungereimtheiten.«

»Wie darf ich das verstehen? Reden Sie bitte Klartext darüber.«

Verunsichert starre ich, das Handy in der Hand, auf die gegenüberliegende Wand aus Holz. Intensiv verfolgen meine Pupillen die Maserung und die dazwischenliegenden Verfugungen darin. Alles, nur um nicht diesem beängstigenden Gefühl in mir neue Nahrung zu geben. Leicht aufgewühlt höre ich dem Professor zu.

»Auf den Bildern war der Tumor ja gänzlich verschwunden. Sie haben es selbst gesehen. Doch im Blutbild hat sich nicht viel verändert. Die Entzündungswerte im Tumormarker sind fast gleich hoch wie vorher. Das lässt darauf schließen, dass entweder das Gerät fehlerhafte Bilder lieferte oder die Blutprobe nicht rein war. Um sicherzugehen, möchten wir die Blutabnahme und die MR-Aufnahmen wiederholen.«

Spontan antworte ich ihm aus dem Bauchgefühl heraus. »Das geht momentan nicht. Ich befinde mich nicht zu Hause, sondern erhole mich gerade ein paar Tage außerhalb der Stadt.«

Mein Einwand klingt nicht gerade sehr selbstbewusst. In mir kriecht wieder die wohlbekannte Angst meinen Hals hoch und verhindert eine starke Stimme.

»Ein paar Tage sind okay. Aber nächste Woche würden wir Sie gerne bei uns sehen. Melden Sie sich bitte, Frau Kondor, wenn Sie wieder vom Urlaub zurück sind. Ich wünsche Ihnen noch einen guten Tag.«

Bevor ich mich verabschieden kann, hat er bereits aufgelegt. Zurück lässt er mich mit neuen Zweifeln. An den Ärzten, genauso wie an meinem Körper. Er ist also nie weggewesen, der Tumor. Hat sich nur gut versteckt hinter der großen Wand aus meinen Unsicherheiten. Hoffentlich kommt Jarle bald zurück. Dieser zerrissene Gefühlszustand macht mich fertig. Ich muss mit jemandem reden, der davon Ahnung hat, was ich durchmache.

Um mich abzulenken, gehe ich vor die Hütte und betrachte die Landschaft um mich herum. Auch hier liegt ein besonderes Gefühl in der Luft. Alles sieht normal aus, doch als mein Blick an den Bäumen hängenbleibt, bemerke ich einen Farbfleck hinter den Stämmen. Rot leuchtet es zwischen den unteren Zweigen, und ein Sonnenstrahl reflektiert einen Gegenstand, wie aus Glas. Steht da irgendwer dazwischen und beobachtet mich mit einem Fernrohr? Oder fotografiert dieser Unbekannte mich mit einer Kamera? Jetzt werde ich erst recht unruhig. Ganz alleine könnte ich mich nicht gegen einen Eindringling wehren, schon gar nicht in meinem momentanen Zustand.

Seit dieser Professor seine unheilschwangeren Worte ausgespuckt hat, dunkelt meine Aura ein und schrumpft zusammen wie ein Luftballon, dem die Luft entweicht. Schnell verkrieche ich mich wieder in der Hütte. Der Appetit ist mir auch vergangen, daher schlüpfe ich wie ein kleines Kind aus Angst vor dem Gewitter unter meine Bettdecke. Wen ich nicht sehe, der kann mich auch nicht entdecken. Diese Annahme hat mir als Kind geholfen, warum nicht auch heute noch? Zitternd krümme ich mich in embryonaler Stellung zusammen und verstehe wieder einmal die Welt nicht mehr. Ein kleines Antippen an einem meiner Triggerpunkte genügt, um meine Sichtweise auf das Leben aus den Angeln zu heben. Mit einem Ohr lausche ich, ob jemand um die Hütte streift. Doch alles bleibt ruhig, nur das Gezeter der Vogelmütter klingt schrill und laut durch die Natur. Auch deren Jungvögel machen nicht das, was sie wollen: Endlich eigenständig davonfliegen. Wann werde ich lernen, meine Flügel auszubreiten und abzuheben in ein neues Leben? Wie ein Phönix alles hinter mir zu lassen und die Seele aus dem Korsett der Angst zu befreien. Auch ohne Begleitung, völlig alleine den Moment genießen. Meinen Geist und meine Seele entwickeln, und das sein, was der Bestimmung des Universums für mich entspricht. Heute warte ich noch ab, vielleicht bin ich morgen so weit? Wer weiß das wirklich?

Fest klopft Jarle seine Schuhe vor der Hütte ab. Dieses rhythmische Klopfen holt mich aus meinem Versteck, denn durch die kleine Fensterscheibe kann ich seinen Haarschopf sehen. Eilig befreie ich mich von der durchschwitzten Decke. Die beim Eintreten von Jarle hereingewehte frische, klare Luft, lässt meinen Körper erschaudern. Noch immer haften Reste meines Angstschweißes an mir, die sich in dem hitzigen Raum unter der Decke gebildet haben. Jarle hingegen, dieser

Halbgott, sieht selbst nach einer Anstrengung immer noch wie in Stein gemeißelt aus. Alles sieht an ihm anziehend aus. Obwohl ihm eine Haarsträhne ins Gesicht hängt, fasziniert mich die nun lockigere Pracht aufs Neue. Mit dem leicht gewellten dunklen Haar ähnelt er den römischen Statuen. Was ihnen allerdings fehlt, ist die Lebendigkeit, die bei diesem schönen Mann aus jeder Pore dringt. Seine samtig erscheinenden Augen und die von der Sonne gezeichneten Lachfalten lassen die Luft zwischen uns knistern. Bevor erneut meine Unsicherheit überschwappt, verwickle ich ihn in ein Gespräch.

»Du, ich glaube, ich habe jemanden zwischen den Bäumen gesehen. Glaubst du, dass sie meine Spur inzwischen gefunden haben?«

Liebevoll streicht er über meinen Arm, um mich wieder zu beruhigen.

»Nein, ganz sicher nicht. Das könnte einfach ein Wanderer gewesen sein, der Bilder von diesem schönen Platz hier macht. Ein paar Wenige verirren sich hierher, wenn sie vom beschilderten Wanderweg abkommen. Selten landet jemand bei unserer Hütte. Oben steht auch ein Privatstraßenschild. Mit diesem Hinweis wird eine Touristenansammlung verhindert. Die meisten von ihnen halten sich daran, ohne groß aufzubegehren. Nur vereinzelte Besserwisser, aber auch Naturliebhaber übersehen geflissentlich dieses Hinweisschild. Letztere entfernen sich meist lautlos und ohne Spuren, wie Abfälle oder dergleichen, zu hinterlassen.«

»Oh, dann bin ich beruhigt. Aber da ist noch eine Sache, die ich mit dir besprechen möchte.«

»Was liegt dir denn am Herzen? Du siehst sehr irritiert und verängstigt aus. Mache dir nicht so viel Sorgen. Bei mir bist du sicher. Fühlst du das nicht selbst auch ein wenig?«

Er nimmt mich in den Arm und dadurch bricht die lange zurückgehaltene Sturzflut aus meinen Augen. Immer wenn ich loslasse, verliere ich die Kontrolle darüber. Es ist mir mehr als peinlich, mit Rotznase und durchweichtem Shirt vor seinen prüfenden Augen dazustehen.

»Der Arzt hat angerufen und mir mitgeteilt, dass ...«, schon wieder schluchze ich unkontrolliert auf.

Beim Versuch, weiterzusprechen, verhasple ich mich auch noch beim Sprechen. Und alles geht von vorne los.

»Der Tumor hat sich nur versteckt, oder die Bilder taugen nichts. Im Blut ist alles noch vorhanden. Ich soll ...«.

Jetzt ist es um meine Stimme geschehen.

Kein Ton kommt mehr heraus, als ob meine Stimmbänder sich verknotet hätten.

»Alles wird gut. Du glaubst doch an mich und meine Heilkunst?«

Er hebt mit einem Finger mein Kinn ein wenig an und wischt die Tränenbahn von meinen Wangen.

»Heute ist mir ein genialer Einfall gekommen, die ideale Lösung für dein Problem. Nebenbei kann es auch für mich der Durchbruch in der Kunstszene sein, auf den ich so lange warte.«

Verzerrt lächle ich, denn diese Worte bringen einen Hoffnungsschimmer in meine dunkle Welt.

»Du hast gesagt, du malst das Gegenstück zu dem anderen Bild mit der Asche von Jesus. Hast du sie überhaupt dabei?«

»Natürlich habe ich daran gedacht. Normalerweise bin ich sehr organisiert, wenn es um meinen künstlerischen Ausdruck geht. Den Künstlern wird oft nachgesagt, chaotisch, schlampig und unzuverlässig zu sein. So bin ich aber nicht. Bei mir ist Ordnung in meinem Umfeld ungemein wichtig, um mich mit meiner Seele zu verbinden. Nur dann kann ich loslassen, die Unterstützung der geistigen Welt anfordern und auch annehmen. Was danach passiert, entzieht sich meines realen Wissens. Wie nach einem langen, tiefen Traum tauche ich dann auf und komme nur langsam wieder in die Realität zurück.«

»Das wundert mich nicht«, bemerke ich dazwischen, »hier sieht es wirklich aus, als ob gerade geputzt und aufgeräumt wurde.«

Mein Kopf nickt von alleine, während ich nach einem Taschentuch suche. Jarle streckt mir seine Hand entgegen. Zwischen den Fingern, mich wundert gar nichts mehr, steckt eine Packung Papiertaschentücher.

»Mach dich ein wenig frisch, dann essen wir und reden weiter. Ich erzähle dir später, wie es weitergeht. Übrigens, auf der Rückseite des Toilettenhäuschens ist eine Freiluftdusche. Die darfst du natürlich auch benutzen. Und keine Sorge, von außen kann man dich nicht dabei sehen.«

Verständnisvoll drückt er die Augen zu und wäscht sich im Waschbecken selbst seine Hände. Gründlich, mit Seife, kein Zwischenraum wird ausgelassen. Fast wie eine Waschmeditation mutet dieser Akt der Reinigung für mich an. Erst jetzt sehe ich die kleinen Farbflecke, die er geduldig mit dem Fingernagel der anderen Hand und einer kleinen Bürste entfernt. Was er wohl gemalt hat? Sicher ein Stück dieser wunderbaren Landschaft oder ein Tier, dass sich gerade in der frühen Sonne putzt und mit der Sonnenwärme sein glänzendes Fell auflädt. Mit diesem Gedanken nehme ich ein Handtuch und ein Seifenstück aus dem Regal und besetze für die nächsten zehn Minuten das kleinere der Häuschen hier. Unter freiem Himmel zu duschen, hebt mein Wohlgefühl und lässt die Stärke meiner Emotionen in den angenehmen Bereich abdriften. Das Wasser ist nicht so kalt wie erwartet, doch der erste Strahl davon weckt alle meine Sinne.

Während ich fest mit dem Handtuch rubble, um danach Wärme und eine aktive

Durchblutung zu erzeugen, beobachtet mich eine Amsel. Ihre schwarzen Augen starren mich an, als wären sie nicht von dieser Welt. Erst als sich seine Partnerin zu ihm gesellt, einen sich windenden Wurm im Schnabel, wendet er sich von mir ab und fliegt ein paar Zweige höher in dem Baum. Dort befindet sich ein Nest und mit lautem Gepiepe begrüßt die immer hungrige Nachkommenschaft die Ankunft der Eltern. Zum Schutz der Kleinen beobachtet mich der Vogelvater wieder von weiter oben. Oder steckt in ihm ein Bote aus der mystischen Welt? Meine Gedanken schwirren umher zwischen dem, was ich sehe, und dem, was ich fühle. Erst das Jucken meiner Haut erinnert mich an die Gegenwart. Immer noch stehe ich nackt da und starre den Ast an. Ohne es zu bemerken, hat sich der Amselmann aber längst aufgemacht, um erneut Futter für seine Brut zu suchen. Nicht einmal das habe ich bemerkt.

Manchmal überlappt sich für mich diese Welt mit der Anderswelt. In kurzen Augenblicken wird alles eins. Meine Wahrnehmung für mich als Person wird dabei erschreckend klein, bis sie fast gänzlich verschwindet. Geht es anderen Menschen auch so, oder ist das nur bei mir so? Hat vielleicht mein Tumor damit zu tun? Verändert er bereits mein Gehirn? Stopp! Ich bin immer noch hier in meiner gewohnten Welt und existiere. Zwar auf meine Art, aber dennoch.

Während ich mich anziehe, strömt ein angenehmer Essensgeruch aus dem Blockhaus. Mein Magen knurrt, da ich das Frühstück ausgelassen habe. Auch der Appetit kommt zurück, auf das Essen und auf das Leben. Wie sagte Jarle vorhin? *Alles wird gut.* Ausnahmsweise will ich das glauben, um ein wenig Seelenfrieden zurückzugewinnen. An diesem malerischen Ort ein unbedingtes Muss. Vorsichtig tappe ich auf den ausgelegten Steinplatten zurück, um nicht auszurutschen. Meine Schuhe halte ich in der rechten Hand. Ich will trotz der frisch gewaschenen Füße alles unter mir spüren. Mich mit der Mutter Erde verbinden, und das Dunkle in mir an sie zur Transformation abgeben. Die wenigen Meter zur Hütte genügen, um neue Kraft aus ihrem ewigen Dasein zu ziehen. So gestärkt grinse ich, denn der gesichtete, reich gedeckte Tisch auf der Veranda lässt meine Glückshormone tanzen.

»Häng das Handtuch über das Verandageländer auf zum Trocknen«, ruft mir Jarle nach. »Ich bringe gleich den Tee, damit wir anfangen können.«

Was will mein Herz mehr? Die vorherigen Gedanken sind verblasst und den Rest der dunklen Aura, die das Wasser und die Erde nicht erreicht haben, lasse ich von dem lauen Frühlingslüftchen davonwehen. Jetzt kommt Vorfreude auf bei mir, auf das Essen und den gemütlicheren Teil des Tages.

Seit zwei Tagen sehe ich Jarle tagsüber wenig bis gar nicht. Wenn die Tautropfen des Morgens die Landschaft mit ihren glitzernden Perlenketten aus dem flüssigen, glasklaren Urelement verzieren, sitzt dieser begnadete Künstler bereits an seiner Staffel, irgendwo im Windschatten eines Baumes. Längst habe ich es aufgegeben, zu fragen, wo denn dieser besondere Platz ist. Auch was er mit seinem Pinsel in die Leere zwischen den Holzrahmen bahnt, bleibt für mich ein Rätsel. Immer freundlich, jedoch auch mit gewissem Abstand, sorgt er für mein Essen und mein Wohlgefühl. Das genieße ich wirklich aus ganzem Herzen.

Hier werde ich zur Träumerin. Oft sitze ich stundenlang auf den Steinen am See und starre ins Wasser. Anfangs suchte ich nach rötlichen Flecken zwischen den Bäumen, doch mit jeder Stunde, die ich alleine verbringe, verblasst auch diese Erinnerung immer mehr. Und die Angst dazu, entdeckt zu werden, verkümmert.

Meine Träume werden wieder intensiver. Manchmal kann ich nicht unterscheiden, ob es Realität oder mein Hirngespinst ist, wenn ich durch das Weltall fliege und fremde, weit entfernte Sterne besuche. Dämonengesichter haben aber keinen Zutritt mehr in meine Traumwelt. Geflissentlich halte ich diese Erscheinungen von mir fern, indem ich viel meditiere und bete. Ja, irgendwie sind die alten Heilgebete meiner Mutter aus dem kleinen, geerbten Notizbuch in mein Gepäck hineingerutscht. Nachdem ich jede Menge Zeit für mich habe, passt es für mich, sie wiederzubeleben. Bisher hat mich noch keine spezielle Religionsform überzeugt, doch diese Wörter haben eine eigene Welt in sich. Voller Wunder und vor allem Ruhe, die sich augenblicklich in mir ausbreitet, sobald ich sie rezitiere. Anfangs tummeln sie sich in meinen Gedanken, später spreche ich sie vor Blumen, summenden Bienen und auch kleineren Tieren aus, die neugierig meine Nähe suchen. Man merkt, dass sie Menschen nicht gewöhnt sind, sonst wären sie nicht so zutraulich. Vor ein paar Minuten kam ein wunderschönes Eichhörnchen von der Baumkrone im Eiltempo kopfüber heruntergerannt und betrachtete mich sehr neugierig. Samtiges Braun und dunkle Knopfaugen zeichnen die Schönheit dieses zierlichen Geschöpfes aus.

Unterbrochen wird dieses wundervolle Erlebnis nur durch ein Geräusch, welches ich auch gestern schon bemerkt habe. Vielleicht doch ein Wanderer, der diese Gegend ausgesucht hat, um auch zu entspannen und die Natur zu genießen? Oder soll ich mir darüber Sorgen machen?

Am Spätnachmittag kehrt Jarle zurück. In meine Beobachtungen vertieft, vergaß ich wieder einmal, zu essen. Meine Kleidung schlottert seit Tagen um meine dünnen Beine, überall stehen die Knochen heraus. Was ich früher zu viel auf den Rippen hatte, könnte mir jetzt nicht schaden.

»Komm, iss ein wenig von den Gemüseschnitzeln. Die sind wirklich lecker.«

Jarle reicht mir den Teller mit den flachgedrückten Bratlingen. Vorsichtig hebe ich mit zwei Gabeln ein Stück aus verschiedenen, verpressten Gemüsestückchen hoch. Sogar zwei Bratkartoffeln schaffe ich dazu. Dann ist es mit meinem Appetit wieder vorbei. Nur der Joghurt, mit dem in einem Glas eingelegten Beerenmix lockt mich noch einmal. In meinem Magen herrscht totale Unordnung. Gerade gefüllt müsste ich mich satt fühlen, doch stattdessen beschleicht mich ein flaues Gefühl, dass immer mehr in Druck und Schmerz ausartet.

»Ich fühle mich nicht wohl«, ist alles, was ich noch hervorbringe, bevor ich mir einen Platz hinter der Hütte suche, an dem ich alles

hervorwürge, was gerade noch so einigerma-
ßen gut geschmeckt hat.

Erst dann ist mir wieder leichter. Jarle
kommt mit einem Glas Wasser und einer Serviette hinterher. Sanft nimmt er dann meine
Hand und führt mich auf die Veranda zurück. Zugedeckt mit der bunten Decke vom
Sofa und einem kleinen Kissen hinter meinem Nacken, sitzen wir gemeinsam still da
und sehen hinaus auf den kleinen See. Wir
beide wissen, dass dies der Anfang vom Ende
ist, wenn sich nicht bald eine Lösung für
mein Problem anbahnt.

»Wir müssen von hier weg.«

Einsam stehen diese Worte zwischen uns,
bevor ich den Sinn darin begreife.

»Wieso, morgen geht es wieder aufwärts
mit mir. Das eben war nur eine kleine Ma-
genverstimmung.«

Kläglich klingt meine Stimme, denn ich
weiß genau, was Wahrheit und Lüge darin
ist. Bereits aus früheren Tagen weiß ich um
die Symptome, die immer häufiger auftreten
werden. Zuerst der beleidigte Magen,
Schwindelanfälle und dann nur mehr eine
Welt voller Schmerzen und Benommenheit.
An diesem Ort zwar nicht vorstellbar, aber
wieso sollte es sich hier anders anfühlen oder
könnte aufgehalten werden?

»Ich kann dein Heilungsbild hier nicht malen. Dazu brauche ich einen sakralen Ort mit
viel Energie aus der Umgebung und den dazugehörigen Erdkräften. Die Unterstützung

der himmlischen Kräfte, die sich zum Beispiel in Kirchen manifestiert haben, ist nicht zu unterschätzen. Trotz der Entfernung zur Höhle, in der ich das Bild aufbewahrt habe, spüre ich immer noch eine Verbindung hierher. Bei dem Gedanken, dass dir etwas zustoßen könnte, wird auch mir schlecht, denn ich fühle mich für dich verantwortlich. Schließlich habe ich dich hierher und in diese Lage gebracht.«

Traurig sehen mich seine Augen an. Selbst seine Mundwinkel zeigen nach unten, so wie ich es bei ihm noch nie gesehen habe.

»Danke für alles, was du für mich tust. Du bist einer der wenigen Menschen, denen ich noch vertraue. Hilfst du mir auch weiterhin, selbst wenn es mir schlechter geht?«

Diese Frage habe ich in Gedanken so oft gestellt. Sie beschäftigt mich seit langem. Niemand sonst ist für mich da. An diesem Ort wird mir meine Endlichkeit immer bewusster. Wenn ich die Natur betrachte, ist der Anfang und das Ende so natürlich und normal. Diese Lebewesen hier, die diese Landschaft bevölkern, nehmen alles an, so wie es gerade ist. Das schaffe ich aber nicht. Immer möchte ich es anders haben, immer soll ich im Mittelpunkt des Geschehens stehen. Alle sollen sich um mich kümmern und erst dann um andere. Egoismus vom Feinsten, wird mir gerade bewusst. Wer gibt mir das Recht, das einzufordern? Bin ich durch die Folgen meiner psychosomatischen Disharmonie in diese krankhaften Zustände gerutscht?

»Hätte ich mich um meinen Körper anders gesorgt und die negativen Gedanken und Gefühle nicht zugelassen, dann wäre ich nicht in dieser abscheulichen Situation!«

Habe ich das soeben wirklich laut ausgesprochen? Was kann ich tun, um diesen Schneeball, der unaufhörlich dahinrollt und größer und größer wird, wieder zu stoppen?

»Gefühle nehmen manchmal gigantische Ausmaße in uns an und hinterlassen Spuren.«

Jarle räuspert sich kurz, sieht aber neben mir in die Ferne. Verloren sieht auch sein Blick aus.

»Sie blockieren uns. Dadurch fühlen wir uns eingeengt und zukunftslos.«

Seine Stimme wird wieder fester und bestimmter. Sogleich leuchtet ein Funken Hoffnung in meinem Herzen auf.

»Was du tun kannst, ist ein neues Streichholz entzünden und mit dessen Wärme die Schneekugel, die du geformt hast, zum Schmelzen zu bringen.«

Ein kühler Schauer bringt mich zum Erzittern. Jarle kann meine Gedanken lesen. Wie wusste er sonst von dieser großen Schneekugel, die ich mir gerade vorgestellt habe?

»Uns geht es allen gleich, wenn wir Probleme haben. Du bist nicht alleine mit diesen Gedankengängen.«

Woher hat dieser Mensch seine Kenntnisse her? Wie kann man in jungen Jahren so erfahren und wissend sein? Immer mehr rätselhafte Momente tauchen mit ihm auf, die ich nicht zuordnen kann.

»Aber bei wem liegt dann der Fehler?«

Als ob ich mich schützen müsste vor dem, was kommt, wickle ich mich fester in die kuschelige Decke ein.

»Wer die Kugel geformt hat, kann ich dir nicht sagen. Um sie allerdings zu sehen, muss man sie fühlen können und anschließend begreifen, dass sie den Weg versperrt. Wenn sie auftaucht, möchte sie etwas mitteilen. Nur der betroffene Mensch selbst kann sie umgehen oder zerstören. Andere werden darüber stolpern, fallen oder klagend davor sitzen, ohne weiterzukommen.«

Diese Bilder, die Jarle in meinem Gehirn erzeugt, lassen mich nicht mehr los. Was bin ich für ein Typ? In meiner Vergangenheit holte ich mir mehrmals Menschen, die sie für mich wegräumten, in mein Leben. Oder jene, die ihre Hand ausstreckten, damit ich beim Überqueren nicht falle. Doch immer wieder rollen neue Schneekugeln vor meine Nase. Der Punkt dabei ist, dass ich die Verantwortung immer an andere Menschen abgebe. Jetzt gerade schiebe ich Jarle vor mich her, damit ich der Situation nicht ins Auge sehen muss.

Kein guter Lösungsansatz.

Ich brauche zwar Hilfe in Form eines heilenden Bildes, doch danach muss ich in die Selbstverantwortung gehen. Nur ich kann mich in jeder Minute neu entscheiden, was ich möchte und was ich in meinem Leben zulasse. Wünschenswert wäre es für mich an manchen Tagen, meine Körperhülle einfach aufzulösen, damit ich für das neue Nichts Platz schaffe. Mir kommt alles sowieso unbeständig vor, mit Veränderungen behaftet. Damit es zu einem gemeinsamen Strom mit universellem Bewusstsein wird, muss wieder ein Pulsieren spürbar werden. Und ein Anfang kann nur in der Leere entstehen, denn die Fülle ist längst voller alter Verhaltensmuster und Schablonen, in die ich ständig hineingepresst werde. Und mich hineinpressen lasse.

Liebe entsteht dort, wo Wandel seinen festen Platz hat. Wenn alles miteinander fließt, entsteht eine neue Existenz. Das Alte zerfällt, und die Leere ist in Wirklichkeit der Samen für das Neue. Damit wir nicht mehr klammern, bricht das Gewohnte weg. Keinen Halt in der alten Form erfährt nur derjenige, der bedingungslos sich ergibt. In die Liebe hinein, denn sie braucht keinen Halt und keine Form. Sie ist nicht fassbar, vollkommen leer in ihrem Bezug auf das, was sie liebt. Verschiedene Formen von ihr, Wahrnehmungen mit Gefühlen, Mustern und Bewusstsein, lediglich der Punkt auf dem Ganzen. Sie kann sich nicht an der Zeit festhalten und hoffen, gesehen zu werden. Sie ist einfach da, bedingungslos und ohne Grenzen wirksam. Liebe ist eine Form der Leerheit, die nur mit einem reinen Geist wahrnehmbar ist.

Hat Jarle das gemeint, als er sagte, dass mich das Bild auserwählte? Verstehen die Anhänger dieser Sekte meine Reinheit so, die nur mit diesem Entwicklungsstand gehalten werden kann? Fragen über Fragen türmen sich in meinem Inneren auf, wie die hohen Gewitterwolken in der Realität. Auch sie versprechen, nach Blitz und Donner, die Reinigung der Luft. Samt ihrem Herrscher, dem Gott des Windes. Meine neue Welt kann sich nur dann entwickeln, wenn ich die Verwicklungen der Vergangenheit hinter mir lasse. Wenn ich allen Beteiligten verzeihe, ebenso wie umgekehrt.

Anstatt das Vergangene zu beachten, sollte ich mich auf den gerade entstehenden Horizont konzentrieren. Weiße Wände türmen sich, hoch über uns, der Hütte entgegen, die mir im Anbetracht dieser gewaltigen Macht plötzlich sehr klein und selbst schutzbedürftig vorkommt. Die ersten Regentropfen klatschen monoton auf das Dach. Blüten winden sich im aufkommenden Wind und die Geräusche der Tierwelt verstummen. Ein Weilchen wird es noch dauern bis der Regen mit seiner wahren Kraft und der vom Himmel herabstürzenden Flut den Boden ertränkt.

Der Wind dreht und die Wolkenbank schiebt sich über den südlichen Berggipfel hinweg. Die im Takt klopfenden Tropfen verändern ihren Rhythmus, werden langsamer und kommen gänzlich aus dem über Jahrmillionen eingeübten Takt. Mein Geist hat längst aufgegeben zu arbeiten. Über so vielen Denkprozessen schlafe ich erschöpft ein. Die Begegnung mit dem Fischer bekomme ich nicht mehr mit, die mein Leben nachhaltig verändern wird. Erst später wird mir Jarle alles erzählen. Das Universum greift wieder einmal in mein Schicksal ein und öffnet mir neue Türen. Ob es die Richtigen sind, wird sich noch weisen.

»**B**leib sitzen, ich mache das allein.« Mit der gewohnten Ruhe legt Jarle meine Kleidung zusammen und verstaut sie in der mitgebrachten Reisetasche.

»Ich hole noch schnell deine Körperpflegemittel aus der Dusche und dann machen wir uns auf den Weg. Meine Malsachen liegen bereits im Auto, nur noch das gestern gemalte Landschaftsbild hole ich, und dann können wir losfahren.«

Die Tür steht gefühlt seit einer Stunde offen, damit Jarle, ohne meine Hilfe, unser Gepäck zum Auto tragen kann. Dieser Tag ist nicht mein bester. Seit dem Aufwachen überfallen mich ständig diese Schwindelattacken. Zwischen dem geschäftigen Packen unserer Sachen erzählt mir Jarle von seiner Begegnung mit diesem Herrn, den er während meines Erschöpfungsschlafes auf der Veranda getroffen hat. Bepackt mit einer langen Angel und den dazugehörigen Utensilien wie Eimer und schwarzer Ledertasche, stieg er mit seinen langen Angelstiefel aus dem Schilfgürtel des kleinen Sees.

»Wie heißt er wirklich? Du hast mir nur den Vornamen genannt.«

Ich versuche, immer wenn Jarle wieder zu mir hereinkommt, an unser Gespräch anzuknüpfen. Damit ihm und vor allem mir selbst nicht bewusst wird, dass ich wieder einmal zu nichts fähig bin. Zwischendurch schweift mein Blick auf das Display meines Handys, welches inzwischen voll aufgeladen ist. Unzählige Nachrichten warten darauf, beantwortet zu werden. Die meisten davon stammen von meinem großen Unbekannten. Aber auch mein Professor aus dem Krankenhaus meldet sich fast jeden Tag. Doch ich will mit niemandem, außer Jarle, zu tun haben. Deshalb bin ich sehr erstaunt, dass mein verlässlicher Begleiter so offen mit dieser neuen Bekanntschaft umgeht. Von mir aus würden wir jetzt nicht zu ihm fahren. Aber Jarle redet mit voller Begeisterung von ihm.

»Sein Name ist Linus Koskinen.«

Seine Schuhe hinterlassen einen feuchten Abdruck auf den Dielenbrettern, denn immer noch liegt Morgentau auf der Wiese.

»Er wohnt auf der anderen Seite des Berges.«

Jarle zeigt die Richtung mit seiner linken Hand, denn in der Rechten hat er sich die Klappbox, gefüllt mit den restlichen Nahrungsmitteln, unter die Achseln geklemmt.

»Das Beste daran ist aber, dass es auf seinem Anwesen eine Kapelle gibt, in der ich malen kann. Stell dir vor, Sunniva, unser Wunsch ist Wirklichkeit geworden. Noch vor ein paar Tagen haben wir darüber gesprochen und nun treffe ich genau den Menschen in dieser Einöde, der mir einen sakralen Platz zum Malen zur Verfügung stellt. Es kommt mir vor wie ein Wink des Universums.«

Zufrieden wirkt er auf mich. Ich bin aber mehr als skeptisch.

»Hatte dieser Linus vielleicht eine rote Jacke an?«

Immer noch ist meine Beobachtung, die ich vor ein paar Tagen gemacht habe, als Bild in meinem Kopf wie eingebrannt.

»Wie wissen wir, ob er kein Betrüger, oder schlimmer noch, ein Verbrecher ist?«

Kurz zucke ich zusammen, denn inzwischen baut sich in meinem Kopf ein zusätzlicher Druck auf, der mich verwirrt und ängstlich macht.

»Ach, Sunniva, meistens macht man sich unnötige Sorgen. Nur in den seltensten Fällen werden Befürchtungen wahr. Versuche die Sache positiver zu sehen. Ich möchte dir doch helfen. Das kann ich aber nur, wenn endlich dieses gewisse Aschebild entsteht. Ich muss es in die Realität bringen, damit seine Energie dir die Erlösung von deiner Erkrankung bringt.«

»Danke, Jarle, bei dem Gedanken geht's mir gleich besser.«

Mein Gesichtsausdruck spricht aber vom Gegenteil. Schmerzattacken in dieser Form sind sehr unberechenbar, besonders auf meine Gemütslage hin. Vorschnell urteile ich über Menschen, denen ich noch nicht mal ins Gesicht gesehen habe. Um mich abzulenken, stelle ich meine nächste Frage.

»Nimmst du das Aschebild aus der Höhle auch mit?«

Was ich für eine Antwort erhalten möchte? Keine Ahnung, ich weiß es wirklich nicht. In meiner schlechten Verfassung überlasse ich es meinem wunderbaren Reiseführer, mich zu lenken und zu betreuen.

»Nein, erst zu einem späteren Zeitpunkt. Vorerst musst du dich mit der neuen Heilungsenergie vertraut machen. Auch der Ortswechsel wird anfangs Stress machen. Doch Linus hat mir versichert, dass sein Anwesen außerhalb des Ortes liegt und relativ gut abgeschirmt ist. Eine große Gartenanlage bettet das Anwesen ein und das ist gut so. Die Öffentlichkeit hat keinen Zutritt und es gibt auch keine direkten Nachbarn. Der ideale Ort für unser Vorhaben. Übrigens, die Innenansicht der Kapelle habe ich auf Bildern gesehen. Dort wird es dir gefallen, versprochen.«

Jarle schleppt die letzten Gepäckstücke zum Kofferraum. Inzwischen habe ich mich auch aufgerafft und torkle benommen, nur mit meiner kleinen Handtasche und dem Handy, vor die Hütte. Ein letzter Blick noch auf diesen wunderbaren Ort, von dem ich mich nur schwer trennen kann. Liebgeworden ist mir nicht nur der gemütliche Innenraum, sondern vor allem die unberührte Natur. Ein heftiger Wind kommt auf, als ob er mich zum Abschied mit seiner Kraft berühren und ummanteln möchte. Alles ist wie immer. Selbst die Vögel und Insekten füllen den luftigen Raum zwischen Himmel und Erde mit ihren verschiedenartigen Tönen und Schwingungen.

Schnell drehe ich mich um. Viel zu schnell, was mir sofort mein Körper übelnimmt. Doch Jarle ist zur Stelle, umfängt mich mit seinen starken Armen und drückt mich an sich. So engen Körperkontakt wie eben hatten wir die ganze letzte Zeit nicht. Normalerweise benimmt er sich sehr diskret und immer mit dem nötigen Anstandsabstand. Eigentlich ist zu wenig hier passiert, zumindest was uns beide betrifft. Aber meine Schmerz- und Schwindelattacken machen es auch nicht leicht, uns physisch anzunähern. Von sanften Berührungspunkten abgesehen, haben wir uns wie beste Freunde verhalten. Schade, ich hätte mir manchmal mehr gewünscht.

Sogar die Beifahrertür schließt Jarle von außen, sodass ich mich sofort in den Sitz schmiegen kann. Neben mir, in der Autotür, wartet eine Trinkflasche auf mich und eine Packung Taschentücher. An alles hat dieser fast perfekte Mann gedacht. Ich bin zwar müde, will aber noch nicht schlafen.

»Jarle, erzähl mir etwas über dich. Ich möchte so vieles von dir und über dein Leben wissen.«

Aufmerksam sehe ich mir sein Profil während des Losfahrens an.

»Was geht in deinem hübschen Kopf nur vor?«, und wieder lächelt er. »Eigentlich bin ich mit meinem Leben sehr zufrieden. Naja, vieles könnte einfacher laufen. Seit wir als Sekte eingestuft wurden, haftet eine negative Schwingung um uns, wenn die Leute darüber reden.«

»Was macht euch zur Sekte?«

Mein Einwand kommt nicht von ungefähr. Öfter mache ich mir Gedanken, wieso und warum unsere Gesellschaft fast alles katalogisiert. Muss denn alles in Gut und Böse eingeteilt werden? Eine andere Sichtweise wäre viel sanfter und bereichernder.

»Tja, in Wirklichkeit sind wir lediglich eine Abspaltung der üblichen Religions- und Glaubensgemeinschaft. Wir sind noch zu klein mit unserer Anzahl von Anhängern, auch deswegen gelten wir als Sekte. Diese abwertende Bezeichnung haben wir aber nicht verdient. Kein Mensch wird von uns manipuliert. Wir unterdrücken weder unsere Mitglieder, noch zwingen wir sie, ihren Familien den Rücken zu kehren. Niemand verliert seinen Besitz an uns oder wird ausgebeutet. Selbst die charismatische Führungsfigur gibt es bei uns nicht. Nur einen gewählten Rat, ähnlich wie die Priester in anderen Religionsgemeinschaften. Kritiken sind sogar erwünscht, nicht nur gestattet. Auch die Probleme der Einzelnen oder bezogen auf die ganze Welt können und wollen wir nicht lösen. Wir bieten lediglich Unterstützung und Halt an und weisen auf die Geschichte der Weltreligionen hin. Selbst bezeichnen wir uns als religiöse Sondergemeinschaft. Unsere Mutterkirche ist immer noch das Christentum, mit dem Mehrwert von Buddhismus und Taoismus. So würde ich uns beschreiben. Leider sehen das die anderen nicht so.«

»Mit den anderen meinst du die Gesellschaft, das Volk, oder?«

Jarle nickt nur mit dem Kopf, denn seine Aufmerksamkeit braucht er für das Steuern unseres Autos. Seit wir auf der Schnellstraße fahren, hat das Verkehrsaufkommen enorm zugenommen. Nicht alle fahren so rücksichtsvoll wie der attraktive Mann neben mir, der auch mit Mitgefühl und Intelligenz gesegnet ist.

»Die Regierung hat uns diesen unerwünschten Titel ja nicht gegeben. Aber durch aufgeschreckte Bürger stehen wir inzwischen im Fokus einer überparteilichen Untersuchungskommission, die ständig besorgniserregende Artikel verfasst und das Volk noch mehr verunsichert. Und da wäre auch noch die Kirche selbst. Nicht alle Positionen im Vatikan sind von weltoffenen Menschen besetzt, die auch andere Meinungen und Sichtweisen zulassen.«

»Das kenne ich«, werfe ich kurz dazwischen. »Wie in der Politik spaltet sich die Menge in Selbstdenkende und jene, die einfach der herrschenden Richtung folgen, ohne an die Konsequenzen zu denken. Das sind die, welche am lautesten schreien und verurteilen. Die sich nur besser fühlen, wenn sie am Rockzipfel der Elite hängen und so ihren Selbstwert aufpolieren. Einzeln wirken sie bedeutungslos, daher kämpfen sie mit allen Mitteln. Man kann sich dem auch nicht entziehen. Wer versucht sich aus dem Streit herauszuhalten, wird als Feind betrachtet.«

Meine kurze Rede hat mich wieder erschöpft. Mit geschlossenen Augen bitte ich Jarle, weiterzuerzählen. Seine Stimme beruhigt mich und verhindert, dass ich an meinen aufgewühlten Magen denke. Als ob er das gefühlt hat, drückt mir Jarle ein Stück Brot in die Hand.

»Iss es langsam und kaue gut. Dein Blutzuckerspiegel wird es dir danken.«

Wie komme ich in Zukunft ohne diesen weitblickenden Menschen aus? Mir wird bewusst, dass ich mich in eine neue Abhängigkeit begeben habe. Und ein Entrinnen momentan unmöglich erscheint.

»Was möchtest du noch über mich wissen?«

Seine Frage holt mich in die Realität zurück.

»Zum Beispiel, wie du Himmel und Hölle definierst. Ich meine nicht die religiöse Erklärung, sondern deine private Einstellung dazu.«

Gerade rechtzeitig ist mir diese Frage eingefallen. Selbst habe ich sie mir auch schon gestellt, doch nie eine passende Antwort darauf gefunden.

»Das ist leicht zu beantworten. Meine Weltanschauung und die Perspektive dazu formen folgendes Bild für mich. Alles, was ich gerade jetzt in meiner Welt für gut befinde, wird mir auch in himmlischen Sphären begegnen. Ich erwarte nicht, sondern weiß es, dass der Ort, an dem sich meine Seele nach dem Tod aufhält, ähnlich sein wird wie die Hütte am kleinen See. Mit einer wundervollen Aussicht, unberührter Natur, reinem Wasser und der Geborgenheit und dem Schutz durch Naturmaterialien und kleinen Annehmlichkeiten. Nur auf meinen Wunsch hin werden mich andere Seelen besuchen kommen und wir verbringen eine angenehme und bereichernde Zeit miteinander. Licht und wohlige Dunkelheit wechseln sich ab, so wie ich es mir, oder besser gesagt meine Seele, wünscht. Die Hölle hingegen, ist ein Ort, an dem mir das bewusst wird, was ich zu Lebzeiten versäumt habe. Welche Verfehlungen ich, bewusst oder unbewusst, an anderen Menschen, Tieren und der Natur begangen habe. Ob ich körperlich oder seelisch irgendwen verletzt habe, genauso wie der

Umgang mit meinen eigenen Verletzungen jeder Art. Eine selbstgemachte Hölle also. Niemand anderer als ich selbst ist für alles verantwortlich. Ich kann mich von diesem Ort der hitzigen Energien nur selbst wieder entfernen, wenn ich akzeptiere, was war. So einfach ist das.«

Jarle nimmt nun selbst ein Stück von dem mitgebrachten Brot und fängt ruhig und bedächtig an, zu kauen. Selbst bei dieser Tätigkeit ist er darauf bedacht, achtsam in der Gegenwart zu sein.

»Dann lebe ich bereits in der Hölle.«

Das ist es, was mir zu dieser Erklärung einfällt. Die ich gut nachvollziehen kann. Wieso bin ich nicht selbst darauf gekommen? Immer, wenn ich mit mir im Reinen war, konnte ich die Vergangenheit ruhen lassen, mit all ihren Fehlern und Selbstüberschätzungen. Sobald ich aber jeden Vorgang und jede Emotion in Gedanken zerlege, befinde ich mich in einer persönlichen Hölle. Es tut gut, das aus einem anderen Mund zu hören, um dazuzulernen und eine eigene Variante auszuprobieren.

»Noch etwas dazu«, Jarle hustet kurz, denn ein Brotbröselchen hat ihn dazu veranlasst. Vorwitzig hat es sich in seinem hinteren Gaumenraum verirrt.

»Religionen haben hierzu ein Bild aufgebaut, das die Menschen das Fürchten lehrt. Damit ist das Volk lenkbar und bereit, für diese Kirche alles zu geben, in Worten und

Taten. Mit der Kulisse des unsagbaren Bösen im Hintergrund und der Verherrlichung des Guten stülpen sie das Unerreichbare über die Seelen der Menschen. Ihre Herzen fühlen anders, jedoch kann sich keiner von ihnen dieser Macht entziehen. Denn der Mensch ist eben nicht nur gut oder böse, sondern lebt dazwischen viele Facetten aus. Mir erscheint bei dieser Vorstellung ein Bild aus einem Zeichentrickfilm, wo die Katze vor einer Angel sitzt, an der der leckerste Fisch baumelt. Immer vor ihrer Nase. Trotzdem bleibt er unerreichbar, egal was die Katze anstellt, um ihn zwischen ihre Tatzen zu bekommen. So ähnlich ergeht es den Menschen mit dieser religiösen Vorstellung von Himmel und Hölle. Die Katze läuft dem Fisch immer wieder nach, folgt ihm überallhin, ohne die Umgebung zu erfassen. Genauso geht es dem Menschen. Er folgt bedingungslos denjenigen, die die Angel zwischen den Händen halten.«

»Sag mir, wie siehst du die Berichte derer, die bereits zu Lebzeiten einen Blick hinter die Kulissen des Todes werfen durften? Ihre Erfahrungen darüber ähneln sich nur in wenigen Punkten. Jeder erzählt, außer dem Tunnel mit seinem hellen Licht und dem unübertrefflichen Zustand der Liebe, von einem anderen Bild der Ewigkeit. Viele von ihnen berichten von Verwandten oder Freunden, die sie sehen. Andere hingegen werden in dunkle Bereiche gezogen und finden fast nicht mehr heraus.«

Bei diesem Gedanken schaudert es mich.

»Klar, auch hier liegt es daran, an was sie glauben. Welcher Religion sie angehören und ob sie an Wiedergeburt und Karma glauben. Aufgehoben fühlt sich nur der, der bereit ist, anzunehmen und loszulassen. Streuen dagegen innere Zweifel und Ängste ihre Saat aus, umhüllt sie die ewige Dunkelheit. Die eigene Vorstellung von der Ewigkeit hüllt sie ein. Wer von ihnen im Nirgendwo landet, dem begegnen sicher keine bekannte Seelen. Auch hier wird er weiter vom Zweifel geplagt und versucht, wieder zu entkommen.«

»Woher hast du dieses grandiose Wissen!«

Immer wieder bin ich erstaunt, wie gut wir zusammenpassen. Trotz meiner Probleme freue ich mich auf weitere Tage mit diesem besonderen Menschen. Nie wird mir in seiner Gegenwart langweilig. Immer wieder sauge ich neue Informationen wie ein Schwamm auf. Ich merke, dass er gerne und oft über Themen spricht, die anderen Menschen Angst machen. Hat das für mich irgendeine Bedeutung? Muss ich mir darüber Sorgen machen?

Erschöpft, aber fast glücklich wegen dieser neuen Erkenntnisse, fahren wir nach einer Stunde schließlich eine Birkenallee entlang. Wunderschön säumt sie, in ihrer hellgrünen Blätterpracht, links und rechts den Asphalt auf der langen Zufahrt zu dem Anwesen dieses Linus Koskinen. Von weitem blinzelt das in Weiß gehaltene Hauptgebäude wie ein kleines Schloss hervor. Rechts daneben steht, unter uralten Linden verborgen, die kleine Kapelle. Nur die länglichen, roten Ziegel an dem spitz zulaufenden Türmchen, heben sich von der grünen Pracht der Natur ab.

Beim langsamen Vorbeifahren sehen wir die alten, glattgeschliffenen Steinplatten am Boden. Sie stellen eine Verbindung von der Kapelle bis zum Haupthaus her. Tulpen und Narzissen blühen auf dem Weg dorthin und heben sich farblich, mit ihrer bunten Blütenpracht, von dem einfachen, grauen Stein der Kapelle ab. Ein kleiner Vorsprung auf der südlichen Seite lässt ein buntes Glasfenster erahnen. Meine Vorfreude hält sich aber in Grenzen. Noch habe ich diesen Linus nicht gesehen, um mir selbst ein Bild von ihm zu machen. Was bezweckt er mit seiner Einladung?

Soeben kommt ein gut aussehender Mittvierziger aus der Doppeltür, die sogar ein verblasstes Wappen trägt. Leger mit Jeans und Poloshirt bekleidet, wirkt er wie ein Sportler. Sein Dreitagebart lässt ihn sympathisch wirken und die freundlichen Grußworte an uns schmelzen vorerst meine Bedenken hinweg.

»Hallo, schön, dass ihr da seid. Ich bin Linus.«

Er streckt mir die Hand entgegen, noch bevor ich selbst entscheiden kann, wie es weitergeht. Ein älterer Mann hievt gemeinsam mit Jarle unsere Sachen aus dem Kofferraum. Linus hakt sich freundschaftlich bei meinem linken Arm ein und plaudert mit mir, während wir in die große Halle treten. Eine Frau, vielleicht eine weitere Bedienstete, zeigt mir den Weg zu meinem neuen Zimmer, das im ersten Stock dieses Hauses liegt. Große Bilder, von bekannten Künstlern, hängen im Gang und der wunderbare Läufer in dezenten Farben schluckt jegliches Geräusch von mir. Linus lässt mich erst los, als ich in den bereitgestellten Sessel vor dem Balkon sinke. In den letzten Minuten gab er mir das Gefühl, dass ich die Strecke zum Zimmer auch ohne sein Zutun alleine schaffen könnte. Trotzdem hat er mir Halt gegeben. Nicht vielen Menschen ist diese Gabe gegeben, zu helfen, ohne sich aufzudrängen oder zu bemitleiden. Hierfür hat er bereits Pluspunkte bei mir gesammelt. Als ich dann noch ein wunderbares Kompliment aus seinem Mund höre, bin ich ihm schon fast verfallen.

»Ich hoffe, dass ich dich duzen darf. Meine Freude ist sehr groß, so wundervolle Seelen, wie ihr es seid, auf meinem Anwesen zu begrüßen. Wenn du etwas brauchst, nimm es dir, als ob es dein Eigen wäre. Alles, was ich habe, stelle ich euch zur Verfügung. Denn dies ist eine besondere Zeit und ihr seid diejenigen, von denen die Welt bereichert wird.«

Wie ein Gentleman verbeugt er sich kurz nach Art der *old school* und ist gleich darauf verschwunden.

Das perfekte Märchen beginnt so, blitzt es in mir auf. Aber wo ist der Haken daran? Zweifel gepaart mit Unsicherheit stellen sich sogleich hinter Freude und Belustigung an. Doch vorerst möchte ich genießen. Den Aufenthalt hier und vor allem die Vorfreude, endlich mit dem richtigen Bild geheilt zu werden. Alleine deshalb, weil Linus uns das ermöglicht, danke ich diesem Mann. Alles Weitere werden wir sehen.

Jarle sehe ich erst beim Mittagessen wieder. Beschäftigt durch den Aufbau in der Kapelle und dem Ordnen seiner Malutensilien, sowie dem Beziehen seines Zimmers, das neben meinem liegt, ist er vormittags nicht erreichbar für mich. Seine Stimme höre ich aber dennoch, denn die Fenster stehen offen. Immer weiter entfernt sie sich, während seiner Unterhaltung mit Linus, der ihn überall hin begleitet. Eine der stark wirkenden Tabletten gegen meine Schmerzen hat mich fest im Griff. Der Druck hat nachgelassen und an seinem Platz füllt sich mein Gehirn mit einem anderen Gefühl. Dem von Watte, welches mich umhüllt. Müde und benommen von dem beruhigenden Medikament, bekomme ich nur die Hälfte von allem mit.

Das Essen ist erstaunlich einfach, aber sehr geschmackvoll. Linus wusste anscheinend von der Ernährungsweise Jarles. Kein Bissen Fleisch oder Fisch taucht während unseres Aufenthaltes hier auf. Das kommt auch mir sehr entgegen. Von toten Tieren möchte ich auch nichts mehr wissen. Noch weniger möchte ich Teile von ihnen auf meinem Teller sehen, weder gekocht noch gebraten. Viel lieber sehe ich die Vielfalt dessen, was der Garten jeden Tag hervorbringt. Etwas Heilsameres kenne ich nicht.

Erst am vierten Tag meines Aufenthaltes hier bin ich soweit wiederhergestellt, dass ich mir zutraue, alleine die Kapelle zu besuchen. Jarle verbringt, wie er mir erzählt hat, die meiste Zeit darin und malt wie in Trance an dem Aschebild für mich. Umso größer ist meine Neugier, diesen Ort endlich selbst zu sehen.

Bevor ich mein kleines Gefängnis, wie ich es liebevoll nenne, verlassen kann, rufe ich den Professor noch zurück. Seit Tagen liegt er mir, anders als die von dem Unbekannten, mit seinen Bitten um Rückruf im Magen. Nie konnte ich mich dazu aufraffen, erneute Schreckensnachrichten über mein Blutbild über mich ergehen zu lassen. Wer erfreut sich gerne an Anomalitäten der Körperflüssigkeiten? Außer einem Wissenschaftler fällt mir niemand dazu ein.

»Frau Kondor, gut, dass Sie sich melden. In unserem Labor sind Sie seit Wochen das Gesprächsthema Nummer eins. Wir haben verschiedene Kulturen von Ihren Blutproben angelegt. Eines davon in unserem Haus und eine zweite Probe in einem befreundeten Labor, um eine Überprüfung zu starten. Dazu muss ich noch ein wenig ausholen, damit Sie mich auch verstehen. Sind Sie noch dran?«

»Jaja, reden Sie weiter, Herr Professor. Solange ich Ihnen folgen kann, höre ich zu. Aber nur wenn es nicht gar zu wissenschaftlich wird.«

»Gut, gut. Also, wenn Experimente durchgeführt werden mit Kulturen, dann wird die feinstoffliche Materie sozusagen von der grobstofflichen Materie angezogen. Das bedeutet, dass die eine der anderen Leben einhaucht. Diese Zellen und Zellgruppen sind mit einem Bewusstsein verbunden. Normalerweise stehen die Proben nebeneinander, wenn wir dies beobachten. In ihrem Fall aber kommunizieren die Proben über große Entfernungen hinweg. Unser Partnerlabor ist 879 Kilometer von uns entfernt. Trotzdem erscheinen zur gleichen Zeit, fast mit Lichtgeschwindigkeit, diese Ergebnisse. Niemand hier kann sich das erklären. Wir stehen vor einem großen Rätsel.«

»Das hört sich für mich selbst sehr gruselig an, denn das Blut ist außerhalb meines Körpers ja tot. Oder verstehe ich das falsch?«

Irritiert sehe ich bei dem Gespräch der Fliege zu, die auf der Innenseite des warmen Fensterglases surrend auf und abläuft. Immer wieder der gleiche hirnlose Tanz dieses Insektes, doch es gibt nicht auf.

»Ja, so könnte man es auch umschreiben. Aber von dieser Sichtweise aus wäre eine Blutübertragung von einem Menschen an eine andere Person eine Horrorvorstellung. Stellen Sie sich das einmal vor, wenn Ihr Blut in einem anderen Menschen mit diesem kommunizieren kann. Vielleicht könnte es sogar dessen Organe verändern, samt der Denkweise des Gehirnes. Plötzlich könnten Vorlieben auftauchen, neue Sprachen unerlernt gesprochen werden. Niemand könnte die Folgen abschätzen. Wir sind am Ende unseres Wissens. Was in Ihrem Körper passiert, können wir nicht nachvollziehen.«

»Ähnliches habe ich bereits gehört nach Transplantationen von Organen. Viele berichten doch auch von besonderen Träumen, in denen der Spender des Organs vorkommt, ohne ihn je gekannt zu haben. Sogar das Aussehen wurde beschrieben.«

Momentan herrscht Stille zwischen uns. Keiner möchte noch näher in diese Materie eintauchen. Zu viel Unsicherheit und Ängste sind in unseren Vorstellungen gespeichert.

»Was soll ich jetzt tun, ihres Fachwissens nach?«

Ein trockener Schluchzer steigt meine Kehle hoch, den ich sofort wieder hinabwürge.

»Kommen Sie zu uns, damit wir ein erneutes Blutbild machen können. Nur durch Vergleiche kommen wir vielleicht diesem Rätsel näher, wie Ihnen geholfen werden kann. Frau Kondor, ich bitte Sie im Namen der Wissenschaft.«

»Herr Professor, geben Sie mir noch ein paar Tage. Ich versuche gerade durch diese Auszeit meine Heilung zu unterstützen.«

»Naja, warten Sie aber nicht zu lange. Keiner kann sagen, wie schnell sich der Krankheitsverlauf bei ihnen verschlechtert. Auf Wiedersehen. Und rufen Sie mich an, wenn Sie wieder in der Nähe sind. Wir warten auf Sie.«

Kopfschüttelnd öffne ich das Fenster. Zumindest die Fliege sollte eine zweite Chance auf das Leben haben. Bei ihr handelt es sich nur um Tage, im Gegensatz zu mir. Ich hoffe, dass es noch Monate sind, die mir bleiben.

Im Badezimmer wasche ich mir Hände und das Gesicht. Es erfrischt mich und beruhigt ein wenig. Sanft rubble ich meine Wangen, damit sie ein wenig Farbe bekommen. Dann mache ich mich auf den Weg zur Kapelle. Niemand begegnet mir im Treppenhaus. Mit einem leisen Geräusch öffne ich die Doppeltür des Hauses. Alles ist auch vor dem Eingang still. Linus habe ich seit Tagen nicht gesehen. Die Mahlzeiten wurden mir von Jarle ins Zimmer gebracht, damit sich auch mein Kreislauf erholen kann. Jede Anstrengung wurde vermieden, damit sich mein Körper auf seine Baustellen konzentrieren kann. Jarle hat mir erklärt, dass jede Krankheit mittels der Selbstheilungskräfte ausgemerzt wird. Falls die Energie aber für andere Tätigkeiten verbraucht wird, steht dem inneren Heiler nicht das zur Verfügung, was er für die Heilung eben braucht. Das ist für mich mehr als verständlich, deshalb halte ich mich gerne an seine Vorgaben. Zwischen den Malzeiten in der Kapelle und kurzen Spaziergängen draußen mit Linus, kümmert er sich sehr fürsorglich um mich. Wie man gerade sieht, mit Erfolg.

Die Steinplatten, die den Weg zur Kapelle säumen, sind von unebener Beschaffenheit und glatt. Vorsichtig setze ich einen Fuß neben dem anderen, um nicht umzuknicken oder auszurutschen, denn die Sprenkelanlage des Gartens übersät den Weg mit zarten

Wassertröpfchen. Überall duftet es nach Blüten und fleißige Bienen laben sich an dem Nektar. Bepackt mit Pollenpäckchen starten sie in Richtung des Bienenstockes, um der Königin und deren Brut ihre Gaben zu bringen. Alle dienen irgendwem, stelle ich gerade fest, die Menschen genauso wie die Tiere. Auch Bäume sind davon nicht ausgenommen. Selbst sie kommunizieren über ihre Wurzeln miteinander und helfen aus, wo ihre Hilfe gerade gebraucht wird. Mit Abwehrkräften oder auch gespeichertem Wasser. Die Welt erscheint mir plötzlich viel fürsorglicher als noch vor kurzem. Ich beginne, das Schöne darin zu sehen und lerne, es zu gebrauchen.

Mit dieser Einstellung betrete ich das kleine Gotteshaus. Einfach, ohne großen Schnickschnack, präsentiert sich mir die Innenansicht. Lediglich im Altarraum wird durch die bunten Glasscheiben farbenprächtig das Lichtspiel in der Luft belebt. Beim Gang durch die aufgestellten Sesselreihen entdecke ich Jarle. Ohne mich zu bemerken, schwingt er die Farbpalette in der linken Hand. Auf der rechten Seite rührt er gerade mit einem kleinen Spachtel neue Farbe an. Vielleicht vermischt mit der Asche Jesus'. Wie weit das Aschebild fertiggestellt ist, kann ich von meiner Warte aus nicht sehen. Deshalb setze ich mich auf einen der Sessel am Rand und lausche den leise vernehmbaren

Chorälen. Linus hat in seiner Kapelle, unsichtbar für die Betenden, eine Musikanlage installieren lassen. Nur die dunklen Lautsprecher links und rechts sind erkennbar. Bevor ich meine Augen schließe und mich auf die Energie hier einlasse, blicke ich noch einmal zum Glasfenster. Vereinzelt tauchen Schattierungen auf, die ich beim Eintreten nicht gesehen habe. Wie ein Vogel sieht es aus, der seine breiten Schwingen streckt. Täusche ich mich, oder bewegt er sich auch? Um nicht wieder die Angst zu mir zu bitten, presse ich meine Augenlider fest zusammen. Erst einmal ankommen und fühlen. Das bin ich mir selbst schuldig. Dann sehe ich weiter.

Der Aufenthalt in der Kapelle hat mir gutgetan. Auch wenn ich nicht an die Bibelgeschichten glaube, fühle ich dennoch die Kraft, die hier gespeichert ist. Um Jarle nicht beim Malen zu stören, habe ich mich wieder lautlos aus dem Innenraum geschlichen. Etwas besser fühle ich mich dennoch. Vielleicht strahlt das Bild auch ein wenig aus, selbst wenn es noch nicht ganz fertig ist. Am Abend werde ich mich gemeinsam mit den anderen Hausbewohnern an einen Tisch setzen und die Neuigkeiten erfahren. Das ist mein kurzfristig gesetztes Ziel. Bis dahin schlendere ich langsam rund um das Haus, um mir auch von der Rückseite ein Bild zu machen. Wunderschön und in einem guten baulichen Zustand ist dieses alte Haus. Der Garten, mit den uralten Bäumen darin, zeigt von der fürsorglichen Pflege eines Gärtners. Rasenflächen wechseln sich mit natürlichen Stein-Gras-Flächen ab und lassen die Natur so, wie sie es selbst möchte. Grandios ist auch diese Lage dazu, etwas abgeschieden gelegen und doch gut erreichbar. Wenn nicht die Zufahrtsstraße vorne sichtbar wäre, würde man von meinem Standpunkt aus glauben, im 18. Jahrhundert zu sein. Erst durch die Innenarchitektur des Hauses, mit seinen modernen Gerätschaften wie Heizung und Lüftung, fließendem Wasser und den sanitären Anlagen, merkt man den Stempel der Gegenwart darin. Wie ein Wandertag durch die Zeit mutet mein Spaziergang an.

Als mein Durst aber zu groß wird, lenke ich meine Schritte wieder zum Haus zurück. Danach lehne ich mich mit einem Buch aus der hauseigenen Bibliothek und einer selbstgemachten Limonade auf dem gemütlichen Lesesessel des Balkons zurück. Selbst an ein paar Leckereien hat die gute Fee gedacht, die mich mit der Zitronen-Thymian-Limonade beglückt hat. Meine Geschmacksknospen auf der Zunge beginnen mit ihrer Tätigkeit und verstärken dieses Wohlgefühl. Die Kräuter darin beruhigen meine sensibel gewordene Schleimhaut im Mund. Mit dem Buch in der Hand mache ich mich auf in fremde Welten. Ein Genuss ganz anderen Art.

Am Abend erfreue ich mich an der kleinen Gesellschaft, die mich bereits erwartet. Für diesen Zweck habe ich mich nach einer lauwarmen Dusche schick angezogen und geschminkt. Zugegeben nur wenig, damit es nicht übertrieben wirkt. Außer Linus, Jarle und mir ist auch noch ein befreundetes Ehepaar des Hausherrn eingeladen. Daher beschränken sich unsere Gespräche auf Smalltalk. Aber auch das fühlt sich gut an. Normalität ist einer der Bausteine zum Gesundwerden, habe ich erst kürzlich gelesen. Rituale, die immer wiederkehren, vermitteln Sicherheit. Den Tee danach nehmen wir in der Bibliothek ein, die ich bereits am Nachmittag besucht habe, um mir ein Buch auszuleihen. Vorher verabschieden sich die zwei Bekannten von Linus noch, denn sie sind nur auf der Durchreise und müssen vor zweiundzwanzig Uhr im Hotel einchecken. Das Angebot, hier zu schlafen, haben sie bereits vorher ausgeschlagen. Ihre Entscheidung kommt mir gelegen. So habe ich die zwei attraktiven Männer für mich alleine und kann sie mit meinen Fragen löchern.

»Wie geht es vorwärts mit dem Bild?«

Die wichtigste aller Fragen liegt mir seit zwei Stunden auf der Zunge.

Jarle tätschelt mir den Handrücken.

»Keine Sorge, ich komme gut voran. Nur mehr wenige Stunden und wir sind so weit.«

»Wieso wir, ich verstehe nicht?«

Fragend blicke ich in die kleine Runde.

»Wer ist noch damit gemeint?«

Linus beantwortet meine Frage, bevor Jarle die Gelegenheit dazu hat.

»Für die Segnung habe ich Jarles Bruderschaft der *ANDO* Gemeinschaft eingeladen. Mit ihnen und ein paar weiteren Gästen werden wir die Rückkehr der Jesusenergie hier feiern. Natürlich in einem angemessenen Rahmen.«

»Über wie viele Menschen sprechen wir hier?«

Meine Frage ist an Jarle gerichtet, doch Linus ist wieder einmal schneller als er.

»So etwa fünfzig Menschen werden hierherkommen. Danach gibt es im Haupthaus einen kleinen Sektempfang und Leckeres aus unserer Küche. Eine gute Gelegenheit, um uns besser kennenzulernen.

Jarle grinst und nickt mir zu.

»Du wirst sehen, dass es keine große Sache ist. Falls es dir zu viel wird, kannst du dich jederzeit auf dein Zimmer zurückziehen.«

Schade, ich habe gedacht, dass ich mit dem Bild allein sein werde. Ich würde mich am liebsten völlig ohne Ablenkung auf meine Heilung konzentrieren. Wenn ich nur daran denke, mit so vielen Menschen in einem Raum zu sein, kommt leichte Panik bei mir auf. Aber ich muss mich fügen. Auch ich bin hier Gast auf Zeit. Die Lust auf weitere Konversationen ist mir aber vergangen. Mein

Körper zwingt mich, erneut zu rasten. Gähnend drehe ich mich von den zwei leise plaudernden Männern ab.

»Gehe ruhig schlafen. Auch ich gehe bald ins Bett. Morgen ist ein wichtiger Tag für mich.«

»Wann ist denn dieser Empfang und die sakrale Einweihungsfeier des Bildes?«

Neugierig bin ich trotz der Müdigkeit. Schließlich geht es in erster Linie um meine Gesundheit. Und um meinen Seelenfrieden.

»Morgen Abend, vormittags bereiten wir alles für den Empfang vor. Wenn du magst, kannst du uns dabei helfen.«

Jarle steht mit mir auf und umarmt mich fest. Linus nimmt Rücksicht und streckt mir lediglich seine langen Finger entgegen. Warm drückt die Innenfläche seiner Hand auf meine. Seine langen Wimpern zeichnen sich gegen das Licht dahinter ab, als er mich ansieht. Immer noch kann ich ihn nicht einschätzen, daher verhalte ich mich freundlich, aber distanziert zu ihm.

»Danke für alles«, hauche ich in seine Richtung und beende diesen Tag, indem ich mich zurückziehe.

Verschwitzt und mit einem hilflosen Gefühl tauche ich aus meiner Traumwelt auf. Heute Nacht begegnete ich meiner Dualseele. Zumindest glaube ich, sie erkannt zu haben. Ein Glücksgefühl, mit unendlicher Zärtlichkeit zu mir getragen, ummantelte mich. Bis hin zu jenem Augenblick, in dem ich brutal davon fortgerissen wurde. Hinein in einen dunklen Strudel, der an mir zerrte und mich von innen her bedrängte. Gar nichts davon habe ich verstanden, was mir dieser Traum sagen möchte. Dualseelen treten doch ins Leben, wenn man noch nicht integrierte Anteile, ein inneres Ungleichgewicht, mit ihrer Hilfe auflösen soll. Zumindest in der Ebene, die gerade Aufgaben präsentiert und Lösungsvorschläge anbietet. In meiner Lage könnte ich beides gut gebrauchen. Aber nichts, was mich noch mehr herabzieht, wie zum Beispiel meine Erkrankung. Ich habe genug zu tun, diese beschwerlichen Symptome auszuhalten und zu bekämpfen.

Was mich aber am meisten beschäftigt an dem Traum, ist jene Sache mit dem Gesicht meiner Dualseele. Wie in einem Spiegelbild habe ich mich selbst erkannt. Dabei war ich mir so sicher, dass Jarle das Puzzlestück meiner unvollkommenen Seele ist. Soll wirklich alles bei mir und an mir liegen? Kann ich mich nur selbst wieder vollkommen herstellen? Was spielt Jarle dabei für eine Rolle? In tiefsinnigen Augenblicken glaube ich, bereits alles zu wissen, dass Jarle nur eine Art Erinnerung in mir auslöst. Aber nach diesem Traum bin ich mir nicht mehr sicher.

Vorsichtig löse ich meinen immer noch müden Körper aus der Umhüllung der Bettlaken. Zerknittert und feucht zeigen diese Wäschestücke auf, welchen Kampf ich heute Nacht ausgetragen habe. Am Polsterbezug erkenne ich nasse Flecken. Sind das Tränen oder handelt es sich um eine andere Art von Ausscheidung? Vorsichtig rieche ich daran, kann dies aber nicht mit Sicherheit feststellen. Fast geruchlos versickern sie langsam im darunterliegenden Füllmaterial. Erst durch meine Finger ertaste ich erneut etwas Sonderbares in meinem Ohr. Wirklich, ein paar Tropfen klare Flüssigkeit kommen aus dieser Körperöffnung.

Der Professor hat mich in der Vergangenheit gewarnt. Das ist ein Alarmsignal. Sollte Gehirnflüssigkeit aus Nase und Ohr austreten, dann ist es fünf Minuten vor zwölf. Der Tumor drückt wahrscheinlich fest auf die

Hirnschale und verletzt dabei die inneren Hautschichten, die das Gehirn umschließen. Angesichts dieser beängstigenden Erkenntnis beschließe ich, heute bei den Vorbereitungen nicht zu helfen. Wenn ich meine Augen schließe, taucht das Bild meines Grabsteines auf. Schnell lenke ich mich von dieser Halluzination ab, damit mich diese Vorstellung nicht verrückt werden lässt.

Jarle versteht das sicher und was sich dieser Linus denkt, ist mir eigentlich egal. Ich nehme mir das zweite Polster von der anderen Bettseite und rolle mich wieder zusammen. Um von dieser kranken Welt nichts mehr mitzubekommen. Bevor ich erneut in eine andere Welt abdrifte, beschäftigt sich mein Verstand mit dem Bild von Gott. Viele Gläubige sehen in ihm die Vaterfigur, den Greis mit dem langen weißen Rauschebart, der die guten und schlechten Taten eines jeden Menschen notiert. Um sie später vor dem göttlichen Gericht abzustrafen oder zu belohnen. Ich hingegen möchte keinesfalls an einen selbstgerechten, strengen und unbarmherzigen Richter glauben. Um mich weiterzuentwickeln, brauche ich einen Gott voller Nachsicht, Geduld und Güte. Erst wenn sich dieses Bild des unnachgiebigen, unversöhnlichen Gottes anders für mich zeigt, bin ich bereit, zu glauben. An eine Energieform voller Kraft und vor allem voller Liebe. Dann nehme ich ihn an. Bis dahin muss mein Körper durchhalten. Denn noch bin ich nicht bereit für die Ewigkeit. Erst forme ich sie für mich in ein Paradies um, dann löse ich mich gerne von meiner bisherigen Form und betrete das Reich des Herrn. Mit diesem Gedanken lasse ich los und hülle mich ein in das Geschenk des tiefen Schlafes.

»Du hast so tief geschlafen, dass ich dich auf keinen Fall wecken wollte. Sogar rosige Wangen hast du bekommen und siehst jetzt viel frischer aus. Vor einer Stunde, als ich das erste Mal nach dir gesehen habe, war das noch nicht so.«

Jarle streicht mir zärtlich die feuchte Haarsträhne aus meinem Gesicht.

»Komm zu uns nach unten. Es ist bereits alles fertig gerichtet. Du wirst staunen, wie prächtig die Kapelle geschmückt ist. Und vorne am Altar steht mein neues Bild. Ich bin so gespannt, wie es dir gefällt und vor allem, was du dabei spürst.«

Süß ist er, voller Euphorie und Zuversicht.

»Ja, das mache ich.«

Mehr möchte ich nicht sagen, denn meine Augen sind noch verklebt vom Schlaf und aus meinem Mund kommt, durch den unangenehmen Geruch, den ich ausströme, noch nichts Gutes. Erst einmal eine Dusche und auf die Zahnbürste freue ich mich auch. Dann fühle ich mich wieder menschlicher, gesünder und vor allem weiblicher.

»Schieb es nicht zu lange auf, bald werden die ersten Gäste eintreffen.«

Jarle steht von meiner Bettseite auf und geht zum Fenster.

»Da kommen bereits Autos.«

»Wie spät ist es, Jarle?«

Meine Armbanduhr liegt sicher noch im Badezimmer, wo ich sie gestern abgelegt habe.

»Genau kann ich es auch nicht sagen. Aber es dürfte bereits später Nachmittag sein. Wir trinken in ein paar Minuten Tee in der Bibliothek. Komm einfach nach, okay?«

»Ja, das mache ich.«

Irgendwie erfrischt vom langen Schlaf befördert mich die Dusche in den nächsthöheren Level. Vorbei sind die trüben Gedanken, die mich nach meiner Entdeckung heute früh so verunsichert haben. Mein Innenohr scheint wieder trocken zu sein. Zumindest bleiben meine Fingerspitzen bei der Kontrolle im gleichen Zustand wie vorher. Es könnte doch sein, dass alles nur ein Traum war. Ich schlüpfe schnell in das bunte Sommerkleid, denn mein Körper ist noch aufgeheizt von der heißen Dusche. Ein leichtes Jäckchen nehme ich aber vorsichtshalber doch mit hinunter. Die Kapelle wird gerade gereinigt, deshalb verschiebt sich die Besichtigung des Bildes um eine Stunde. Meine Geduld wird auf eine harte Probe gestellt, doch ich nutze die dazwischen liegende Zeit, um mich zu stärken.

Der Tee schmeckt köstlich und die kleinen Brote dazu lasse ich mir gut schmecken. Mit viel Appetit genieße ich die verschiedenen Aufstriche. Jarle sieht mich bewundernd an. So gekleidet hat er mich noch nie gesehen. Normalerweise laufe ich in Jeans und einem Shirt herum. Außerdem war ich in letzter Zeit nicht im besten Zustand. Doch in dem Kleid, mit den verschiedenfarbigen, pastellfarbenen kleinen Blüten darauf, kommt mein schlanker Körper gut zur Geltung. Auch das leichte Make-up trägt dazu bei, meiner Haut einen strahlenden Teint zu verpassen. Selbst Linus wirft bewundernde Blicke in meine Richtung. Viel spricht er allerdings nicht mit mir. Seine Aufmerksamkeit gilt vor allem Jarle. Mit ihm hat er in den letzten Tagen auch viel Zeit verbracht.

»Die ersten Gäste werden in einer Stunde erwartet. Wenn du vorher noch in die Kapelle möchtest, begleite ich dich gerne dabei. Ich möchte unbedingt deinen Gesichtsausdruck sehen, wenn du das Bild betrachtest. Mein Bild, das ich vor allem für dich gemalt habe.«

Stolz drückt seine Körperhaltung das aus, was er in seinem Inneren fühlt. Als ob Jarle um ein Stück gewachsen wäre. Das gewonnene Selbstbewusstsein lässt ihn reifer und vor allem größer erscheinen. Er hofft immer noch, mit diesem Bild den Durchbruch in der Kunstszene zu schaffen. Was er sich bis heute vornahm, hat in der Wirklichkeit auch Bestand. Daher zweifle ich nicht daran, dass Jarle ein bedeutender Künstler ist. Darum werden ihn in kurzer Zeit auch Kunstliebhaber schätzen. Endlich ist der Zeitpunkt gekommen, an dem ich sein Bild sehen kann.

»Ja, bitte gehe mit mir. Ich kann es kaum erwarten, dein Kunstwerk auf mich wirken zu lassen. Wenn die Kapelle voll fremder Menschen ist, lenkt es mich vielleicht von der mystischen Energie viel zu viel ab.«

»Dann komm, damit wir keine Zeit verlieren.«

Jarle springt auf und reicht mir die Hand. Mein leichtes Taumeln spürt er sofort und anstatt mich darauf anzusprechen, wandert seine linke Hand als Unterstützung auf meinen Rücken. Wohlig warm wird mir ums Herz, wenn diese liebevollen Berührungen alleine mir gelten. Linus schenkt sich währenddessen noch etwas Tee ein. Sein Blick durchdringt mich spürbar, auch wenn meine Augen in die gegenüberliegende Richtung blicken.

In der Kapelle brennen gefühlte tausend Kerzen, die diese grauen Innenmauern in ein Meer aus flackerndem Lichtschein verwandeln. Auf jedem Platz liegt ein kleiner Zettel. Vorne stehen auf den drei Stufen zum Altar mit dem Holzkreuz drei Vasen mit wunderschönen weißen Rosen darin. Jarles gemaltes Bild prangt in der Mitte. Es ist viel größer als sein erstes religiöses Werk mit der Asche Luzifers. Bedeckt von einer weißen Leinwand steigert es meine Neugier ins Unendliche.

Mein Herz klopft wie verrückt, aber im Gegensatz zu heute früh sind meine Sinne geschärft. Das, was mich wie ein Nebel umhüllt hat, rinnt unsichtbar an mir herunter und versickert im Steinboden der Kapelle. Ich kann es zwar nicht sehen, dennoch ganz klar fühlen. Schon der Gang zum verhüllten Bild genügt, alles Dunkle von mir abzuwenden. Das Pulsieren wird stärker in meinen Meridianen, baut sich auf wie eine Welle. Mein Verstand arbeitet auf Hochtouren und sendet ununterbrochen Impulse an mein Bauchhirn. Dort brodelt es unter meinem hübschen Kleid, aber es fühlt sich gut an. Als ob einiges in mir ins Gleichgewicht kommt. Jarle geht vor zum Altar und wartet darauf, dass ich auf dem in der Mitte stehenden Sessel zur Ruhe komme. Obwohl ich nicht im christlichen Sinne daran glaube, presse ich meine Hände in Gebetshaltung vor meiner Brust zusammen und neige kurz mein Haupt vor dem, was hier spürbar ist. Endlich zieht mein Begleiter den Stoff von dem fast lebensgroßen Bild.

Zuerst sehe ich vor Verwunderung nur die Strahlen, die von der Mitte des Bildes aus den ganzen Raum erfüllen. Danach kommen die kleinen Flammen, in deren Mitte das obligatorische christliche Symbol des Kreuzes thront. Das ganze Konstrukt wird von einem übergroßen rötlichbraunen Herz gehalten und von einer Dornenkrone umkränzt. Mir ist klar, dies stellt das heilige Herz von Jesus dar. In dieser Sekunde strömt direkt aus dem Zentrum des Bildes eine unendlich wahre Energie der Liebe, gepaart mit der Kraft des Himmels. Wie eine göttliche Umarmung fühlt es sich an. Getragen werde ich von den Strahlen, die alles in mir zum Leuchten bringen. Der Strom der allumfassenden Liebe ummantelt meine Seele und lässt mich die Ganzheit fühlen. Tief versinke ich in diesem Energiestrudel. Eine Hand hält mich, doch erst nach gefühlten Stunden realisiere ich es wirklich. Es sind Jarles Finger, die meine umschließen. Schon längst ist das Bild wieder verhüllt, doch in mir drinnen leuchtet es noch immer in seiner ganzen Pracht.

»Du hast ausgesehen wie ein Engel«, flüstert mir Jarle ins Ohr. »So verzückt und durchscheinend, mir wurde Angst und Bange. Meine größte Sorge war, dass du dich im Nichts auflöst.«

Seine Stimme ist von seinem eigenen inneren Verlustschmerz gezeichnet.

»Mir geht es gut.«

Ich streichle seine Wange und fahre ihm über die vollen Lippen, bevor ich mich erhebe.

»Jarle, es ist so wunderschön und berührend. Tausend Dank dafür. Ich bin mir sicher, dass es mich heil macht.«

Mein Atem hat sich wieder beruhigt, aber irgendwie bin ich auch enorm aufgedreht. Lust strömt durch mich, auf das Leben und den Abend mit Jarle. In meinen Gedanken tanze ich aus der Kapelle hinaus in den Sonnenuntergang, laufe durch den Park des Anwesens und schreie meine Freude hinaus.

»Komm, wir gehen ein paar Schritte zu den Bäumen. Dort sehen wir es, falls die Gäste dich brauchen.« Ist es nicht verständlich, wenn ich ihn nur für mich haben will?

»Ich denke, das lässt sich jetzt nicht machen. Hörst du nicht die Stimmen draußen? Du warst beinahe vierzig Minuten in einem Trancezustand, nachdem du das Bild gesehen hast. Gleich geht es los und die Leute werden hereinströmen. Komm, trink noch einen Schluck und setze dich auf die Bank, die neben der kleinen Orgel steht. Ich komme später dazu, versprochen.«

Jarle bringt mich noch zu diesem Platz und öffnet danach die Haupttüre der Kapelle, um die Menschen hereinzulassen.

Von hier aus kann ich alles übersehen, die bereitgestellte Bestuhlung und die Menschen, die sogleich hereinströmen und sich nacheinander hinsetzen. Betagt sehen sie aus, bis auf ein paar Ausnahmen. Männer und Frauen in schicker Markenkleidung. An ihren Händen sehe ich prunkvolle Ringe und bei den meisten hängt viel Klunker auch um die faltigen Hälse. Manche von ihnen tragen Hüte, die aber ausnahmslos nach dem Eintreten ins Gotteshaus abgenommen werden. Ein paar Rollstühle finden auch ihren vorgesehenen Platz. Leise erklingt Orgelmusik vom Band. Stimmungsvoll unterstreicht sie das flackernde Licht der Kerzen. Es ist ein Knistern in der Luft spürbar, denn die Erwartung der Kranken ist groß. Als alle still auf ihren Stühlen sitzen, tritt Linus aus der Dunkelheit hervor und leitet mit ein paar Sätzen die Heilsitzung ein. Jarle wird zwar kurz von Linus erwähnt, jedoch verhält er sich selbst still. Sogar als der Applaus für ihn aufbrandet, bleibt er einfach ruhig stehen. Erst als ein Mann aus der ersten Reihe aufsteht und ihn umarmt, erkenne ich in ihm seinen Vater. Daneben sitzen einige Mitglieder der *ANDO* Sekte und nicken Jarle ergriffen zu. Erst jetzt, ganz alleine vorne stehend, enthüllt dieser wundervolle Mann sein großartiges Bild.

Leises Aufstöhnen ist hörbar, danach senkt sich die Stille wieder über uns. Die Orgelmusik weicht einer Energie, die nicht von dieser Welt ist. Alle starren auf das pulsierende Herz, als ob Jesus in ihm immer noch leben würde. Die Strahlen, die von dem Bild ausgehen, werden stärker. So stark, dass ich keine Gesichter mehr erkennen kann. Danach denke ich nicht mehr, sondern fühle nur noch, wie die Außenmauern der Kapelle zurückweichen und schließlich völlig verschwinden. Ich sehe mich direkt unter dem sternenübersäten Himmelszelt. Dann wird es dunkel um mich.

Leises Weinen und Räuspern holt mich zurück in die Kapelle. Steif fühlt sich mein Nacken an. Die Kerzen sind fast heruntergebrannt, das Bild verhüllt. Auf dem Mittelgang schieben sich die Menschen langsam und bedächtig hinaus. Bevor sie den Ausgang passieren, werfen sie dick gefüllte Kuverts in einen aufgestellten Behälter. Daneben steht Linus und überwacht das ganze Geschehen. Noch immer etwas benommen, mag ich nicht darüber nachdenken, wie viel diese Menschen für diese Heilsitzung bezahlen. Es geht mich auch nichts an. Schließlich hilft Linus mir und dadurch auch jenen, die Gesundheit mit Geld nicht bezahlen können, weil sie es einfach nicht haben.

Jarle hebt noch ein paar der Zettel vom Fußboden auf, die verloren gegangen sind. Jetzt sehe auch ich, was darauf steht. Es sind weitere Termine für Heilsitzungen vermerkt, samt dem darauf angeführten Eintrittspreis. Meine Augen werden riesengroß, als ich die horrende Eintrittssumme realisiere. Mindestens einen Monatslohn müssen diese Menschen berappen, um dabeisein zu dürfen. Linus wird noch reicher, und zwar durch Jarle. Oder bekommt auch er einen Teil von den Einnahmen? Später werde ich ihn dazu befragen. Doch vorerst stelle ich verwundert fest, dass ich weder müde bin, noch Schmerzen oder Druckgefühle verspüre. Alles ist wie weggeblasen. Bin ich etwa wirklich geheilt? Anfangs verhalten, schüttle ich meinen Kopf, hüpfe auf einem Bein und beuge mich schnell hinunter, um gleich darauf wieder nach oben zu sehen. Alles Dinge, die ich längst nicht mehr zustandegebracht habe. Es funktioniert wirklich bestens. Meine kleine Welt sieht wieder rosig aus. Ein Stoßgebet wandert Richtung Himmel. Ich wusste gar nicht, dass ich das noch kann:

Beten.

Diesen Abend werde ich nie in meinem Leben vergessen. Nach der Heilsitzung in der Kapelle stellen auch andere Teilnehmer eine erhebliche Verbesserung ihres Gesundheitszustandes fest. Fremde Menschen umarmen sich und weinen miteinander. Andere laufen in der Dunkelheit über Stock und Stein des Parks mit hoch erhobenen Händen und preisen Gott. Da gibt es auch noch die Stillen, die am Rande der Gesellschaft stehen und ehrfürchtig zum Himmel sehen.

Linus sieht total aufgedreht aus. Dies war das Ereignis des Jahrhunderts und er ist mittendrin, genau so wirkt er. Auf seinem Anwesen, in seiner Kapelle entstand das neue Wunder. Mediziner und Wissenschaftler werden in den nächsten Wochen staunen, wenn todkranke Menschen plötzlich völlig gesund in ihren Praxen erscheinen. Journalisten werden sich Nächte um die Ohren schlagen, um ja keine Wunderheilung zu verpassen und die Öffentlichkeit über die Gaben Gottes informieren.

Bevor ich Jarle erblicke, sehe ich die hoch erhobenen Handys und ihre Blitzlichter aufleuchten. Menschen umlagern ihn, um ein Foto von dem Meister ihres Wunders zu bekommen. Die Kapelle ist längst gut versperrt, denn nichts ist hier mehr sicher. Wer weiß, was den sensationshungrigen Gästen alles noch einfällt.

Ja, auch ich fühle mich sehr gut und verstehe die Euphorie, die hier herrscht. Dennoch bleibt ein Rest Zweifel zurück. Auch bei meinem ersten Zusammentreffen mit Jarles Aschebild des Luzifers habe ich vergleichbares gespürt. Aber leider ist alles anders gelaufen. Zumindest bei mir. Deshalb sind Zweifel durchaus angebracht. Zu gerne würde ich aber glauben, dass mein Körper endgültig geheilt ist. Ein wenig lasse ich mich anstecken von dem fröhlichen Treiben. Ich fühle mich ja wirklich so gut wie schon lange nicht mehr. Auf Silbertabletts werden Gläser mit einer prickelnden Flüssigkeit angeboten. Schnell schnappe ich mir eines davon und lasse die perlenden Bläschen mit dem fruchtigen Geschmack in meiner Kehle kitzeln. Es erinnert mich an Feste, wie sie früher meine Mutter veranstaltet hat, für Freunde und Bekannte. Da durfte ich länger aufbleiben und auch mal ein Gläschen mit ihnen heben, natürlich ohne Alkohol.

Die Schwermut streckt ihre langen Finger nach mir aus. Ich gebe ihr heute aber keine Chance, länger als ein paar Sekunden bei mir zu bleiben.

Endlich ist es ruhig geworden. Die letzten Geräusche der Autos, die auf der Zufahrtsstraße des Anwesens den Ort hier verlassen, sind verstummt. Nur ein paar Grillen zirpen noch im sanften Halbmondlicht. Jarle umarmt mich gerade von hinten. Seine Arme beruhigen meinen Geist, die Nähe seines Körpers lässt mich romantisch werden. Nun vergräbt er sogar sein Gesicht in meiner Halsbeuge und ich spüre die vollen Lippen auf meiner Haut. Sanft knabbert er an meinem Ohrläppchen und ein Schauder zieht seine Bahn über mein größtes Sinnesorgan, die Haut.

»Komm nach oben, es war ein langer Tag.«

Wieder streifen seine Lippen über den Stoff meines Kleides an der Schulter und hinterlassen einen heißen Hauch, selbst durch den Stoff hindurch. Die Kühle danach holt mich wieder zurück von der beginnenden Träumerei, was noch passieren könnte.

»Ja, gehen wir.«

Nun nehme ich seinen Geruch auch wahr, denn ich habe mich umgedreht und sehe seine Konturen im Licht der Sterne. Vorsichtig zieht er mich an sich und fährt mir durch die Haare. Die Lust auf mehr steigt mit jeder Berührung. Noch nie war der Wunsch, mich mit ihm zu vereinen, so groß wie jetzt. In mir wächst der Drang, gesehen zu werden, sich diesem wunderschönen Mann zu offenbaren und auch andere Körperstellen von ihm zu erkunden. Bevor ich meinen Emotionen weiter Raum gebe, bin ich bereits gefangen darin. Jarle küsst meine Schläfen, meine Nasenspitze und dann ... meine Lippen. Hinter meinen geschlossenen Augen tanzen die Sterne. Bevor ich seiner Zungenspitze Einlass in meinen Mund gewähre, sende ich ein letztes *Danke* ins Universum. Für das, was noch unweigerlich danach kommen mag.

Beim Frühstück wird mir bewusst, was sich verändert hat. Liebevolle Gesten von Jarle, wenn er mir einen Teller reicht oder die verschmitzten Blicke, die so vieles andeuten, was heute Nacht passiert ist. Das Hochgefühl in uns beiden greift auch auf die anderen Anwesenden über. Jeder ist gutgelaunt, wenn auch aus anderen Gründen. Linus schlägt gerade die Tageszeitung auf. Bereits das Titelblatt kündet die neuen Wunder an. Und der lange Bericht darin wird seine Kasse klingeln lassen. Wenn sich das herumspricht, dann können wir einen Ansturm erwarten, wie es zu Zeiten von anderen Wunderheilern bereits passiert ist. Ganze Wiesen werden gefüllt sein mit Hilfsbedürftigen und Kranken, die auch ihr Leben durch das Bild retten wollen. Deshalb verschwindet Linus ins Büro, um Polizei und Behörden um Hilfe zu bitten für die Bewältigung dieser zu erwartenden Massen von Kranken.

Bevor uns aber Menschenaufläufe beschert werden, genießen Jarle und ich die Zweisamkeit und die Annehmlichkeiten dieses Anwesens. Seine Bruderschaft ist ebenfalls noch hier. Wie ich heute Morgen erfahren habe, bestand schon länger eine Verbindung zwischen Linus und der *ANDO* Sekte. Sie kannten sich bereits von anderen diversen Veranstaltungen. Irgendwo habe auch ich früher darüber gehört. Ganz unbekannt war mir sein Name nicht. Nur Jarle - und sein Talent zum Heilmalen war für Linus neu.

Während des Kunststudiums war Jarle lange Zeit im Ausland und nur selten bei diesen Treffen dabei. Zumindest hat Jarle mir in dieser Hinsicht nichts vorgegaukelt. Das wäre für mich schlimm, wenn er sich von mir abwendet oder mein Vertrauen missbraucht. Meine alten Verhaltensmuster sind noch nicht alle aufgehoben und geklärt. Zu viel ist in meiner Vergangenheit passiert, das sich nicht mit ein paar Therapiesitzungen ausbügeln lässt.

Heute lassen wir uns verwöhnen. Immer wieder taucht einer der Bediensteten auf und bringt uns Leckereien. Sogar in die hintere Ebene des Gartens, wo sich neben den Glashäusern auch ein überdachtes Pool befindet. Wir plantschen wie die Kinder im Wasser und können uns gegenseitig nicht sattsehen. An unseren Körpern genauso wie an den Grimassen, die wir schneiden. Ich wusste nicht, dass auch bei Jarle die humorvolle Seite so ausgeprägt ist. Ständig albert er herum, spritzt Wasser auf mich, um dann meinen Körper mit dem Handtuch wieder sanft abzutupfen. Kleine Massagen am Rücken und auf meinen Schultern wecken erneut unsere Lust aufeinander. Hand in Hand verschwinden wir wieder in seinem Schlafzimmer, bevor uns irgendetwas davon abhalten kann. Diesen Tag genieße ich mit allen Sinnen. Jetzt bin ich wirklich bereit, die schönen Seiten des Lebens anzunehmen.

Mein Zustand hat sich wieder verschlechtert. Obwohl ich die nächsten Tage, gemeinsam mit vielen neuen Ankömmlingen, die Hilfe suchen, einen Großteil des Tages in der Kapelle verbringe, kommen die alten Symptome wieder zurück. Wieso klappt es nur bei mir nicht? Meine Verzweiflung wächst, ebenso wie der Raum zwischen Jarle und mir. Er hat viel zu tun, hilft Linus bei den Vorbereitungen für die neuen Sitzungen. Menschenmassen belagern das Anwesen und viele davon nutzen jede Tür und jedes Fenster, um hereinzukommen. Das ständige Absperren und der Lärmpegel zerren an meinen Nerven. In zwischenzeitlichen Anbetungen versuchen mir Jarles Glaubensbrüder zu helfen. Sein Vater kümmert sich liebevoll um mich, dennoch werde ich immer schwächer.

Meine Hoffnung schwindet mit jeder Stunde. Im Angesicht der Wunder, die um mich herum passieren, fällt es mir ungemein schwer, dies zu akzeptieren. Ich hadere mit Gott und der Welt, was meine Verbindung zu Jarle nicht gerade stärkt. Außerdem kommen nun Zweifel an seiner Treue auf. Gestern sah ich ihn Hand in Hand mit einer hübschen jungen und gesunden Frau schäkern. Auf seine Beteuerung hin, dass es sich um die Nichte von Linus handelt, gehe ich nicht ein. Abgelenkt von einem Schmerz, der nicht nur im Kopf, sondern vor allem in meinem Herz sein Unwesen treibt, verblasst die Liebe zu ihm. Wie der Stoff meines Kleides in der Sonne, das ich auf dem Balkon vergessen habe. Jarle bemerkt mein Verstummen und den körperlichen Rückzug von ihm.

»Sunniva, wie kann ich dir helfen?«

Hilflos wirkt er in diesem Augenblick und die mütterliche Seite in mir wird geweckt.

»Ach, keine Ahnung. Bei mir hilft einfach nichts. Ich bin anders als die anderen. Vielleicht muss ich lernen, dies zu akzeptieren.«

»Du, da gibt es noch etwas, was ich mit dir besprechen will. Wenn ich das Aschebild von Luzifer aus der Höhle hole, könnte das der Ausgleich sein, den du brauchst. Ja, genau. So machen wir es.«

Ungläubig sehe ich ihn an.

»Glaubst du wirklich, das Gleichgewicht meiner Welt wieder herzustellen, wenn Gut und Böse aufeinanderprallen? Hier in der Kapelle mit den vielen Menschen, die genau da Hilfe suchen?«

Sein Kopfnicken überzeugt mich auf der Stelle. Wieder klammere ich mich an einen Strohhalm.

»Probieren wir es aus. Zumindest können wir uns später nicht vorwerfen, nicht alles getan zu haben, was möglich wäre.«

Linus wird gleich darauf von Jarles Idee infiziert. Mit einem fast gierigen Blick auf zusätzliche Einnahmen ist er sofort davon überzeugt. Während die beiden sich aufmachen, um das erste Aschebild aus der Höhle am See zu holen, strecke ich meine müden Glieder im Lesestuhl der Bibliothek aus. Hier ist es ruhiger - als in den restlichen Räumen, die mir zur Verfügung stehen. Das gedämmte Licht und der Geruch der Bücher vermindern den Druck in meinem Kopf. Die rosigen Wangen habe ich bereits wieder verloren, denn mein Zustand hat den Magen erreicht und der verwehrt mir konsequent eine Zufuhr von Nahrungsmitteln. Übelkeit und ein leichtes Zittern schwappen wie eine Welle über meinen Willen, gesund zu werden. Eine Bedienstete holt mich aus dem Dilemma durch ihr Klopfen an der Tür.

»Frau Kondor, Sie haben Besuch. Ein Mann wartet unten auf Sie. Er sagt, er sei ein Bekannter von früher. Darf ich ihn in die Bibliothek bitten?«

Verlegen streicht sie über ihre weiße Schürze. Sie kennt mich inzwischen ganz gut und meinen Drang nach Ruhe.

»Ja natürlich, wenn es nicht ein Mann ist, der sich mit einer Lüge Zutritt verschaffen will.«

Es klingt leider nicht so sarkastisch, wie ich es gerne hätte.

»Sehr wohl. Ich begleite ihn sogleich hierher.«

Lautlos zieht sie die Tür zu. Wer mag das sein? Vielleicht der Professor, um nach den aktuellen Zeitungsberichten nach mir zu sehen? Sich zu überzeugen, dass ich auch geheilt bin? Ansonsten fällt mir niemand ein, außer … oh je, der Unbekannte. Hat er mich etwa aufgespürt? Zieht er mich nun zur Rechenschaft wegen seines ausgegebenen Geldes? Das wird aber nun kein Problem mehr sein. Denn Linus hat nicht nur Jarle Geld angeboten, sondern auch für mein Beisein bei den Sitzungen einen großen Betrag auf mein Konto überwiesen. Es wäre keine große Sache für mich, diesem Unbekannten das vorgestreckte Geld zurückzugeben. Für diesen Fall hat mir Jarle angeboten, einen Großteil der fehlenden Summe beizusteuern. Auch er ist nicht glücklich über die Art und Weise, wie dieses Einkommen erzielt wurde. Solch einen extremen Kommerz lehnen wir beide entschieden ab. Doch manchmal fällt es schwer, Distanz zu einem freiwilligen Geldsegen zu wahren.

»Hier ist es.«

Ebenso lautlos wie vorhin, öffnet sich die Tür. Durch sie hindurch tritt ein großer, schlaksig wirkender Mann mit einem fast wild aussehenden Schnurrbart. Seine wirre Haarpracht ist erstaunlich dicht, obwohl er bereits den Sechzigern entgegengeht. Die Kleidung wirkt sehr leger, fast schlampig, aber dennoch sauber auf mich.

»Kennst du mich noch, Sunny?«

Ein tiefer Basston dringt zu mir und lässt eine Erinnerung wachwerden. Als Kind hat mich nur ein Mensch *Sunny* genannt. Mein Patenonkel, der platonische Freund meiner Mutter. Mit ihm habe ich gerauft und gescherzt, Geschenke bekommen und die Natur entdeckt. Das kann aber unmöglich dieser Mann sein. Oder doch? Mein fragender Blick lässt ihn seine Mundwinkel in die Breite ziehen. Mit schnellen Schritten ist er bei mir, zieht mich hoch und hält mich in seinen starken Armen.

»Meine Kleine!«, stammelt er verlegen und wischt sich eine Träne aus dem Augenwinkel. »Es tut mir so leid, wegen deiner Mama. Ich habe viel zu spät davon erfahren. Leider konnte ich nicht bei dir sein und dir beistehen.«

»Onkel Tjara? Bist du es wirklich? Ich freue mich so. Wo warst du denn, seit Ewigkeiten habe ich nichts mehr von dir gehört?«

»Setz dich Sunny. Ich habe dir viel zu erzählen. Und nicht alles wird dir gefallen. Versprich mir, dass du meine Geschichte bis zum Ende anhörst. Bilde dir erst später eine Meinung dazu. Ach ja, ich hoffe, du verzeihst mir dann auch. Denn ich habe dir etwas verheimlicht, um dich zu schützen. Aber dazu später mehr. Wie fühlst du dich? So mager bist du geworden.«

»Naja, dick siehst du auch nicht gerade aus.«

Lachend sehe ich ihn an. »Komm, trink eine Tasse Tee mit mir und erzähle. Ich bin so neugierig, mehr über dich zu erfahren.«

Gemeinsam bedienen wir uns am bereitgestellten Tee. Wie gut, dass eine große Kanne am Tisch steht. Der zarte Rand des edlen Porzellans bringt das Aroma dieser vortrefflich schmeckenden Kräutermischung auf den Punkt.

»Onkel Tjara, wie hast du mich gefunden?«

»Oh, das war nicht allzu schwer. Hast du die Bilder in der Zeitung nicht gesehen? Auch du bist darauf abgebildet. Und von der Körpergröße abgesehen, siehst du immer noch wie eine Kopie deiner Mutter aus.«

»Das sagtest du früher auch immer. Ich vermisse sie so. Gerade jetzt würde ich es mehr als schätzen, ihre Worte zu hören und sie bei mir zu haben.«

»Ich weiß von deiner Krankheit, Sunny. Und noch vieles mehr. Denn ich war es, der die verrückte Anzeige in die Zeitung gesetzt hat. Dabei wollte ich dir nur helfen. Ich wusste, du würdest das Geld nicht annehmen, wenn ich es dir schenke. Der Diebstahl des Bildes war eigentlich keiner, denn ich habe es mit denen abgesprochen, die diese Ausstellung organisiert hatten. Du warst immer auf der sicheren Seite.«

»Was sagst du da? Ich fasse es nicht! Ist es wirklich möglich, dass du mich so hintergangen hast? Weißt du eigentlich, wie viel Angst ich dabei hatte?«

Unaufhörlich tropft es aus meinen Seelenfenstern. Diesmal nicht zur Reinigung, sondern aus Empörung über dieses Verhalten. Über sein Verhalten, das überhaupt nicht zu ihm passt.

»Der große Unbekannte, das warst du?«

»Nicht alles war ich. Am Telefon hatte ich Angst, dass du meine Stimme erkennst. Deshalb habe ich einen Schauspieler damit beauftragt. Leider hat er oft zu dick aufgetragen, ohne mein Wissen. Das wollte ich wirklich nicht, konnte es aber im Nachhinein nicht mehr verhindern. Es tut mir von Herzen leid, wenn du deswegen leiden musstest.«

Wie ein kleiner Junge, der Unfug getrieben hat, sitzt er da.

»Aber wie konntest du das alles wissen?«

»Sunny, seit Jahren beobachte ich dich und deinen tollen Weg, den du trotz aller Widrigkeiten gegangen bist. Du bist deiner Mutter nicht nur ähnlich, sondern hast sie übertroffen. Mit deinem unerschütterlichen

Glauben, alles zu schaffen. Mit deiner Sympathie und deiner Neugier, zu lernen, hast du mit geringen Mitteln mehr als die meisten vom Leben herausgeholt.«

Schnell trinkt er einen Schluck von dem Tee und verschluckt sich prompt daran. Um seinen darauffolgenden Husten loszuwerden, geht er neben der hohen Bücherreihe auf und ab. Die Unruhe hat auch mich gepackt. Fragen drängen sich in mir auf, von denen ich nicht einmal wusste.

»Wo warst du die ganzen Jahre?«

Gerade hat er wieder zu seinem Atemrhythmus zurückgefunden.

»Du kannst dich sicher erinnern, wie wir im Garten das Ausgrabungsspiel gespielt haben, bei dem du kleine Dinge gefunden hast. Überaus lieb und eifrig warst du, mit einer kleinen Schaufel bewaffnet, dabei, euren Garten umzugraben. Selbst an Orten, wo nichts versteckt war.«

Die Erinnerung lässt seine Augen glänzen.

»Das war und ist mein Beruf. Allerdings ohne die Dinge vorher zu verstecken. Ich bin Meister im Ausgraben und Aufspüren von historischen, alltäglichen Dingen und Kunstwerken, auch Absonderlichkeiten, denn ich bin Archäologe. Vorwiegend hielt in mich in Südeuropa auf, aber auch dem Land Ägypten und den Osterinseln habe ich mich verschrieben. Übrigens, die Tonkrüge mit der Asche von Jesus und Luzifer habe *ich* gefunden, in einer Klosteranlage in Griechenland.«

Jetzt herrscht Stille im Raum. Nur das Ticken der großen Standuhr in Nussbaumoptik geht unaufhörlich weiter. Tick tack, tick tack, endlos könnte ich ihr weiter lauschen. Eine Schranke in meinem Inneren möchte sich öffnen, aber ich erlaube es nicht. Zu weh tut die Erkenntnis, die sich dahinter verbirgt.

»Wie viele Sprachen sprichst du? Ist es wirklich notwendig, die Übersetzungen auch mit den gefundenen Artefakten zu liefern?«

Was rede ich da. Irgendetwas, um diese unerträgliche Stille zu unterbrechen, die mich zwingt, darüber nachzudenken, was anders hätte laufen können in meinem Leben. Zwar bringt das meine Mutter nicht zurück, doch mein schwieriges Leben nach ihrem Tod hätte ganz anders sein können. Verrückt, in diesem Augenblick hier, in einer fremden Bibliothek darüber nachzudenken. Vergangenes ist vorbei, unabänderlich und dennoch nicht gewollt.

Verdammt, ich packe das nicht.

Der Schmerz, der eben noch von meinem Verstand in Schach gehalten wurde, hat sich verselbständigt. Und sucht sich in der Wut, die in mir anschwillt, einen Weg nach außen, bis hin in meine Hände. Mit einer Kraft, die ich mir selbst nicht zugetraut hätte, schlage ich auf den Mann ein, der mir das angetan hat. Der mich im Nebel des Lebens alleine ließ. Dann zwang er mich auch noch, Dinge zu tun, die ich mit meinem Gewissen nicht vereinbaren kann. All dies lasse ich ihn mit diesen wuchtigen Faustschlägen spüren. Ich hämmere auf seinen Körper ein und verletze mich selbst damit mehr als ihn. Denn tief in mir keimt der Gedanke in diesem Sturm hoch, dass ich alleine verantwortlich bin für mein Leben. In jeder Sekunde und bei jeder Entscheidung hätte ich *nein* sagen können. Ich hätte mich neu orientieren oder Hilfe suchen können. Selbst entscheiden, wo es lang geht. Was am meisten weh tut, sind die nicht getroffenen Entscheidungen, die verlorenen Jahre. Wie ein wilder Tiger gehe ich auf diesen Mann los und zerfleische mich in diesem Augenblick selbst. Ich löse mich bis auf meine Knochen auf. Nichts bleibt mehr übrig als meine Seele und ein paar Tränen. Verloren im Leben, verloren in der Gesundheit und vor allem verloren in die Zukunft taumelnd, das ist mein wahres Schicksal. Niemand kann es abwenden, nur ich alleine. Wäre ich nicht voller Selbstzweifel und Ängste, würde ich auf der Stelle mein Leben beenden. Ich würde nicht mehr abwarten, bis der Tumor das schafft, was mir unmöglich erscheint. Aus Furcht vor meiner persönlichen Hölle, die mich im Jenseits erwartet. Samt ihrer Dämonen und vor allem dem schwarzen Loch. Es wartet nur darauf, mich endlich zu verschlingen, wieder auszuspucken, zu verdrehen, bis das letzte Tröpfchen meiner Seelenenergie daraus verschwunden ist. Um mich neuerlich hinabzuziehen und dann Feuerqualen zu erleben, die niemals enden werden. Niemals im Leben und auch nicht im Tod. Das ist es, was ich mit meinen Fäusten versuche, zu kompensieren.

Als ich zu erschöpft bin, um weiter auf meinen Patenonkel einzuschlagen, bemerke ich erst das Häuflein Elend, das vor mir sitzt. Seine Hände hat er zum Schutz vor sein Gesicht gezogen und die Augen damit bedeckt. Nicht einmal gewehrt hat er sich, kein bisschen.

»Bitte verzeih mir.«

Mehr bringt er nicht heraus zwischen lauten Schluchzern.

»Ich habe das alles verdient, doch trotz deiner Schläge fühle ich mich immer noch nicht besser. Vor allem, weil ich alt und gesund bin. Statt an deiner Stelle, sollte ich den Tumor in mir tragen, als Selbstbestrafung meiner Sünden. Du warst die Einzige, neben deiner Mutter, die ich immer geliebt habe. Warum nur verletze ich gerade das, was mir am Wertvollsten im Leben erscheint? Warum, warum, warum!«

Er schreit die letzten Worte fast.

Laut klopft es an der Tür.

»Frau Kondor, kann ich Ihnen helfen? Was ist das für ein Lärm?«

Hilflos steht die Bedienstete des Hauses unter der breiten Holztürzarge der Bibliothekstür.

»Danke, es geht schon. Bringen Sie mir bitte die Pillenschachtel mit dem Schmerzmittel aus meinem Zimmer. Die brauche ich jetzt dringend, wie mir scheint.«

Mein Gesicht ist vom Schmerz verzerrt. Nicht von meinen rotgehämmerten Fäusten, sondern von den Kopfschmerzen, die sich wie ein Strom meine Wirbelsäule hinab bewegen, um anschließend sofort wieder wie eine Welle erneut auf mein Gehirn zu treffen. Danach setze ich mich auf den Schoß dieses großen Mannes, den ich vor ein paar Minuten am Liebsten umgebracht hätte, und krümme mich wie ein kleines Kind darin zusammen. Er drückt mich fest und gemeinsam weinen wir die Tränen, die wir durch tausende Kilometer Trennung längst weinen hätten sollen.

So findet mich Jarle, als er zurück-kommt. Das Fragezeichen ist in sein Gesicht geschrieben. Heute Morgen noch habe ich ihm vorgehalten, mit einer fremden Frau Händchen gehalten zu haben. Und nun sitze ich auf dem Schoß eines für ihn fremden Mannes, und heule voller Emotionen tief bewegt mit diesem zusammen unseren Weltschmerz heraus. Als auch noch die Bedienstete mit meiner Pillenschachtel dazukommt, versteht er gar nichts mehr. So skurril mutet die Situation an, dass wir alle miteinander in Lachen ausbrechen. Bereits als Kind habe ich erkannt, dass Lachen und Weinen eng beieinanderliegen, vereint sind wie ein Zwillingspärchen.

»Hast du das Bild geholt? Hat alles geklappt beim Transport?«

Jarle nickt nur.

»Darüber reden wir später. Stelle mich erst einmal dieser Vaterfigur vor, die du so fest umarmst, aus ganzem Herzen liebst und doch auch verachtest zur gleichen Zeit. Oder ist es nicht so?«

Liebevoll zwinkert er mir zu. Wenn die Situation umgekehrt wäre, würde ich nicht so cool reagieren wie er. Aber er sieht in mich hinein, ist mein Seelenpartner. Daher stelle ich es ausnahmsweise nicht in Frage.

»Das ist mein wiedergefundener Patenonkel, von dem ich jahrzehntelang nichts gehört habe. Darf ich vorstellen: Onkel Tjara.«

»Naja, eigentlich ist mein voller Name: Tjara Hansen. Archäologe im Dienst, nein, gerade auf Urlaub.«

Von einer Sekunde auf die andere hat er seinen trockenen Humor wiedergefunden.

»Und das ist Jarle, die Liebe meines Lebens.«

Es ist vollbracht. Ich habe die Worte ausgesprochen, die mir seit langem auf der Zunge liegen.

Stolz sieht mich Jarle an, beugt sich zu mir herunter und drückt mir einen unschuldigen Kuss auf die Lippen.

»Danke, meine wundervolle Seele. Auch ich fühle das Gleiche wie du. Du erfüllst jeden Augenblick meines Lebens mit einer Liebe, wie ich sie noch niemals zuvor kennengelernt habe.«

Halb in aufrechter Stellung zieht er mich an sich und befreit mich aus den Händen meines Paten, um mich erneut vor der Welt zu schützen. Die mich verletzt, aber auch ummantelt hat.

»Kommt mit, ich zeige euch die Bilder in der Kapelle.«

Jarle, ich und mein Patenonkel laufen um die Wette bis zur Haustür. Erst dort wird mir bewusst, heftig um Luft ringend, dass diese Spielchen nichts mehr für mich sind. Mein Körper zeigt mir seine Grenzen auf. Daher schlendern wir gemächlich nach draußen in die Sonne und bewundern die Blumenpracht am Weg zum kleinen Gotteshaus.

Dunkel und kühl ist es hier drinnen, keine einzige Kerze brennt. Die Kapelle zeigt uns in einer unvergleichlichen, sakralen Würde die ausgestellten Bilder. Das kleine Luzifer-Aschebild wurde mit Blumen umkränzt und in Höhe des Herzens von Jesus - von dem anderen Bild - drapiert. Den würdigen Raum nimmt aber das Aschegemälde ein, welches Jarle in den letzten Tagen erschaffen hat. Bewundernd bleibt der Blick von meinem Patenonkel daran hängen. Zwischen den Männern, die ich in mein Leben und mein Herz lasse, sitze ich in der ersten Sesselreihe und halte beide an den Händen fest. Gemeinsam überrollt uns eine Energiewelle, die das Verzeihen bringt. In einem Loslassungsprozess ohne Wenn und Aber. Drei Seelen, die sich gefunden haben.

Nach diesen berührenden Minuten setzen wir uns zu einer Mahlzeit an den gedeckten Tisch im Haupthaus. Linus hat sich entschuldigt. Er musste noch einmal zum Sicherheitsdienst, Personal anfordern für heute Abend. Denn die Anzahl der Besucher hat sich verhundertfacht. Nur mit einem ausgeklügelten Organisationsplan und Sicherheitsbeamten lässt sich die Menge in Partien aufgeteilt unterbringen. Das soll aber nicht unsere Sorge sein. Flockig leicht löst der angebotene Wein unsere Zungen. Befreit von Altlasten ermöglicht er uns ein lustiges Beisammensein.

»Darf ich den Kaffee draußen servieren? Wir haben einen Pavillon hinten beim Glashaus. Dort ist es schattig und ruhig.«

Sehr freundlich sieht mich die junge Frau an. Seit Tagen sorgt sie sich um mich, wie rührend. Unter anderen Umständen könnte sie eine Freundin für mich sein.

»Ja gerne. Das ist sehr lieb von Ihnen.«

Mein Einverständnis nimmt sie wohlwollend entgegen. Vorher mache ich mich aber ein wenig frisch, kämme meine Haare und lege etwas Make-up auf, damit die letzten Merkmale der Heulparade darunter versteckt werden. Das nasse T-Shirt tausche ich gegen einen leichten Sommerpullover. Jetzt fühle ich mich wieder wohler.

Bei meinem Auftauchen im Garten sehe ich die Männer bereits am Kaffee nippen. Ein Teller voller Kekse hat auch den Weg nach draußen gefunden. Mir ist gerade nach Süßem, deshalb lange ich kräftig zu und nasche unentwegt, während sich die Männer unterhalten. Dabei bemerke ich, dass mein Patenonkel den Vater von Jarle bestens kennt. Na klar, ansonsten hätte die Asche, die er in der Höhle in Griechenland fand, niemals die *ANDO* Sekte erreicht. Alles wäre anders gekommen.

»Weißt du, Sunny, mein Ziel war es, dich mit einem Aschebild von Jesus zu heilen. Denn in den aufgefundenen Schriften war davon die Rede, dass dies möglich sei. Leider hast du ohne mein Wissen die Energie von Luzifers Asche erwischt und das auch noch zweimal in kurzer Zeit. Der Museumswärter, den ich bestochen hatte, um mir von deinem Besuch zu berichten, erzähle davon, dass du bereits am Vortag dort warst. Viel zu viel Energie für diesen kurzen Zeitraum. Daher ist alles ins Gegenteil umgeschlagen. Das von dir *gestohlene* Bild sollte sofort wieder, nach einmaligem Betrachten, in die Höhle zurückgebracht werden. Dort wird die überschüssige Energie observiert und gespeichert. Aus meiner Verantwortung heraus habe ich immer noch ein schlechtes Gewissen, weil so vieles schief lief. Wenn ich einen anderen Weg gewählt hätte ...«

»Bitte, sag mir noch, wo ist der Rest der Asche, die du aus diesen Krügen gefunden hast? Ich habe mir viele Gedanken gemacht, ob es zu verantworten ist, wenn fragwürdige Menschen es zu ihrem eigenen Vorteil verwenden.«

»Dieser Gedanke ist nicht von der Hand zu weisen, Sunny. Aber es wurde dafür gesorgt, diesen brisanten Inhalt auf ewige Zeiten zur

Ruhe zu betten. In den Kellern des Vatikans. Streng bewacht durch ein ausgeklügeltes Alarmsystem und bewacht von der Garde des Vatikans, hat dort niemand Zutritt. Es wird ein ewiges Geheimnis bleiben.«

Zufrieden beißt er in die Glasur des Schokoladenkekses. Die Erinnerung, wie ich als Achtjährige diesem damals riesigen Mann zugesehen habe, wie er Schicht für Schicht die Kekse mit seinen Zähnen zerlegte, holt mich ein und veranlasst mich, zu grinsen.

»Wie in früheren Zeiten, Onkel Tjara.«

»Ja Sunny, manche Dinge ändern sich nie.«

Es tut so gut, ganz normale Dinge zu tun, Konversation zu betreiben und den Tag von alleine laufen zu lassen.

Vielleicht ein verstimmter Magen von den vielen Keksen, oder aber ein Überschuss an Energie durch die Bilder veranlasst mich, den Abend alleine auf dem Balkon zu verbringen. Von oben sehe ich die Menschenmassen, die auf das Anwesen zuströmen. Bepackt mit Bildern, Gegenständen und Kerzen erbitten sie Heilung und Segen für sich. In ihren mitgebrachten Dingen, wollen sie die Energie speichern für ihr Zuhause. Viele von ihnen stimmen Kirchenlieder am Weg an, deren Klang berührend zu mir nach oben steigt. Ob sie ein gewisser Gott auch so bezaubernd findet? Mein Sarkasmus ist wieder zurück. Und mit ihm die Angst vor dem, was in Zukunft auf mich zukommt. Bevor es mir zu viel wird, beame ich mich auf den Rückziehmodus und lasse den Sternenhimmel draußen zurück.

Im Bett fröstelt es mich immer noch, daher starte ich einen zweiten Wärmeversuch. Nur mit der Unterwäsche bekleidet, hole ich die zweite Decke aus dem Schrank. Eingepackt wie eine Mumie wird mir langsam wärmer. Draußen ist es merkwürdig still geworden. Sicher sitzen alle in der Kapelle und beten ihr persönliches Hilfsgebet. Bestimmt werden sie überrollt von der Heilenergie der Aschebilder. Sehnen sich danach, bei ihrer Rückkehr die nächsten Kranken anzuwerben, damit der Kreislauf der Aschebilder nicht unterbrochen wird. Und Linus von seinen Bankberatern hoch geschätzt werden kann.

Wie mir Jarle berichtet hat, füllt sich auch sein Bankkonto. Einen Teil hat er bereits an die *ANDO* Sekte überwiesen. Schließlich war sie es, die den Kontakt zur Asche hergestellt hat. Wenn mein Patenonkel allerdings keinen Teil aus den Krügen entwendet hätte, wäre dies alles nicht so passiert und ich vielleicht schon lange unter der Erde. Mit diesem Gedanken schlafe ich endlich erschöpft ein. Die Nebenwirkung der starken Schmerztabletten hilft dabei, mir nicht zu viele weitere Gedanken darüber zu machen. Entspannt beginne ich diese Nacht. Doch bald ändert sich die Lage.

Bereits eine Stunde später, immer noch im Tiefschlaf, klinkt sich das Gesicht eines Dämons in meinem Unterbewusstsein ein, und was dann kommt, ist unbeschreiblich. Blitzschnell erscheint dieses Monstrum und nimmt meinen Traum als Bühne für sein Höllenstück. Anfangs tarnt er sich noch mit dem Engelsgesicht neben mir stehend. Unter uns das schmale Hochplateau eines immens hohen Berges. Ich spüre sogar die Kälte an meinen Zehen, denn ich stehe barfuß im Schnee eines Achttausenders. Der zackige Felsen bohrt sich durch den Schnee in meine Ferse und erinnert mich daran, dass ich mich in einem Klartraum befinde. Hinter mir tobt ein Sturm. Vorne brennt die Sonne unbarmherzig herab und versengt fühlbar meine nackte Haut. Nur mit einem Fetzen bin ich bekleidet, ganz im Gegensatz zu diesem wunderschönen Engel neben mir. Bei ihm wallt in edelste Seide gehüllt, sonnengelb die Tunika hoch und zeigt die in Sandalen gehüllten Füße. Wie ein Morgenstern leuchtet seine Haut hell in der Sonne. Er ergreift meine Hand und hält sie fest. Dabei spricht er mit mir, ohne dass sich seine Lippen bewegen. *Du bist die Herrlichkeit und Gott ebenbürtig. Komm mit mir, damit wir gemeinsam meinen Thron über den Sternen errichten und das Gleichgewicht des Allerhöchsten an uns reißen.* In diesem Moment verliert er seinen festen Stand, reißt mich mit und wir fallen nach vorne, direkt hinein in den Abgrund. Mit rasender Geschwindigkeit stürzen wir in die ewige Finsternis. Bevor die dunklen Wolken unsere Körper umschließen, sehe ich in das lachende Antlitz des gefallenen Engels. Dämonenhaft, mit durchbohrenden Augen und verzerrter Grimasse schreit er mir zu: *Du bis auf ewig verloren*. Schaurig klingt sein Schrei und gleichzeitig saugt er meine Seele aus mir, inhaliert sie und lässt mich endlich aus seinem Klammergriff los. Meine Körperhülle bleibt zurück und segelt verloren in dieser angsteinflößenden Zwischenwelt. Ohne Chance, ihr wieder zu entkommen. Kraftlos baumen Hände und Füße in der dunkelsten Schwärze, die meine Augen je gesehen haben. Mit der Erkenntnis, nie wieder das Licht zu sehen, erwache ich aus diesem Albtraum.

Schweißgebadet, mit von der Bettkante herabhängenden Extremitäten, hieve ich mich langsam hoch in eine Sitzstellung. Mehr ist noch nicht möglich, denn Hände und Füße sind eingeschlafen, fühlen sich taub und schwer an. Wie in meinem Traum vorhin. Meine Erinnerung beschränkt sich immer nur auf ein Bild. Das des Engels Luzifer in dem Moment, wo dieses engelsgleiche Antlitz sich in eine Teufelsfratze verwandelt hat. Nie wieder bekomme ich dies aus meinem Kopf. Wahrscheinlich sogar bis über meinen Tod hinaus, wenn er an meiner Seite wandelt und mich immer wieder hinabstürzt von dem hohen Felsen. Ich bin wirklich auf alle Ewigkeit verloren, wenn nicht ein Wunder geschieht. Ein echtes Wunder, dass meine Seele errettet und meinem Geist dadurch die Ruhe erhält. Welcher Gott lässt so etwas zu? Wen beten die Menschen da draußen wirklich an? Sie glauben an das, was sie glauben wollen. Niemand von ihnen sieht, wer das echte Universum beherrscht. Nur ich habe einen Einblick bekommen in die Grausamkeit, die sich nach dem Tod auftut. Meine Erkenntnisse sind aber ohne Bedeutung. Ich werde sie in mir einschließen und mein Geheimnis mitnehmen, wenn ich sterbe. Ansonsten würden Mord und Totschlag bereits zu meinen Lebzeiten an der Tagesordnung stehen. Das Seelenheil kann man sich nämlich nicht mit Geld erkaufen, auch keinen Platz im Himmel. Jeder Mensch muss dies selber erkennen. Da hilft es nicht, anderen die Seelenessenz zu nehmen, um in engelhafter Manier neben dem Thron Gottes zu sitzen und zu hoffen, dass Luzifer niemals ihre Hand nimmt. Ein jeder von ihnen wird dies am letzten Tag seines Lebens erkennen, oder, wie ich, bereits ein paar Tage davor.

W ieder einmal bekomme ich Besuch. Wieder ist es ein Mann, der an meine Tür klopft. Jarle hat sich Unterstützung geholt, in Form eines Weißkittels. Seltsamerweise freue ich mich darüber, in das von Falten durchzogene Gesicht von meinem Professor zu blicken. Bis jetzt hatte ich immer gemischte Gefühle, denn von seinen Worten hing es ab, wie ich mich selbst fühle. Nur ein Arzt hat solch eine Macht, aber heute ist es völlig anders. Ich fühle mich seit diesem Albtraum noch schwächer, kann nicht essen und nippe nur an meinem Tee, den mir Jarle gebracht hat. Ein paar von den ersten Erdbeeren hat er mir aus dem Glashaus geholt. Ihr Duft tut mir gut, jedoch essen kann ich sie nicht. Mein Magen rebelliert bereits bei dem Gedanken daran. Wie gerne wäre ich wieder eine Frau, die ihre verkörperte Weiblichkeit sinnlich und kraftvoll einsetzt und mit Appetit ihr Essen genießt. Hilfe bietet mir in diesem Fall auch meine männliche Seite nicht, denn ich muss meinen sicheren Hafen verlassen und in gefahrvolle Untiefen vordringen. Hoffentlich vermittelt mir der Professor ein wenig Schutz und Geleit in dieser schwierigen Zeit. Mir fehlt die klare Ausrichtung, um wieder ein Ziel zu sehen. Die mangelnde Stabilität, durch den Tumor in meinem limbischen System, lässt mich an meiner eigenen Glaubwürdigkeit zweifeln. Stimmungsschwankungen hatte ich immer, jedoch nicht in diesem Ausmaß. Nicht mit diesen bedrohlich wirkenden Träumen und Visionen. Meistens bin ich nur erschöpft vom Mangel an Hoffnung. Wenn ich nun auch noch meine Würde verliere, kann ich mich der verheerenden Dynamik der Erkrankung nicht mehr entziehen. Wie furchtbar, ein Blatt im Wind des Schicksals zu sein.

»Frau Kondor, was machen Sie nur für Sachen?« Der Professor nimmt seine Brille ab und hält meine Hand, die auf der Bettdecke liegt.

»Trotzdem freue ich mich, Sie zu sehen. Ich hätte mir nie gedacht, dass mich ihr Anblick erfreut. Meistens vermied ich bewusst den Augenkontakt mit ihnen, damit ich die negativen Botschaften die Sie mir übermitteln wollen, nicht gleich darin erkennen muss.«

Ich seufze auf.

»Aber, aber, meine Liebe. An manchen Tagen darf ich auch Heilungsfortschritte verkünden. Erinnern Sie sich an unser letztes Zusammentreffen?«

»Doch, aber richtig habe ich es auch zu diesem Zeitpunkt nie geglaubt.«

Er tätschelt meinen Handrücken. Dass Jarle neben ihm steht, tut nichts zur Sache. Er sieht das freundschaftlich von Arzt zur Patientin.

»Ein wichtiger Punkt im Heilungsgeschehen des Körpers ist die mentale Stärke. Je mehr Sie sich eine gesunde Sunniva vorstellen können, umso eher treibt man die entarteten Zellen dazu, einen Friedenskompromiss zu schließen. Reden Sie mit dem Tumor, und zeigen Sie ihm, wo es langgeht. Falls Sie nicht überleben, stirbt er mit Ihnen. Deshalb ist seine Lage aussichtslos, Ihre aber nicht. Wenn er sich auflöst oder schrumpft, bleibt nur die Zellerinnerung zurück, wird also stillgelegt. Das kommt öfter vor, als man glaubt.«

Er öffnet den mitgebrachten Arztkoffer und entnimmt einige Dinge, die ich von meiner Lage aus nicht einsehen kann.

»Sind Sie einverstanden, wenn wir noch einmal eine Blutprobe entnehmen? Wir möchten Kulturen damit anlegen und diese für eine besondere Sache verwenden, die ich Ihnen aber noch nicht verraten darf. Nur eines sollten Sie wissen: Frau Kondor, Sie haben eine gute Chance, wieder zu genesen. Wir sind dem Tumor auf die Schliche gekommen und verwenden dieses Wissen für ein neuartiges Heilungsmedikament. Wenn Sie einverstanden sind, wird es in drei bis vier Wochen zu Ihrer Verfügung stehen. Ich spüre bereits, wie sich der Tumor davor fürchtet.«

Sein breiter Mund versteckt sich zwar hinter einem dichten Schnauzbart, jedoch blitzen seine regelmäßig angeordneten Zähne durch. Während er mir Blut abnimmt, hat er einen Dauergrinser im Gesicht.

»Ich freue mich ungemein auf das Resultat. Wir sehen und hören uns bald wieder.«

Die entnommenen Blutproben, abgefüllt in den mitgebrachten Röhrchen, werden vorsichtig mit Hilfe seiner dicken Finger und einem Stift beschriftet und im Koffer verstaut. So schnell, wie er aufgetaucht ist, ist er auch wieder verschwunden. Zurückgelassen hat er mein Erstaunen darüber. Gerade dachte ich noch, bald ist alles vorbei. In wenigen Minuten hat er es geschafft, einen Funken Hoffnung neu zu entzünden.

»Sieht du, auch andere Menschen glauben an deine Heilung. Gib bitte nicht auf. Ich brauche dich doch so sehr.«

Jarle sieht mich mit einem Dackelblick an. Trotz der ernsten Lage muss ich lachen. Zu komisch wirkt er, denn so wie er dasitzt, sieht er aus, als ob er direkt von einer Modelagentur käme. Und ich liege mit feuchter Haut, verdrücktem Haar und altmodischem Py-

jama in diesem Bett. Keine guten Vorausset-
zungen, um gegen denkbare Konkurrenz anzukommen.

»Hier, das ist von Linus. Ich soll dir schöne
Grüße ausrichten.«

Er drückt mir ein kleines Päckchen in die
Hand. Nach dem vorsichtigen Befühlen ahne
ich, dass es sich um ein Buch handelt.

»Er sagt, es könnte einige Fragen für dich
beantworten. Lies aber nur, wenn es dir gutgeht. Ansonsten ermüdest du noch schneller.«

Seine Besorgnis drückt er mit einem Kuss
auf meine Wange aus. Der vom Schlafen ver-
klebte Mund ist auch nicht wirklich kuss-
frisch. Ich verstehe das und drehe mich unbewusst etwas von ihm weg. Schlechten
Atem mag keiner gerne riechen. Bei einer Erkrankung und einem Mangel an Ernährung,
so wie in meinem Fall, hat die Ketose bereits
eingesetzt. Der Atem wird schal und riecht
süßlich, wegen der Ketonkörper. Selbst die
Kopfschmerzen und auch Magenbeschwer-
den sind darauf zurückzuführen. Der Tumor
selbst verhält sich trügerisch still. Gefahr
droht, wenn ein Blutgefäß platzt, dann verabschieden sich beide von dieser Welt. Der
Tumor, samt seiner Besitzerin, was in meinem Fall eben möglich ist. Vorher häufen
sich die Schlafphasen und verwirrtes Denken. Auch das Erkennen von Personen und
Orten wird in den letzten Stunden immer
schwieriger.

»Dann mache ich das Geschenk sofort auf, um keine Zeit zu verlieren. Momentan hätte ich Lust auf Lesen. Ich denke, das lenkt mich ab. Ansonsten überlege ich wieder dauernd, wie ich die Worte des Professors auslegen kann.«

Ich verdrehe meine Augen spielerisch und grinse dann breit in Richtung Jarle. Er versteht diesen Wink und verabschiedet sich schnell. Das Geschenkpapier nimmt er gleich mit. Klein und dick ruht das Buch in meinen Händen. Ein Lesezeichen sieht zwischen den Seiten heraus und verlockt mich dazu, diese Stelle sofort anzusehen. Linus hat mir *Das Alte und das Neue Testament* geschenkt. Allerdings in einer neuen Fassung, geschrieben von einem Wissenschaftler und nicht von einem gläubigen Menschen. Vor Jahren habe ich bereits davon gehört, mich aber nie getraut, es auch zu kaufen. Denn in der Kurzbeschreibung stand, dass das eigene Weltbild wie ein Kartenhaus zusammenfällt, wenn man es liest. Da dies bereits in mir passiert ist, kann es nicht noch schlimmer werden. Deshalb verbringe ich die nächsten zwei Stunden in eifrig lesender Versunkenheit. Nur ein *Aha* und *Das dachte ich mir bereits* kommt dabei aus meinem Mund. Mein Verstand arbeitet immer noch bestens und daher können neue Wege in meinem Gehirn aktiviert werden. Wie der Professor bereits sagte: Mit der richtigen Einstellung ist alles möglich. Der feste Wille dazu wurde mir in die Wiege gelegt. Auch das Infragestellen von Gegebenheiten. Hier bin ich Spezialistin. Warum sollte mir das nicht helfen? Gegen einen intakten Verstand kann auch der Tumor nichts ausrichten. Er soll aufpassen, dass ich ihn nicht gleich über Bord werfe. An einen nicht definierten Ort für entartete Zellen, die ihr Dasein in der Leere fristen müssen. Um sich gegenseitig auszulöschen, ohne jemals wieder die Gelegenheit zu erhalten, das Fleisch eines Körpers zu vernichten.

Während ich in der Abgeschiedenheit des Hauses per Gedankenflug in die Vergangenheit von biblischen Zeiten reise, eskaliert gerade ein Streit zwischen den Hilfesuchenden, direkt unter meinem Balkon. Die lauten Stimmen klingen anklagend und auch ihre Wortwahl, gespickt mit derben Vorwürfen, lässt zu wünschen übrig. *Das geht wieder vorbei,* denke ich mir gerade. Doch nun erheben sich auch noch Stimmen aus dem Gang, unweit meiner Zimmertür. Ich erkenne sofort, wer da miteinander spricht. Ihre Ausdrucksweise ist zwar viel gewählter als die der Streithähne unter meinem Fenster, jedoch ebenso voll mit versteckten Andeutungen und Beschuldigungen.

»Vor zwei Tagen gab es bereits Zwischenfälle dieser Art, wo sich die Wartenden beschwerten, nicht rechtzeitig die heiligen Bilder zu sehen. Wann bekommt ihr das endlich in den Griff?« Linus bringt gerade seinen Unmut ans Tageslicht.

Jarle antwortet so leise darauf, dass ich nicht alles verstehe. »… die Helfer geben doch bereits ihr Bestes, aber die Menschenmassen werden immer mehr. Wir können nicht allen den Zugang in die Kapelle ermöglichen.«

»Dann stocken wir das Personal doch auf. Ich möchte ungern auf diese Einnahmen verzichten. Mein Plan sieht vor, dass wir diese Sache in einem noch viel größeren Stil aufziehen. Das wird einschlagen wie eine Bombe. Bald habe ich mein Ziel erreicht. Noch ein paar Verhandlungen mit diesen Kirchenleuten und die Sache ist geritzt.« Linus' schadenfrohes Lachen ist klar durch die Tür hindurch zu hören.

»Ist es wirklich notwendig, so viel von ihnen zu verlangen? Linus, denk an die Kranken, die es sich nicht leisten können. Vor ein paar Tagen habe ich dir bereits den Vorschlag gemacht, Journalisten einzuladen, damit sie positive Berichte veröffentlichen. Als heilig und göttlich werden die Bilder bereits von ihnen bezeichnet. Wenn sie aber in einer Fernsehsendung die Heilungsgeschichten dokumentieren können und die Heilsitzungen auch filmen, dann könnten die Menschen daheim, von ihren Fernsehsesseln aus, die Aschebilder betrachten.« Auch Jarle legt an Stimmvolumen zu, um Linus von sich und seiner Ansicht zu überzeugen.

»Und dann würde zwischen den Privatsendern der Rubel rollen und was bleibt dann für mich noch übrig? Nein, niemals lasse ich mich darauf ein.«

»Aber wenn sie dir die Lizenz und die Nutzungsrechte dafür geben, hast du sicher auch regelmäßige Einnahmen.« Der Einwand von Jarle beeindruckt mich. An diese Möglichkeit habe ich noch überhaupt nicht gedacht.

»Das Interesse an mir wird schnell verpufft sein. Ich bin nicht dumm. Wenn sich dann auch noch herausstellt, dass Menschen vor dem Fernseher kostenlos geheilt werden, bin ich sofort aus dem Spiel. Das lasse ich nicht zu. Zu viel hängt davon für mich ab. Ich habe mich mit gewissen Leuten eingelassen, die das niemals akzeptieren werden.« Im Moment klingt dieser Mann nicht sehr selbstbewusst.

»Was für Leute? Ich dachte, es geht dir mehr um die Hilfesuchenden und nicht nur ums Geld.« Die Enttäuschung höre ich aus Jarles Stimme heraus. »Wenn das so ist, dann überlege ich mir, ob ich dir weiterhin den Zugang zu den Aschebildern gewähre.«

Eine Tür fällt mit einem lauten Geräusch zu und Schritte entfernen sich. Nun ist wieder Stille eingekehrt. Das Gespräch beschäftigt mich aber noch immer, deshalb schlage ich das Buch zu und sehe nachdenklich aus dem Fenster. Mein inneres Bild über Linus bestätigt sich immer mehr. Er hat narzisstische Züge an sich, die mir überhaupt nicht gefallen. Wohin wird das noch führen? Bin ich alleine mit meiner Betrachtungsweise über den Besitzer dieses Hauses?

Wie gut, dass Jarle derselben Meinung ist wie ich. Bei jeder Gelegenheit berichtet er von Vorfällen, die unseren Standpunkt über Linus bestätigen. Oft spielt er mit dem Gedanken, dem allen ein Ende zu bereiten. Doch andererseits liege ich als Gast in seinem Haus und werde gut betreut. Wie in einer Privatklinik, denn die junge Bedienstete entpuppt sich bei näherer Betrachtung als gelernte Krankenschwester. Sie übernimmt viele Pflegedienste für mich, diskret und unaufdringlich. So etwas gibt man nicht gerne auf. Selbst Jarle sieht das so. Noch hat er viel zu tun, um seinen besonderen Bildern den Schutz zukommen zu lassen, den sie bei diesem Ansturm von Menschenmassen brauchen. Er ist verantwortlich für das Öffnen der hinteren Kirchentür und das Schließen, wenn die Kranken den Raum verlassen haben. Die Alarmanlage, die Linus bereits am zweiten Tag installieren ließ, leistet gute Dienste. In der Abgeschiedenheit des Anwesens kam es bereits vereinzelt zu Diebstahlsversuchen. Auch die Polizei kann da nichts machen. Sie hat alle Hände voll zu tun, um Streitereien zwischen den Menschen zu verhindern und die Parkplatzeinweisung in dem Feld daneben zu überwachen. Zig Beamte schieben Sonderdienste. Aus allen Teilen des Bundeslandes kommen sie hierher. Fahrbare Verkaufsstände säumen die Straßen, denn die oft wartenden Gäste haben immer Hunger und Durst. Dahinter stehen in Reih und Glied an die dreißig Toilettenwagen, um die Verdauungsreste der Menschen geruchlos aufzunehmen und zu entsorgen. Ein kleines Verkaufsimperium hat sich vor dem Anwesen gebildet. Wie die Ameisen tummeln sich hier die zahlreichen Besucher den ganzen Tag über.

Mein lieber Patenonkel hat sich für die nächsten drei Tage verdrückt. Es ist viel zu viel Trubel hier, das hält er nicht aus. Jahraus, jahrein arbeitet er an ruhigen, abgeschiedenen Plätzen, nur mit ein paar ausgewählten Menschen zusammen. Diese Unruhe und der Lärm kratzen an seinem Nervenkostüm. Ich habe ihm den Schlüssel zu meiner Wohnung gegeben, damit er sich den Stress im Hotel erspart. Längst habe ich ihm vergeben. Er ist der Einzige, der mich von klein auf kennt. Und mich liebt, egal ob ich gesund oder krank bin. Das ist mehr wert als alles Geld in dieser Welt. Apropos, nicht nur mein Tumor wächst ins Unermessliche. Auch mein Bankkonto erzählt von wunderbaren Vermehrungen. Dieser Ansturm da unten vor dem Haus, beschert auch mir ein enormes Sümmchen Geld. Ob ich es noch irgendwann ausgeben kann, steht in den Sternen.

»Jarle, kannst du dich bitte schlau machen, was ich mit der Menge an Geld machen soll? Wie lege ich es am besten an?«

Jarle sitzt mit seinem Tablett voller Köstlichkeiten an meinem Bett. Er hat seinen Mittagstisch seit Tagen bei mir im Zimmer eingenommen. Wie ein vertrautes Ritual fühlt sich dies an. In seinem Beisein bekomme ich auch zwischendurch ein wenig Hunger. Wenn meine Portion auch die Größe für Kleinkinder hat, sättigt sie mich doch sehr gut.

»Na ja, ich könnte meinen Bankberater fragen. Oder mich meinem Vater anvertrauen. Haha, der wird sicher den gleichen Vorschlag machen, wie bei mir. Er sagt immer, das Geld ist am besten bei Gott aufgehoben. Und meint damit die Beteiligung bei *ANDO*. Sunniva, das war ein Scherz.«

Jarle wirkt plötzlich verlegen.

»Die Idee ist gar nicht so schlecht. Ich werde es mir in Ruhe überlegen und dir Bescheid geben. In meiner Familie gibt es außer meinem Patenonkel keine Erben. Und da dieser mir gerade selbst ein schönes Sümmchen geschenkt hat, bin ich mir sicher, dass er gut versorgt ist. Er braucht nicht viel, wenn er im Einsatz auf seinen monatelangen Ausgrabungen ist. Noch dazu in Ländern, in denen er von der Hälfte des Geldes im Vergleich zu hier, gut leben kann.«

Somit habe ich noch ein wenig Zeit, mein wachsendes Vermögen aufzuteilen. Vorher vertiefe ich mich wieder in meinem interessanten Buch, denn Jarle hat zu tun. Komisch, seit ich darin lese, geht es mir besser.

Vielleicht stimmt die Theorie des Professors wirklich. Redet man nicht ständig über seine Krankheit und stellt sich gesunde Zeiten vor, hat der Tumor keine Daseinsberechtigung mehr. Wie ein beleidigter Mensch zieht er sich zurück. Was für ein toller Gedanke. Mit dieser Einstellung vertiefe ich mich in Altem und Neuem Wissen. Mit dem Geist als Quelle, frei von Anhaftungen, kann ich wieder leben, lieben und vielleicht sogar glauben. Diese Fähigkeiten sind laut den hier geschriebenen Seiten das Gesetz eines liebenden Gottes. Erst wenn die ausgestrahlte Resonanz leer ist, kann sie auch im Bewusstsein erscheinen und das Göttliche anziehen. Für ein Leben in Gesundheit und Fülle.

Heute kränkelt Jarle selbst. Der ständige Streit, wie es hier weitergehen soll, tut seiner angeborenen Empathie gar nicht gut. Linus entwickelt sich immer mehr zu einem Egoisten mit narzisstischen Zügen. Das setzt meiner großen Liebe immens zu. Hin- und hergerissen von Pflichtgefühl, Freundschaft und eigenen Bedürfnissen reagiert er mit verstopfter Nase, leichtem Husten und ein wenig Fieber. Die Muskelschmerzen kommen noch dazu. Bevor er diesen Grippeinfekt an mich weitergibt, verlegen wir unsere Gespräche über das Handy. Meistens kommunizieren wir schriftlich, was den Vorteil hat, dass ich in den Genuss seiner geschriebenen Liebesbezeugungen komme. Auch zu Zeiten, wo er nicht anwesend ist, kann ich immer diese wunderschön formulierten Sätze lesen und mich daran erfreuen.

Unerwartet kommt Onkel Tjara vorbei.

»Sunny, wie geht's dir, Liebes?«

Seine mitfühlende Art wird mir nach seiner Abreise wieder fehlen. Dass dies allerdings sehr bald sein wird, ist mir zu diesem Zeitpunkt noch nicht bekannt.

»Ich brauche das Graben in der Erde, den Geruch von jahrhundertelang abgeschotteten Zwischenräumen, und das Erfolgserlebnis. Und wenn es noch so klein ist. Im Durchschnitt entdeckt unser Team nur alle 312 Tage einen brauchbaren Fund. Was wir aber dazwischen an die Luft befördern, sind Scherben aus alten Zeiten. Feuerstellen und zuhauf die gleichen Alltagsdinge, die kein Museum haben will. Aber wir lieben es. An einem unbeobachteten Ort setzen wir diese Dinge zu Bildern zusammen und erfinden am abendlichen Lagerfeuer Geschichten darüber. Egal, ob sie der Wahrheit auch nur ein bisschen ähneln. Wichtig ist die Annahme, dass es so gewesen sein könnte. Das reicht völlig aus, um uns glücklich zu machen.«

Was mir mein Patenonkel geflissentlich verschweigt, ist die Liebe zu einer Frau. Erst langsam, zu einem späteren Zeitpunkt, rückt er mit der Sprache heraus.

»Ja, da gibt es einen besonderen Menschen in meinem Leben. Hand in Hand graben wir seit Jahrzehnten nebeneinander. Kein Wunder, dass irgendwann einmal abends der Groschen bei uns gefallen ist. Seitdem teilen wir nicht nur die kleinen Erfolge, sondern auch das Feldbett im Zelt miteinander.«

Er lacht laut auf, als er mein verdutztes Gesicht sieht.

»Es wäre schön, sie wieder in meinen Armen zu halten. Daher möchte ich nächste Woche abreisen. Aber vorher muss ich noch einiges mit dir klären.«

Jetzt wird es geheimnisvoll still. Was hat er mir noch nicht gebeichtet?

»Hat es etwas mit der Annonce zu tun, Onkel Tjara? Mir kam es immer verrückt vor, dass genau ich diese Annonce gesehen habe und nicht die vielen anderen Kranken da draußen. Wenn ich bedenke, wie viele Krebskranke es hier in diesem Umfeld gibt, wäre es nicht verwunderlich, wenn sich einhundert Menschen gemeldet hätten.«

Immer noch kann ich nicht glauben, wie dies alles passiert ist. Was sich Stück für Stück zusammengefügt hat und wie ich meine Schulden losgeworden bin.

»Uiii, nun hast du mich erwischt. Deine Fragen kann ich mit *JA* und *NEIN* beantworten. Nun aber der Reihe nach. Ja, es hat mit der Annonce zu tun. Und nein, niemand anderer hätte sich bewerben können. Was du nämlich nicht wahrgenommen hast, hat mit der Tatsache zu tun, dass es viele Eingeweihte gab. Ich fange mit dem Kellner an, der dir die gewisse manipulierte Zeitung auf den Tisch im Café hingelegt hat. Dann die Nummer, die du angeschrieben hast. Auch dieser Bearbeiter war eine Spielfigur, die ich benutzt habe, damit es echt aussieht. Des Weiteren gab es noch einige mehr, wie den Ausstellungsleiter der Bilder, das Wachpersonal, die Firma mit der manipulierten Alarmanlage in dem Gebäude und jene, die dich in meinen Namen beobachtet und beschützt haben. Im Nachhinein tut es mir leid, dein Vertrauen missbraucht zu haben. Heute frage ich mich, ob es nicht besser gewesen wäre, dich direkt darauf anzusprechen. Das Geld zu überweisen und die Sache wäre gegessen gewesen. Doch nun ... bitte ich dich noch einmal um Verzeihung. Ich bin ein alter schrulliger Mann geworden.«

Auch er ist in der Lage, genauso wie Jarle und jeder andere Mann, mit dieser Bitte den berühmten Blick aufzusetzen. Man kann gar nicht lange böse mit ihnen sein, denn die Männer haben das gut drauf. Sie brauchen keinen Schmollmund und ein paar Tränen, um mein Mitgefühl anzuzapfen.

»Nun, dann wäre das ja geklärt. Ich hoffe, wir sehen uns noch einmal, zumindest über das Internet, bevor ich ...«

Jetzt kommen mir wieder die Tränen.

»Mädel, nicht weinen. Vor langer Zeit saß eine junge Frau vor mir und hat mich mit ihren Tränen so berührt. Das war auch der Grund, wieso es zwischen deiner Mutter und mir nie mehr als Freundschaft gegeben hatte, obwohl ich sie ... sehr liebte. Doch das Schicksal hat es nicht immer gut mit ihr gemeint.«

»Wie meinst du das? Erzähl mir mehr darüber.«

Bittend sehe ich ihn an. Mein Gespür sagt mir, dass es etwas mit mir zu tun hat. Die Neugier hat mich so fest im Griff, ohne zu wissen, um was es eigentlich geht.

»Schade, ich würde gerne zuhören, wenn sie es dir selber sagt. Das geht aber leider nicht mehr. Hoffentlich sieht sie mir vom Himmel aus zu und nickt mit dem Kopf. Ihre Zustimmung für das, was ich dir zu sagen habe, würde es mir erleichtern.«

»Sicher würde sie das tun. Mama war immer ein offener Mensch. Niemals hat sie Geheimnisse vor mir verborgen.«

»Sunny, wenn du dich da mal nicht täuschst. Jeder Mensch hat Geheimnisse, manche sogar ein Leben lang, selbst bis in den Tod hinein. So wie bei deiner Mutter. Als ich dir vorhin sagte, dass ich ein Déjà-vu habe wegen der Tränen, war das nicht gelogen. Der Grund dafür war aber viel schwerwiegender, denn im vorherigen Augenblick hat sie mir gestanden, ein Kind unter ihrem Herzen zu tragen. Das warst du, Sunniva.«

»Also waren es reine Freudentränen bei Mama, oder, Onkel Tjara?«

Unsicher blicke ich auf diesen fremd aussehenden Mann, der so nahe an meinem Herzen einen Platz gefunden hat.

»Leider nein, zumindest in den ersten zwei Schwangerschaftsdritteln nicht. Dann aber begann die größte Liebesgeschichte, die ich

kenne, zwischen dir, dem Ungeborenen, und
dieser starken Frau. Was hat sie dir über deinen Vater erzählt?«

Nun ist er es, dem ein Fragezeichen ins
Gesicht geschrieben steht.

»Nur, dass er mich nicht wollte. Ich habe
ihn ja nie kennengelernt. Heute vermute ich,
dass er sich ins Ausland absetzte, um keine
Alimente an Mama zu zahlen. Sicher bin ich
mir aber nicht. Im Alter von zehn Jahren tat
ich mir leid, wenn Klassenkameradinnen von
ihren Vätern prahlten. Später nahm ich es
gelassener hin.«

»Wo er heute ist und ob er noch lebt, ist
ungewiss. Was ich aber mit Gewissheit sagen
kann, ist folgendes: Er weiß nichts von deiner
Existenz. Nach dem Zeugungsakt ist er spur-
los verschwunden. Denn deine Mutter war
das Opfer einer Vergewaltigung. Deshalb hat
sie dir das immer verschwiegen, damit du nie
darunter leidest oder ihre ehrliche Liebe an-
zweifelst.«

Ich reiße meine Augen auf und blicke starr
auf die weiße Wand, auf der anderen Seite
des Zimmers. Tief in mir war immer ein komisches Ziehen, wenn sie von meinem Vater
sprach. Das aber konnte ich nicht im Ent-
ferntesten ahnen.

»Glaubst du, dass sie mich geliebt hat?«

»Aber ja, Schätzchen. Von ganzem Herzen
und aus ganzer Seele. Du warst ihr Ein und
Alles. Erleichtert hat sie auch, dass du ihr
ähnlich warst, denn ihren Peiniger hat sie nie

gesehen. Ihm nie in die Augen geblickt, seine Stimme nie gehört. Wie ein Schatten ist er beim Heimgehen von einer Veranstaltung aus dem Gebüsch gesprungen und hat ihr das geraubt, was man Vertrauen ins Leben nennt. Das Geschenk des Himmels hat sie erst angenommen, als du in ihrem Bauch fest getreten hast. Daraufhin ist sie aus ihrer Starre herausgekommen und hat dich zu lieben begonnen. Jeden Tag mehr, bis hin zur völligen Aufopferung. Immer dich im Fokus, bemerkte sie mich als Mann nicht mehr. Trotzdem war ich viele Jahre an ihrer Seite, als Vertrauter, Freund und manchmal als Aufpasser für dich, Sunny.«

Auch ich erwache wieder. Gut, wenn meine Mutter das geschafft hat, kann ich das auch. Nicht wichtig ist mein Erzeuger, sondern das, was nachher passiert ist. Die jahrelange Fürsorge und die unendliche Liebe zu mir hat dies gutgemacht, was ein gewissenloser Kerl ihr angetan hat. Niemals mehr ist sie eine Partnerschaft eingegangen, trotz ihres guten Aussehens. Sie fürchtete sich vor Parks in der Nacht und ging auf keine Tanzveranstaltungen, solange ich mich zurückerinnern kann. Verständlich, nachdem ich das erfahren habe. Vieles erklärt sich nun von alleine. Ich schäme mich jetzt, dass ich sie als Teenager manchmal aufgezogen habe wegen ihrer Abneigung Fremden gegenüber. Ihr Trauma hatte sie zu diesem Zeitpunkt sicher nicht verarbeitet.

»Ich habe dich lieb und danke dir für alles, was du bereits seit Jahren für mich und Mama getan hast. Vielleicht sehen wir uns im nächsten Leben einmal.«

Schnell umarme ich ihn, damit er mir nicht zuvorkommt. Mein Dank kommt wirklich aus tiefstem Herzen.

»Seit wann glaubst du an weitere Leben, Sunny? Übrigens, ich habe Beweise dafür gefunden, dass es wahr ist. Aber dazu mehr beim nächsten Treffen. Wenn du wieder gesund bist, besuchst du mich einfach am Ausgrabungsort. Dir wird es gefallen, da bin ich mir sicher. Schon als Kind liebtest du Zelte.«

Diese Worte flüstert er mir ins Ohr.

Bevor ich mich wieder hinlege, muss der nächste Satz noch aus meinem Mund heraus.

»Ich sterbe bald, Onkel Tjara.«

»Papperlapapp, du wirst wieder gesund. Versprich es mir, du kleine Hexe.«

Das aufgesetzte Lächeln zeugt davon, dass auch er nicht daran glaubt. Aber zumindest versucht er es.

Die Leere im Zimmer, die er hinterlässt, drängt alles in mir herauf aus der Versenkung. Doch die Vergangenheit sollte ruhen, um meinen Fokus auf die Zukunft zu setzen. Gelingt mir dies nicht, sieht es böse aus. Das Bekenntnis hat mich zwar überrascht, aber dennoch nicht aus der Bahn geworfen. In Wirklichkeit hat sich nichts geändert. Es ist, wie es gerade jetzt ist. Wovon ich überzeugt bin, mehr denn je, ist die Tatsache, dass es meiner Mutter nun gut geht. Sie hat niemals in ihr Karma eingegriffen, sondern alles angenommen, was ihr aufgebürdet wurde. Mein Kampf sieht anders aus und wohin er mich führen wird, ist ungewiss. Sicher aber nicht in den Himmel.

Am Abend geht es Jarle besser. Mit einer Maske über Nase und Mund besucht er mich. Vieles habe ich ihm zu erzählen, deshalb dauert sein Aufenthalt sehr lange. Bei geöffneter Balkontür sehen wir uns gemeinsam das Abendrot an. Das Stimmengewusel der wartenden Menschen nehmen wir nur als Hintergrundgeräusch wahr. Unsere Aufmerksamkeit gilt allein uns beiden.

Der Donnerstag, der gerade beginnt, bringt neue Erkenntnisse und Zustände, die uns beiden nicht guttun. Jarle hat sich am Telefon mit seinem Vater gestritten. Deshalb fährt er noch vor dem Mittagessen zu ihm, um die Sache zu bereinigen. Die Gruppe *ANDO* möchte ein Mitspracherecht bei diesen Heilveranstaltungen und natürlich auch einen Teil der Einnahmen beziehen. Einige neu dazugekommene Anhänger nehmen die Situation nicht so gelassen hin wie Jarles Vater. Doch er muss an alle denken und sie vertreten. Nur gemeinsam können sie ihre Wirkkraft erweitern und der Sache gerecht werden. Ihre Forderung beruht auf Jarles Kunst. Nur durch sie gelang es, diesen Aschebildern den Geschmack der Heiligkeit überzustülpen. Nur ihm verdanken sie die Aufmerksamkeit der öffentlichen Hand und ihren Vertretern, dass sich das ganze Land um diese Bilder bemüht.

Jarle sieht das aber anders.

»Ich bin der Besitzer dieser erschaffenen Wunderkraft. Doch ich will sie nicht für mich alleine haben, sondern der Allgemeinheit kostenlos zur Verfügung stellen, für eine bessere Welt.«

»Das stößt aber an die Grenze derer, die Macht und Geld dadurch heranziehen.« Auch ich gebe meinen Senf dazu. »Religiöse Machenschaften sind nie zum Wohl aller, sondern werden immer nur jenen zuteilt, die bereits ohnehin genug haben. Wer weiß, ob mit diesen Handlungen nicht noch mehr Übel angezogen wird und der Heilungsprozess, wie bei mir, umschlägt in die dämonenhafte Energieform.«

Kein schöner Gedanke, aber er könnte wahr werden.

Das Mittagessen schmeckt mir gar nicht ohne Jarle. Unser Ritual, gemeinsam zu essen und uns gegenseitig Bissen in den Mund zu stecken, fehlt mir. Ebenso wie sein Lächeln und die beruhigenden Worte, die mir immer wieder Mut machen. Das Liegen halte ich auch nicht mehr aus. Jeder Knochen steht an mir hervor und tut bei der kleinsten Berührung weh. Dabei denke ich an alte

Menschen, die dies jahrelang erdulden müssen. So gesehen, geht's mir immer noch gut. Ich wackle vorsichtig ins Badezimmer. In diesem Moment kommt meine Helferin zur Tür herein. Mit ihrer Hilfe dusche ich und wasche mir die Haare. Es tut so gut, sich wieder als Frau zu fühlen. Der frische Geruch meiner Haut erinnert mich an vergangene Tage. An Sonnentage im Sommer, wenn der laue Wind durch meine Haare wehte und der Duft der Blüten sich auf die Haut übertragen hat. Eine schöne Erinnerung, die ich in mir verwahre wie einen Schatz.

Kurz darauf, ich sitze wieder einmal in einem gemütlichen Sessel in der Bibliothek, stürmt Jarle herein. Auf seiner Suche nach mir, und einem kurzen Erschrecken, mich nicht im Bett vorzufinden, schnappte er sich ein paar Brote und holt, neben mir sitzend, das Mittagessen nach. Zwischen Kauen und Schlucken erzählt er von den letzten Stunden. Leider ist es zu keiner Einigung gekommen.

»Mein Vater ist auch ein sturer Kopf. Diese neuen Mitglieder haben ihm eine Laus ins Ohr gesetzt. Nun ist er wirklich auch der Meinung, einen Löwenanteil der Einnahmen als sein Recht zu betrachten. So geht das nicht weiter.«

Kurz drücke ich meine Augen zusammen und lege meine ansonsten glatte Stirn in Falten.

»Ein wenig haben sie allerdings recht, doch in erster Linie ist es deine Entscheidung. Linus und dein Vater samt der *ANDO* Gruppe haben sich danach zu richten, was du willst.«

»Sunniva, ich will vor allem Ruhe. Mir wird alles zu viel. Deine Krankheit mit ungewissem Ausgang belastet mich außerdem. Auch du wärest besser dran, wenn wir von hier verschwinden. Bevor ich mich aber von meinem Vater verabschiedet habe, bekam ich noch die Erlaubnis, die Hütte weiterhin zu benutzen. Sie gehört nun mir allein. Dafür bekommen sie alle Einnahmen, die ich von Linus beziehe. Inzwischen ist mein Bankkonto so gut gefüllt, dass wir gemeinsam Jahrzehnte in der Hütte leben könnten. Was sagst du dazu?«

Seine Verunsicherung, wie ich mich entscheide, lässt seine Hände zittern. Ein Bissen des Brotes fällt gerade zu Boden, doch niemand von uns beugt sich hinab, um es aufzuheben. Die Spannung in der Luft ist fühlbar. Es geht um alles, um unsere Zukunft und unsere Liebe.

»Natürlich folge ich dir, wohin du gehst, da bin ich dabei. Du solltest dir aber darüber im Klaren sein, dass ich dir mehr Bürde und Last sein werde, als Hilfe.«

Er vergräbt seine Lippen in meinen Haaren.

»Du bist meine Liebe, jeden Augenblick möchte ich dich für mich allein haben. Ohne immer Rücksicht auf andere zu nehmen, die mir ohnehin nur unsere gemeinsame, wichtige Zeit stehlen.«

Seine Beteuerung fällt auf fruchtbaren Boden, daher nehme ich das nächste Bekenntnis von ihm sehr gelassen hin.

»Ich habe die restliche Asche von Luzifer und Jesus aus dem Tresor meines Vaters gestohlen.«

»Aber wieso brauchst du sie noch? Die Aschebilder sind perfekt geworden und durch sie geschieht ein Wunder nach dem anderen. Und mir halfen sie nicht, also ist es nicht wichtig für mich.«

»Doch, für mich schon. Ich denke da an etwas völlig anderes. Doch dazu später mehr. Ich schlage vor, wir verlassen morgen früh dieses Anwesen. Wenn die vielen Leute und Polizisten noch nicht hier sind. Außerdem muss ich mit Linus sprechen und die Sachlage klären. Soll er sich doch mit den *ANDO* Leuten streiten.«

Nach diesem Beschluss geht es uns beiden viel besser. Alleine diese Entscheidung zu treffen, hätte ich nie gewagt. Doch gemeinsam mit Jarle sieht sie vielversprechend aus. Ich freue mich auf jeden Fall auf die Zeit in der Hütte. Zurück zur Natur, das kann in meiner Krankheitsgeschichte nur von Vorteil sein.

Der Tausch, Geld gegen Hütte, war ein genialer Schachzug von Jarle. Was wir allerdings nicht bedacht hatten, war mein geschwächter Zustand. In diesem kann ich auf gar keinen Fall meinen Aufenthaltsort verlegen. Besonders nicht in die Einsamkeit zwischen dem kleinen See und dem Hochgebirge. Das nächste Krankenhaus ist zu weit entfernt, um im Notfall auf Hilfe zu hoffen. Schweren Herzens sehen wir das ein. Deshalb hofft Jarle auf die Hilfe des Professors. Seine Zusage, etwas Besonderes auf die Beine zu stellen, das mir auf jeden Fall hilft, hat er noch nicht eingelöst. Bis heute hat er sich nicht gemeldet. Jarle versucht seit zwei Tagen, ihn zu erreichen. Um im Labor mitzuarbeiten, ließ sich der Arzt vom Krankenhaus beurlauben. Sein Interesse muss wirklich groß sein, wenn er sogar seinen hartverdienten Urlaub dafür opfert.

»Komm, fahren wir irgendwo hin«, bettle ich Jarle an. Seit wir Linus davon informiert haben, dass wir uns zurückziehen und bald abreisen, läuft er mit griesgrämigen Gesicht umher. Ein nicht astrein aussehender Manager, den er irgendwo aufgetrieben hat, ist seit gestern für alles hier verantwortlich. Mit ihm kamen zwei Damen im Schlepptau, in hochhackigen Schuhen und Minirock. Sie sollen den Manager bei der Organisation der Heilsitzungen helfen, jedoch verbringen sie die meiste Zeit mit Linus. Oder Linus mit ihnen. Wie ein Dreierpack machen sie alles gemeinsam, nur nicht die anstehende Arbeit. Ihre ständigen Forderungen gehen sogar dem Dienstpersonal auf die Nerven. Mal brauchen sie dies oder das. Sie stellen Ansprüche, nur weil Linus ihnen verfallen ist. Mich würde es nicht wundern, wenn die drei zusammen im Bett landen. Der nächtlichen Geräuschkulisse nach, könnte es durchaus bereits passiert sein.

»Leider geht es noch nicht. Hier herrscht mehr Unordnung in der Organisation als in den Körpern der Kranken. Linus hat alles diesem eigenartiger Manager übertragen, sämtliche Auflagen der Polizei werden nicht eingehalten und gestern gingen wieder einmal zwei Streithälse mit ihren Krücken aufeinander los. Alles deshalb, weil die Zeiten der Heilsitzungen durcheinandergebracht wurden. Selbst die Ordnungshelfer wussten nichts von dem eingeschobenen Termin. So geht es einfach nicht weiter. Wenn Linus sich nicht am Riemen packt, dann nehme ich die Bilder mit. Egal was er dann dazu sagt.«

So wütend habe ich Jarle nicht einmal nach dem Streit mit seinem Vater gesehen.

»Der hat wirklich nur mehr das Geld und die zwei Frauen im Kopf. Aber die Aschebilder brauchen doch einen sakralen Ort, um zu wirken. Laut den Zeitungen gibt es Streit zwischen den Kirchenmännern. Alle möchten die heiligen Bilder in ihren Kirchen haben. Mir erscheint es fast so wie vor Jahrhunderten, wo ständig Reliquien verschwanden und in anderen Kirchen wieder auftauchten. Diese Überbleibsel der Heiligen haben früher vielen das Leben gekostet. Bleibt nur zu hoffen, dass sich in diesem Streit um die Aschebilder nicht neue Fronten bilden. Dem Ansehen der Kirche tut es sicher nicht gut.«

Das über die Kirchen habe ich im Radio gehört.

»Du triffst mit deiner Aussage ins Volle. Die Bruderschaft der *ANDO* Gemeinde beobachtet seit Wochen Ähnliches. Sie sind in Sorge um das Seelenheil derer, die nie genug bekommen können. Alles unter dem Deckmantel der Heiligkeit. Wann werden die Menschen endlich das leben, was sie predigen? Wie kurios, niemand lernt wirklich dazu. Stattdessen versumpfen sie in ihren Machenschaften.«

Jarle schüttelt den Kopf heftig hin und her und läuft rund um meinen Sessel.

»Wie sollst du da zur Ruhe kommen? Ich probiere danach noch einmal, den Professor zu erreichen. Sollten er und seine Wissenschaftler so weit sein, dann beenden wir dies hier. Im Notfall transportieren wir dich mit dem Krankenwagen zur Hütte.«

»Bitte sag mir, was der Professor vorhat. Ständig redet ihr um den Brei herum, wenn ich anwesend bin. Niemand sagt mir, woran er forscht. Was hat das mit meinem Blut zu tun?«

Meine Hände sprechen ihre eigene Sprache, so aufgeregt bin ich. Die übergroßen Augen in meinem schmalen Gesicht zeigen meinen Verfall im Spiegel an. Gestern fragte ich mich, wie lange Jarle noch Gefallen an mir findet. Mit so einem Knochengerüst wie mir kann er in der Öffentlichkeit keinen Wettbewerb mehr gewinnen. Jetzt sieht man mir die Krankheit an.

»Weißt du was, wir rufen den Professor gleich an. Du kannst mithören und ihm die Fragen direkt stellen. Niemand sonst könnte es dir genauer erklären. Was ich aber sagen kann: Er ist auf unserer Seite und nicht an Geld interessiert. Falls sein Vorhaben aufgeht, dann erschüttert es die medizinische Fachwelt. Die Menschen würden wirklich geheilt und nicht nur auf Zeit. Die Medizin würde ihren Namen zu Recht tragen. Laut ihm gibt es null Nebenwirkung dabei. Du würdest zu hundert Prozent geheilt, und das in wenigen Minuten.«

»Das kann ich kaum glauben. Dann besteht wirklich noch eine Chance, meinen Patenonkel gesund in Griechenland zu besuchen? In meinen furchtbaren Träumen stürze ich jede Nacht wieder von diesem Felsen, gemeinsam mit dem gefallenen Engel. Doch seit gestern sehe ich die Verwandlung seines Gesichtes nicht mehr. Entweder er ist gleich der Dämon oder bleibt ein wunderschöner Engel. Was hat das zu bedeuten?«

»Es tut mir leid, Sunniva, aber ich kann darauf nicht so antworten, wie du es gerne hören möchtest. In deinem Unterbewusstsein kämpft die Angst mit dem Glauben. Der Schatten mit dem Licht. Anders kann es einfach nicht sein. Wichtig ist nicht der Kampf, Sunniva, sondern das Ergebnis davon. Entweder du wirst der gläubigste Mensch in diesem Universum, oder ...«

»Daran mag ich nicht denken. Immer wenn ich falle, spüre ich nur mehr meine Emotion, aber nicht mehr meinen kranken Körper. Vielleicht bedeutet das, dass ich keinen Körper mehr habe. Ich bestehe nur noch aus Tumorzellen und meiner Persönlichkeit, das, was mich ausmacht, stirbt noch vor meinem körperlichen Tod. Wie furchtbar dieser Gedanke doch ist.«

Ein Zittern setzt ein, und selbst die warme Decke, die Jarle fürsorglich um mich legt, kann keine Wärme bringen. Dieser tolle Mann aber bleibt bei mir, egal was kommt. Er nimmt meine Hände in seine und ich spüre die Kraft daraus in mich fließen. Es beruhigt meine Nerven und bringt Frieden in mein Herz.

Jarle hat die gespeicherte Nummer des Professors gedrückt und stellt den Ton lauter, damit ich mithören kann. Nach einigen Klingelzeichen hören wir die Stimme.

»Hallo, schön dass du mich anrufst. Gerade eben habe ich die Lösung fertig gestellt. Jarle, wir stehen kurz vor dem Durchbruch. Wie vereinbart, muss der Zusatz noch verschüttelt werden, wie in der Homöopathie üblich, und dann fügen wir die Komponenten zusammen. Wenn mich nicht alles täuscht, könnte dies die Lösung für jede Art von Krankheiten sein. Ich danke dir noch, für die Zurverfügungstellung der heiligen Ascheanteilen.«

»Guten Tag, Herr Professor. Was meinen Sie genau damit? Ich tappe immer noch im Dunkeln, Schließlich geht es in erster Linie doch um mich. Ich will jetzt alles darüber wissen.«

Meine Stimme klingt wieder weinerlich. Mein Schwächezustand hat sich auch auf dieses Organ geschlagen.

»Wie schön, dass Sie dran sind, Sunniva. Ich darf Sie doch so nennen? Wir bereiten eine Essenz der heiligen Aschen vor, tausende Mal verschüttelt. Damit könnten wir die ganze Welt versorgen und sind nicht abhängig von der tatsächlichen Menge der Asche, die uns zur Verfügung steht. Jarle hat sie der Wissenschaft geschenkt, um endlich für Sie das ideale Medikament zu erschaffen. Gemeinsam mit einem Informationsauszug aus Ihrem gereinigten Blut, ergibt es dieses Wundermittel. Sobald wir hier fertig sind, fahre ich zu ihnen zur Hütte am See und verpasse ihnen den Wunder-Heilungstropf. Lassen Sie sich davon überraschen.«

Vor lauter Aufregung zittert auch das Sprachorgan des Professors. Man spürt förmlich, wie er im Bann der Wissenschaft steht.

»Vielleicht ist es dann bereits zu spät. Ich glaube nicht, dass ich noch ein paar Tage durchhalte. Meine Schlafphasen werden immer länger, oft trübt auch mein Bewusstsein ein. Ich habe manchmal ein unbestimmtes Gefühl, bereits in einer anderen Dimension zu schweben. Nur die Angst holt mich zurück. Vor dem Tod, aber vor allem vor den Schmerzen.«

»Bevor es wirklich zu Ende geht, kommen noch ein paar Stunden, in denen es ihnen vorher besser geht. In denen Sie klar sehen und ein Hoffnungsschimmer kommt. Auf den Palliativstationen unseres Krankenhauses haben wir dies oft beobachtet. Deshalb rufen Sie mich sofort an, wenn diese Phase eintritt. Die Verschüttelung der Essenz wird dann sogleich unterbrochen und wir probieren es so aus. Alles andere ist bereits vorbereitet und steht im Kühlschrank bereit.«

»Das ist gut zu wissen, Herr Professor. Danke, dass wir uns auf Sie verlassen können. Was wir noch brauchen, ist ein Auto für meinen Krankentransport.«

Jarle fügt noch hinzu: »Sunniva ist bereits zu schwach, um sie für zwei Stunden ins Auto zu setzen. Kannst du uns da auch helfen?«

Jarles Augen glänzen verdächtig, trotz seines angedeuteten Lächelns.

»Ich werde alles in die Wege leiten. Schafft ihr es, bis vierzehn Uhr zu packen?«

»Das bekomme ich hin. Dann bis bald.«

Ich bin bereits wieder in meiner Zwischenwelt. Das Gespräch hat mich sehr angestrengt. Wieder einmal stehe ich auf dem Felsen. Alles andere verschwimmt in dieser Version, nur Dunkelheit hüllt mich ein. Dann eine Stimme, die mich tief ergriffen zurücklässt. Zu ähnlich klingt sie nach meiner Mutter. Auch nach vielen Jahren noch, ist sie gegenwärtig. Alles verändert sich, wird weicher. Wehmut ergreift mein Herz im Angesicht der verlorenen Zeit. Ich begreife das Wertvolle in diesem Klang, der mich umhüllt und sanft gleiten lässt. Mein innerer Kompass zeigt mir den Weg, bis an den Rand der Klarheit und des Mutes. Ich bin weit weg und doch da. Bereit für das neue Miteinander. Dann entgleitet mir die Stimme, entfernt sich wie in einem Nebel.

Der Krankenwagen wartet vor der hinteren Tür, die auch zu den Glashäusern führt. Mit viel Gefühl werde ich hochgehoben, während Jarle unser Gepäck längst in seinem Wagen verstaut hat. Er wird dem Transportauto vorausfahren, damit kein Umweg gefahren wird. Linus hat nach dem ersten Tobsuchtsanfall die Vorteile unserer Abreise entdeckt. Mit verkniffenen Mund steht er im Weg. Bei diesem Abschied lässt er den Gentlemen in ihm nicht hervorblitzen. Eher wie ein trotziges Kind benimmt sich der ausgewachsene Mann, dem man sein Spielzeug weggenommen hat. Jarle hat er mit rechtlichen Schritten gedroht, aber dieser lässt sich nicht aus der Ruhe bringen. Ich bekomme alles nur am Rande mit. Mein Geist ist von meinem letzten Traum immer noch umnebelt. Sonst hat sich nicht viel geändert. Die junge Frau, die mir so oft geholfen hat, drückt mir noch einen Behälter mit Erdbeeren in die Hand, weil ich sie so liebe. Plötzlich fällt mir der Abschied schwer. Immerhin hatte ich auch eine schöne Zeit hier und wundervolle Begegnungen aller Art. Das Anwesen und der gigantisch große Park werden mir fehlen. Wenn Linus sich wieder beruhigt hat, könnte doch alles gut werden. Nun ist der erste Abschied da, einer von mehreren in nächster Zeit. Meine Zweifel laufen immer noch hinter mir her. Manchmal spüre ich sie nur, oft sehe ich sie aber auch. In den Gesichtern derer, die mich lieben, auch wenn ihre Münder anderes darüber erzählen. Wenn der Verlust sich im Leben einmal gezeigt hat, dann streckt er seine Fühler immer wieder aufs Neue aus. Linus dreht sich im Kreis, sucht einen Vorwand, um zu verschwinden. Ich denke, er ist mit seinen Gedanken bei den zwei Frauen. Wie bei einem Süchtigen, erscheint mir dieses Verhalten. Wenn sich da nichts zusammenbraut, dann weiß ich auch nicht mehr weiter mit meiner Menschenkenntnis.

»Jarle, lass mich nicht alleine.«

Mein letzter Versuch, ihn zum Mitfahren in meinem Krankenwagen zu überreden, scheitert kläglich. Mir ist bewusst, dass wir sein Auto bei der Hütte brauchen. Hier hat niemand Zeit, es zu überstellen. Aber ich habe Angst, auf der Fahrt zur Hütte unverhofft weitere Probleme zu bekommen, oder sogar zu sterben. Wie ein kleines Kind klammere ich mich schluchzend an seine Hand. Er umarmt mich und verspricht, Pausen zu machen.

»Damit ich nach dir sehen kann.«

Diese Worte beruhigen mein Seelenleben ein bisschen. Ich werde es schaffen, mit meiner Willenskraft, die ich immer noch besitze. Die ist aber nicht nötig, denn nach ein paar Kilometern Fahrt fallen mir wieder die Augen zu. Ich erwache in meinem bequemen Bett in der Hütte. Das hebt nicht nur meine Stimmung, sondern auch die von Jarle. Mit einem breiten Grinsen, weil alles geklappt hat, streichelt er mein Haar.

»Sieh mal, da ist noch eine Tür neben dem Bett.«

Er zeigt auf den helleren Fleck an der Wand.

»Ich habe ein kleines Badezimmer einbauen lassen, mit einer Sitzbadewanne und warmem Wasser aus der Leitung. Für dich, mein Herz.«

Etwas Schöneres hätte er mir nicht sagen können. Meine Bedenken, hier zu sein, waren lediglich auf das Problem gerichtet, wie ich alleine zur offenen Dusche oder zum WC kommen soll, die draußen unter freiem Himmel stehen.

»Wie schön.«

Alles andere sagt ihm mein liebender Blick.

»**E**ine große Bitte habe ich noch.«

»Was immer du willst, mein Herz.«

Jarle hält meine Hand immer noch fest in seiner. Seit wir hier in der Hütte angekommen sind, ist er keinen Moment von meiner Seite gewichen.

»Halte mich immer fest, auch wenn mein Verstand scheinbar weggetreten ist. Der Professor hat mir vor vielen Monaten versichert, dass ich zum Schluss meines Lebens keine Schmerzen mehr habe. Seiner Meinung nach bekomme ich den Tod gar nicht mehr mit. Er glaubt, ich gleite einfach hinüber in die andere Welt. Bitte halte mich dennoch immer fest. Mein Bauchgefühl sagt mir, dass ich das immer registrieren werde, wenn du bei mir bist. Mir wird das Loslassen viel leichter fallen, wenn du in meiner Nähe bist.«

Jarle, dieser wundervolle schöne Mensch, streicht mir zärtlich durch mein Haar. Mit einem Finger dreht er kleine Löckchen darin, um sie anschließend auf das Polster zu legen. Auch eine Art, um einem Engel näherzukommen. Es entzückt mich auf eine berührende Weise und sagt mir damit, was er in mir sieht.

»Ich werde immer nur kurz aus diesem Raum gehen, wenn es dir besser geht. Wir haben alles hier, was wir brauchen. Mein Vater hat versprochen, sofort zu reagieren, falls etwas fehlt. Alte Freunde von mir könnten auch relativ schnell zur Stelle sein. Alles in allem ist vorgesorgt. Aber so weit wird es nicht kommen. Vorher bringt uns der Professor das ersehnte Elixier.« Sanft streichelt er meinen Handrücken.

»An zwei Tagen in der Woche sieht die junge Krankenschwester, aus Linus Anwesen, nach dem Rechten. Auf meine Bitte hin hat er sie dafür freigestellt, damit sie hier saubermacht und dein Bettzeug wechselt. Du sollst dich wohlfühlen. Falls du Appetit auf Obst oder frisches Gemüse hast, nimmt sie es auf die Fahrt zu uns her mit. Mit ihr bist du in den letzten Wochen gut zurechtgekommen, daher wird sie uns in unserer Zweisamkeit nicht stören. Ich hoffe, das ist in deinem Sinne.«

»Oh, Jarle, mehr als das. Heute bin ich noch zu müde, aber morgen früh werde ich mit meinem Patenonkel telefonieren. Auch er will auf dem Laufenden gehalten werden. Und solange ich selbständig denken kann, werde ich diese Tage nützen, um Gespräche mit den Menschen zu führen, die ich am liebsten habe.«

Jarles Mobiltelefon brummt in seiner Hose. Um es herauszuziehen, löst er seine Hand von meiner.

»Es ist der Professor. Ich gehe schnell ran, damit wir informiert sind.«

Er durchquert den Raum und stellt sich ans Fenster, während er spricht. Leise, für mich nicht hörbar, kommunizieren die beiden miteinander. Manchmal sieht er zu mir her und winkt mit seiner Hand. Es ist so schön, wenn er mich wahrnimmt. Mein Leben lang bin ich Menschen nachgelaufen, um das zu erreichen. Erfolgslos übrigens, bis ich den Spieß umgedreht habe. Erst als es mir egal geworden ist, habe ich diese Zuwendung bekommen. Bei Jarle war es anders. Er ist mein Seelenpartner. Bereits bei unserer ersten Begegnung, zugegebenermaßen war die nicht so positiv, spürte ich trotz des Ärgers noch diese anziehende Kraft. Dann in der Kirche bei unserem zweiten Zusammentreffen, setzte die magische Seelenenergie auf beiden Seiten ein. Nun liege ich hier und denke über viele Augenblicke nach, die sich damals sehr banal angefühlt haben. Sie erscheinen mir jedoch äußerst wichtig, in Bezug auf meine körperliche und mentale Entwicklung.

»Stell dir vor, Sunniva, der Professor hat große Fortschritte gemacht. Und einen neuen Vorschlag. Sein Elixier braucht noch ein paar

Tage länger, wie seine Versuche zeigen. Jedoch haben die Forscher auch positive Entwicklungen bemerkt. Wenn sie einen Tropfen des noch unfertigen Elixiers auf einen Blutstropfen von dir geben, dann beginnt ein eigenartiges unerklärbares Phänomen zu wirken. Die entarteten Zellen verändern sich und werden an ihre erste Darstellungsform erinnert. Was im Klartext heißt, dass die Anfänge der Heilungsschritte funktionieren. Wir sind auf dem richtigen Weg.«

Aber haben wir noch genug Zeit? Ich zweifle, ob mein Körper so lange durchhält. Meine Falten auf der Stirn und neben den Augen sind nicht mehr zu übersehen. Es geht rapide abwärts und mein Körper verfällt in rasend schnellem Tempo. Die Schmerzen halte ich mit den mitgebrachten Medikamenten auf einem erträglichen Level. Aber wie geht es weiter?

»Bei meiner letzten Besprechung mit der Bruderschaft kam ein interessanter Aspekt zur Sprache. Für dich könnte es eine neue Sichtweise sein, die dir absonderlich und verrückt erscheint. Aus Aufzeichnungen, die man in der Höhle neben den Tonkrügen mit der Asche gefunden hat, erschließt sich aber, dass es eine andere Sichtweise der universellen Wahrheit ist.«

Er unterbricht kurz und holt uns zwei Gläser mit Wasser, direkt aus der Quelle. Durch die natürliche Rechtsdrehung ist es bereits mit Energie angereichert und bringt Kraft und natürliche Stoffe in die Blutbahn des Körpers. Ein weiter positiver Aspekt hier in der Hütte, der mir nun zur Verfügung steht.

»Durch die erlittene Pein, den Auswirkungen der Krankheit und deinem Prozess der Selbstfindung, reinigt sich deine Seele. Wie ein Phönix wirst du aus der Asche steigen. In deinem Fall haben wir vor, die Asche von Luzifer und Jesus, sowie dein verändertes Blut durch die erlebten letzten Monate, zusammenzuführen in den Phönix-Zustand. Dies wäre die Krönung der Seelenkunst. So steht es zumindest geschrieben. Dadurch pendeln sich die Ungleichgewichte, deren Anteile du noch in dir hast, wieder voll aus und schaffen einen harmonischen Befindlichkeitszustand. Auf den du perfekt aufbauen kannst, um endlich wieder deine volle Gesundheit zu erlangen. Auch wenn dies sehr poetisch oder sogar spirituell klingt, erfüllst du alle Bedingungen für die reine Seele. Und Phönix ist unsterblich, wie wir alle wissen.«

Jarle hilft mir, den Kopf zu heben, damit ich beim Trinken nichts verschütte.

Seine Haare auf der Hand kitzeln dabei meine Wange. Unglaublich freue ich mich darüber, denn ich fühle ihn. Egal ob mit Haut oder Haar, immer genieße ich die Berührung.

»Schön und gut, aber wie überbrücke ich die Tage bis zur Vollkommenheit meiner Seele?«

»Der Professor schickt morgen einen Mitarbeiter vorbei. Parallel zu seinem Elixier werde ich meine Kunst einsetzen. Dafür brauche ich aber einen Teil dieser Aschemischung mit deinem Blut. Für dich werde ich einen letzten Malversuch machen und hoffen, mit diesem Heilbild deinen Zustand so zu verbessern, das Zeit keine Rolle mehr spielt.«

»Kannst du denn hier in der Hütte malen? Beeinträchtig das nicht deine Energie, die du mit den Materialien in das Bild fließen lässt?«

Meine Bedenken sind nur kurz, denn Jarle sieht sehr siegesgewiss aus.

»Ich bin überzeugt, das ideale Bild erschaffen zu können. Hier in diesem Raum halten sich nur ich und du auf. Also gibt es keine Fremdenergie, keinen Einfluss von außen. Vielleicht war das der Grund, dass die ersten Versuche der heilenden Aschebilder nicht von Dauer waren. Die Energie hielt nicht lange genug an, weil sie sich auf viele Anwesende aufteilte oder von ihren Wünschen in andere Bahnen gelenkt wurde. Wir werden sehen, ob bei diesem Bild die Konzentration eine wichtige Rolle spielt. Schlaf nun ein wenig. Ich bereite indessen ein leckeres Essen für uns zu. Lass dich überraschen.«

Wie ein kleines Kind komme ich mir vor. Ohne Verantwortung zu tragen für das was kommt, gleite ich schnell in eine traumlose Welt.

Unsagbar laute Geräusche reißen mich aus dem Tiefschlaf. Es hört sich an, als ob jemand rund um die Hütte mit Maschinengewehren knatternd losballert. Wie in einem

Schock pulsiert dieser Schreck direkt hinein in meine Nervenstränge. Zitternd und noch nicht völlig wach, suche ich Hilfe bei Jarle. Doch von ihm ist keine Spur zu sehen. Ich versuche, mich auf das unter meinen Kopf liegende Polster zu knien, um an die Scheibe des Fensters zu gelangen. Meine Panik setzt sich fort, denn der Blick zum See ist verstellt von einem Hubschrauber, dessen rotierende Propeller diesen Heidenlärm verursachen. Das Schlimmste sind aber die herausspringenden Männer, zwei an der Zahl, mit dunklen Tarnanzügen bekleidet und mit Helmen samt Vollvisier, die Gesichter somit verdeckt. Ich beginne zu schreien, so laut es meine Stimme zulässt.

Mein Gefühl ist unbeschreibbar, denn mein schlimmster Albtraum ist wahr geworden. Völlig allein in der Hütte, mit einem Körper, der nicht funktioniert, habe ich keine Chance zu entkommen. Haben diese Kerle Jarle entführt? Was wollen sie von uns? Hier sind keine Kostbarkeiten zu holen. Nur ein kleiner Geldbetrag für unsere alltäglichen Bedürfnisse ist hier, kann aber keine Motivation beinhalten, diese Hütte und uns zu überfallen. Kurz vor einer Ohnmacht, denn ich fühle mich nicht nur überfordert, sondern vor allem wie gelähmt, betritt Jarle unsere Hütte. Wohlbehalten und mit einem Grinsen auf den Lippen. Erst durchflutet mich Erleichterung, danach eine Welle von

Ärger und Unverständnis. War das eine Inszenierung, aber wieso vor meinen Augen? Wer kommt auf so eine Idee, todkranke Menschen diesen Stress auszusetzen?

»Sunniva, du bist wach. Kein Wunder bei dem Lärm. Ich war nur kurz vor der Hütte. Nach dem ersten Schreck habe ich aber gleich darauf die Aufschrift *Luftrettung* auf dem Helikopter gesehen. Sieh mal, wer uns besucht, und das mit diesem Aufwand.«

Fragend blicke ich ihn an, denn meine Stimme versagt noch immer völlig. Nur ein leichtes Krächzen kommt aus meiner Kehle. Schnell reicht er mir ein Glas Wasser, um meinen trockenen Mund zu befeuchten, und vielleicht noch, um meinen Ärger hinunterzuspülen. Soeben treten die zwei Männer herein, ohne Helm, aber mit einer schwarzen Arzttasche in der Hand.

Draußen ist es inzwischen ungewöhnlich still geworden. Ich bin mir sicher, dass auch die Tiere auf der Wiese und im Wald einen Riesenschreck bekommen haben und noch eine Weile brauchen, um sich zu erholen. Noch bevor die Vögel wieder weiterzwitschern, erfahre ich den Grund dieser Aktion. In der schwarzen mitgebrachten Tasche liegt ein Fläschchen mit der Tinktur, wie es der Professor Jarle versprochen hat. Damit alles reibungslos über die Bühne geht und schnellstmöglich hier ist, haben sich die beiden Piloten zur Verfügung gestellt. Sie sind auf dem Rückweg eines Einsatzes und sollen, nach ihrem Zwischenstopp bei uns, sofort in das Krankenhaus zurückfliegen.

»Vielen Dank«, bringe ich endlich hervor, »doch das nächste Mal kommt bitte etwas leiser.«

Mein trockener Humor bringt sie nicht aus der Fassung, im Gegenteil, er entlockt ihnen ein Grinsen. Trotz ihrer schwierigen Arbeit haben sie weder ihre Manieren noch ihr Verständnis für Spaß verloren. Eine seltene Kombination, vor allem wenn man bedenkt, was sie tagtäglich zu sehen bekommen.

»Sagt dem Professor unseren besten Dank. Ich melde mich in ein paar Tagen wieder bei ihm. Dann wissen wir, ob es geklappt hat. Gute Heimreise.«

Jarle begleitet sie wieder nach draußen und schließt die Tür, um den Lärm ein wenig in Schach zu halten. Der Start klingt völlig anders für mich, zwar nicht unbedingt leiser, aber ich bin gut darauf vorbereitet. Mit beiden Händen halte ich mir die Ohren zu und warte auf die Stille, die ich hier gewöhnt bin. Immer noch ist das Geräusch der Propeller zu hören, aber es entfernt sich schnell weiter von uns weg.

Gemeinsam essen wir den Süßkartoffeleintopf, den Jarle in der Zwischenzeit gekocht hat. Das Buchweizenbrot passt gut dazu. Eine ganze Scheibe davon wandert in meinen Magen. Neben den köstlichen Gemüsestücken, die im Eintopf schwimmen. Zugegeben, es dauert eine Stunde, bis ich erschöpft, aber satt im Sessel lehne. Meine Füße hat Jarle auf einem zweiten Sessel hochgelagert, und das darunter geschobene kleine Polster lässt mich meine eigenen Knochen nicht spüren. Blaue Adern schimmern durch meine Haut, denn die Fettschicht dazwischen ist schon lange verschwunden. Mein Körper verfällt immer schneller. Von den Muskeln ist nichts mehr zu sehen und zu spüren. Daher tue ich mich sehr schwer, meine Extremitäten in Bewegung zu halten. Außer den unbewussten Zuckungen verharren sie meist still an Ort und Stelle. Wie ein abgestelltes Fahrzeug, das nicht mehr intakt ist. Der Fahrer, mein Verstand, verkriecht sich, damit er keine Arbeit damit hat.

»Morgen früh fange ich gleich nach dem Frühstück an zu malen. Ich habe mir heute bereits Gedanken gemacht, welches Motiv ich dafür wähle. Hast du eine Idee, deine Situation auch bildlich zu beschreiben?«

»Da fällt mir sofort das Bild eines leeren Kopfes ein.«

Sarkastisch klingt es und boshaft. Aber ein kaputtes Auto kann ich für ein spirituelles Bild schlecht vorschlagen.

»Warte, ich denke, du solltest ein Bild wählen, das nicht den Ist-Zustand beschreibt, sondern, wo du hinmöchtest. Was fällt dir zur perfekten Heilung deines Körpers ein? Mach mir ein paar Vorschläge, bitte.«

Schmollend steht er neben mir. Das erheitert mich sogleich, trotz der Schmerzen, die wieder über mich herfallen. Was könnte ich dafür nehmen? Am Aschebild mit Luzifers Asche war es das Gesicht eines Engels. Das Jesusbild krönte in der Mitte das Herz mit den Flammen und dem Kreuz darüber. Und nun? In Kombination mit diesen beiden und dem Elixier mit der Information meines besonderen Blutes fällt mir gar nichts ein. Oder doch ... in meinem Inneren steigt ein Vogel auf mit lautem Geschrei. Er macht auf sich aufmerksam, denn er verwandelt sich in ... einen Phönix. Das ist es!

»Male mir einen Phönix, Jarle. Ich spüre, der mystische Vogel steht für Heilung und Erneuerung, für einen Neuanfang. Nur er kann mich noch retten.«

Jarle klatscht begeistert die Hände zusammen.

»Du bist wirklich meine Traumfrau, so intelligent und spirituell. Wieso bin ich nicht alleine darauf gekommen? Die Lösung ist so nahe bei uns, so einfach und perfekt. Das mache ich gerne.«

Während er mich auf die Toilette begleitet und mir danach frische Kleidung zum Wechseln bringt, redet er unaufhörlich auf mich ein. Nur einen Teil verstehe ich davon, denn mein Wille ist so beschäftigt, um die Anstrengung des kurzen Weges ins nächste Zimmer zu schaffen, dass ich ihm nicht folgen kann.

Trotzdem bin ich froh, seine Stimme zu hören. Sie vermittelt mir Heimat, ein gutes Gefühl und Hoffnung auf den morgigen Tag.

Selbst später im Bett denke ich immer noch an den Phönix mit seinem Feuerschwanz, der für mich bereits existiert. Über mir schwebt er, mitten im Flug, mit weitgeöffneten Schwingen und einem Hauch Unsterblichkeit. Er, das Symbol für Wiedergeburt, erhebt sich immer wieder neu, aus jedem Dilemma. Ich nenne den Tag, an dem er vor mir auf dem Bild erscheint, den Feuertag. In der Mythologie versinnbildlicht er die Auferstehung aus dem vorherigen Flammentod. Christen feiern diesen Feuertag als den Anfang einer neuen Ära. Welch ein schöner Gedanke, den nehme ich freudig mit in die Nacht hinein.

Unser Raum verwandelt sich in ein Atelier. Der Geruch der Farben bereitet mir ein wenig Übelkeit. Aber das schöne Wetter draußen und die warmen Sonnenstrahlen dringen bei offener Tür bis zu uns herein. Damit die Farben nicht zu schnell trocknen, hängt Jarle die nassen Badetücher von der Morgendusche hier in diesem Raum auf. Auf seiner Palette, an der er die Farben mischt, tummeln sich neben den Gelb- und Goldtönen auch Orange, Pink und verschiedene Rottöne. Heute darf ich ihm über die Schulter schauen, bei der Zusammenführung des Aschepulvers und dem Elixier. Vorher stimmen wir uns gemeinsam durch eine Meditation auf das Vorhaben ein. Nachdem die Vorarbeiten abgeschlossen sind, hält Jarle seine heilenden Handflächen, die mit der Energie des Universums verbunden sind, über die weiße Leinwand. Rein und unbefleckt muss sie sein, jeder Faden darauf muss von Energie durchdrungen werden, bevor die ersten Pinselstriche und Spachtelungen erfolgen. Seine Haare hat Jarle vorsorglich zusammengebunden. Wie ein Künstler aus alten Tagen sieht er aus. Das dunkle, grob gewebte Hemd, das er beim Malen trägt, erinnert an die großen Meister des Mittelalters. Nur der Raum selbst mit seiner Einrichtung passt nicht dazu. Damit auch hier alles stimmt, hat Jarle weiße, geweihte Kerzen aufgestellt, die den matten, sanften Lichtton hier drinnen verstärken. Vielleicht täusche ich mich, aber mir kommt es so vor, als ob leichte Rauchkringel über der Leinwand aufsteigen. Manchmal werden sie, von in die Hütte dringenden Lichtstrahlen, verstärkt und leuchten kurz auf, um ins Nirgendwo zu verschwinden.

Jarle hat seine Augen noch geschlossen, aber sein Brustkorb hebt und senkt sich im eigenen Takt. Immer langsamer wird diese Bewegung, was von einem tiefen Trancezustand zeugt. Mit niedrigem Puls, aber mit Klarheit und Eleganz beginnt er zu arbeiten. Die Energie in dem Raum hebt ihre Schwingungen an, daher werde ich immer müder. Schließlich sinke ich im Sessel lehnend tiefer in die Polster hinein und kann meine Augen nicht mehr offenhalten. Auch meine Pulsfrequenz hat sich enorm verlangsamt, mein Herzschlag ist nicht mehr fühlbar. Vor mir beginnt die Aura von Jarle zu leuchten, obwohl meine Lider immer noch geschlossen sind. Durch die Wimpern sehe ich kleine Lichteffekte und ein tiefer Ton summt mich in eine andere Welt.

Als ich wieder davon loskomme, steht Jarle immer noch bei seiner Staffelei. Die angerührte Masse, die er gerade aufträgt, hat verschiedene Rottöne angenommen. Es könnte auch sein, dass ich einer Täuschung unterliege, denn die Farbe des Lichtes, durch die Sonneneinstrahlung, hat sich ebenfalls verändert. Durch den Tiefstand, den dieser Feuerball erreicht hat im Winkel zur Erde, kommt das rotgefärbte Licht durch das kleine hintere Fenster herein. Im Klartext heißt dies, ich bin nicht nur kurz eingenickt, sondern habe den ganzen Tag verschlafen. Ein Leerlauf von vielen Stunden meiner kostbaren Lebenszeit. Doch momentan tut mir nichts weh. Eigentlich fühle ich mich sehr gut und ausgeschlafen. Sogar der Hunger macht sich bemerkbar, vor allem aber der Durst. Neben mir steht ein Krug mit selbstgemachter Kräuterlimonade, in der auch Blüten - gepflückt aus der Blumenwiese vor unserer Hütte - an der Oberfläche schwimmen. Lecker und erfrischend spült diese mit lebendiger Energie bereicherte Flüssigkeit meine trockene Mundhöhle. An Träume kann ich mich auch nicht erinnern. Immer schwerer fällt es mir, mich überhaupt zu erinnern. Wer ich früher war, wie ich gefühlt habe und wie meine Einstellung zu gesellschaftlichen Themen war. Das Gute daran ist, dass ich die

Leere, die mein Verstand mir suggerierte, heute nicht mehr fühle.

Die Bewegung von Jarle, indem er seine Signatur auf dem Aschebild verewigt, lässt meinen Puls höherschlagen. Ganz von alleine, ohne Hilfe, setze ich mich auf. Etwas wackelig noch, aber mit neuem Elan und vor allem viel Neugier auf das Bild, versuche ich aufzustehen.

»Warte«, ruft mir Jarle zu, »ich komme zu dir. Nur noch schnell meine Hände saubermachen, dann bin ich für dich da.«

Mit der gewohnten Präzession reibt er sich mit Hilfe eines Reinigungsgels die Farbe von den Fingern. Auch sein Hemd hat ein paar Farbkleckse abbekommen, oder handelt es sich dabei nur um Wasserflecken? Bei der dunklen Farbe ist dies schwer auszumachen. Geheimnisvoll mutet sogar dieser einfache Vorgang an ihm an, denn er hat System. Wie alles andere an diesem geheimnisvollen Mann. Alles, was er tut, ist begleitet von einer Konzentration auf das Jetzt. Nur das zählt in diesem Moment. Wie ein kleines Kind lässt sich Jarle von nichts abbringen, was seine Rituale stören könnte. Doch in meiner Anwesenheit schielt er öfter nach mir, um sich zu überzeugen, dass es mir gutgeht. Wie rührend doch seine Fürsorge ist.

»Ich habe richtig gut geschlafen und nun bin ich bereit für mein Heilungsbild.«

Auch mein inneres Kind kommt zum Vorschein, indem ich vor Freude in die Hände klatsche.

»Ein bisschen darfst du noch warten. Erst, wenn die oberste Schicht getrocknet ist, kann ich das Bild zu dir bringen. Damit alles an dem Phönix dranbleibt, wo ich es platziert habe. Aber ich finde, es ist sehr gelungen. Auch die Kraft darin spüre ich und die Energie strömt nur so heraus. Von dieser kommt auch deine Müdigkeit.«

Jarle begutachtet mit Argusaugen sein Werk.

»Moment, hier ist noch eine Kleinigkeit …«

Er hantiert noch einmal mit seinem Pinsel, bevor er ihn in das vorbereitete Wasserbad legt.

»So, nun ist es perfekt.«

»Wie halte ich es solange aus? Ich kann meine Neugier kaum mehr zügeln, so vieles hängt davon ab.«

Meine Stimme klingt ungeduldiger, als ich es wollte. Ich kann nur schwer meine Gefühle verbergen. Alles steht für mich auf dem Spiel. Dass ich noch einen zusätzlichen Joker im Ärmel habe, durch das Elixier des Professors, vergesse ich in diesem Moment. Mehr vertraue ich auf Jarle und seine energetischen Verbindungen, als auf einen Mediziner. Der außerdem noch nicht fertig ist und weit weg, außerhalb meines begehbaren Radius, mit den Energien der alten und neuen Zeit hantiert.

»Komm, wir essen den Rest vom Frühstück. Ich habe auch momentan keine Nerven, mich an den Herd zu stellen. Oder soll ich vom Gasthaus etwas holen? Hast du Appetit auf gute Hausmannskost?«

Fragend sieht er mich an.

»Überlege es dir. Ich wäre in einer halben Stunde wieder zurück.«

»Nein danke, das Frühstück passt. Ich möchte dich immer in meiner Nähe wissen. Vielleicht sehe ich mir ansonsten das Bild währenddessen alleine an?«

Mein versuchtes Schmunzeln geht etwas daneben, doch Jarle ist so emphatisch. Er versteht sogleich meine Bedenken.

»Okay, dann decke ich auf der Veranda den Tisch. Glaubst du, dass du es mit meiner Hilfe nach draußen schaffst? Ich könnte dich auch tragen ...«

»Das wäre fein, mein Kreislauf ist noch nicht so stabil und das Gleichgewicht hat sich versteckt. Dorthin, wo ich es momentan nicht finde.«

Dieses Lächeln gelingt mir und kommt aus meiner alten Humorschublade, die immer noch existiert. Tief in mir wartet sie darauf, wieder aktiviert zu werden.

In Minutenschnelle ist alles vorbereitet. Jarle hebt meinen inzwischen kindlich leichten Körper hoch und trägt mich vorsichtig durch die offene Tür. Die Dämmerung hat bereits eingesetzt, aber die von dem Hubschrauber niedergedrückte Wiese ist immer noch sichtbar. Über Nacht und gemeinsam mit dem Morgentau hoffe ich, dass sich die Natur wieder gut erholt. Gerne klammere ich mich mit meinen Händen an Jarles Körper, der sich so gut anfühlt. Sogar seine Muskulatur, während er sich bewegt, kann ich erfühlen. Der warme Stoff darüber fühlt sich vertraut an. Selbst der leichte Schweißgeruch, der das Hemd durchdringt, zieht mich magisch zu ihm hin. Dieser körpereigene Duft nach Mann lässt mein Herz ein wenig schneller schlagen. Sanft lässt er mich auf den bequemen Stuhl gleiten und deckt mich fürsorglich mit einer karierten Decke zu, damit das beginnende Zittern sofort wieder aufhört.

Wie viel ich gegessen habe, keine Ahnung. Immer noch war ich betört von seiner Ausstrahlung. Daher nehme ich nicht wahr, was in meinen Mund wandert. Gut geschmeckt hat es auf jeden Fall und ich fühle neue Kraft in mir hochsteigen. Vielleicht kann ich alleine zurück in die Hütte gehen. Meine Füße belehren mich eines Besseren. Halb stolpere ich an Jarles Hand, halb trägt er mich zurück. Trotzdem verzeichne ich einen kleinen Fortschritt. Jarle überprüft sofort nach dem Abräumen den Zustand des Bildes.

»Leider ist es noch zu nass, um es einer Erschütterung auszusetzen. Ich fürchte, du musst bis morgen früh warten. Aber tröste dich, denn heute Nacht bist du bereits im Energiefeld des Aschebildes. Es könnte sein, dass dieser ansteigende Prozess der Angewöhnung sogar von Vorteil ist.«

Er nimmt mich in seine starken Arme und fährt mir tröstend über mein Haar. Diese Berührung ist momentan viel mehr wert als alles rundum mich. Seine Nähe lässt mich besser durchatmen und der Druck an meiner Wirbelsäule zieht sich auch zurück. Er bringt mir meine Zahnbürste sogar ans Bett, gemeinsam mit einer großen Schüssel, damit ich nicht noch einmal aufstehen muss. Mit einem nassen Waschlappen reinigt er mein Gesicht und meine Hände. Der Rest des Körpers darf auf die morgige Dusche warten.

»An dir ist ein Pfleger verloren gegangen. Du machst das mit so einem Feingefühl. Die Herzen der Patienten würden dir nur so entgegenfliegen.«

Meine Aussage lässt ihn strahlen, denn ich weiß, dass er die Menschen liebt. Sein Ego fühlt sich ein wenig geschmeichelt, daher winkt er mit einer Handbewegung verlegen ab.

»Immer möchte ich es nicht machen, aber für dich tue ich das von Herzen gern.«

Sanft drückt er mir einen Kuss auf die Stirn. Mehr möchte ich in diesem Moment auch nicht von ihm. Auch das darf auf Zeiten warten, wenn ich mich wieder besser fühle.

Kurz begibt er sich noch ins Badezimmer. Seine Rückkehr bekomme ich aber nicht mehr mit. Obwohl ich viele Stunden lang am Tag geschlafen habe, sind mein Körper und

Geist so unendlich müde. Die Geräusche von den nachtaktiven Tieren lullen mich augenblicklich ein. Gerade erinnerte ich mich an das Zirpen der Grillen und in der nächsten Sekunde umfängt mich die Dunkelheit des Traumlandes.

Beim vorsichtigen Blinzeln mit meinen Augen am nächsten Morgen, glaube ich immer noch zu träumen. Oder die rotgoldene Morgensonne ist direkt vor mein Bett gewandert und breitet hier die Farbstreifen über mich aus. Erst beim zweiten Hinsehen erkenne ich mein Aschebild vor mir. Jarle hat es frühmorgens klammheimlich gegenüber meines Bettes an der Wand, angelehnt an die Staffelei, aufgestellt. Der gigantisch große Phönix breitet seine Schwingen bis zu mir her aus. Sein langer Schwanz reicht weit über die Holzwand hinaus ins Freie. Mein Gehirn sieht ihn als dreidimensionales mystisches Wesen, in gelborange Flammen gehüllt. Ich kann die Wärme seiner Federn richtig spüren. Doch sie versengen nichts mit ihrer enormen Kraft, sondern erneuern meine Zellen in einem Tempo, in dem mein Verstand nicht mehr nachkommt. Mit offenem Mund und weit nach oben geöffneten Handflächen nehme ich dieses enorme Potential an Heilungsenergie auf. Gierig sauge ich dieses Flammenmeer in meinen Mund ein.

Jarle erzählt mir später, sogar mein Haar leuchtete strahlend rot, als ob ich selbst in

Flammen gehüllt wäre. Mein Körper verbrennt in diesem Augenblick, als das Bild genau mir gegenüber platziert ist. Ohne Zerfall erneuert er sich in einem sagenhaften Tempo. Ich fühle, wie Schmerz und Druck aus mir gesaugt wird. Bevor diese nur fühlbare Masse das Bild erreicht, ist es bereits transformiert. Ein Wohlgefühl von unendlicher Tragweite durchrieselt meine Nervenbahnen und zeugt von der überirdischen Macht Gottes. Hätte ich mich vorher als Atheistin bezeichnet, müsste ich nun als streng gläubig gelten. Denn mein Herz glaubt nicht an Gott, sondern weiß von seiner Existenz. Aus jeder Pore fließt dieses Wissen, ohne mein Zutun durch den Verstand. Alles wird hinweggespült wie in einem Feuertornado.

Langsam erlischt wieder das Bild. Erst jetzt bemerke ich die wunderschöne Landschaft als Hintergrund des Phönixes. Sie ähnelt der Ansicht, wenn man aus der Hütte tritt und über den kleinen See hinweg sieht. Jarle hat unseren gemeinsamen Lieblingsort auch hier eingebracht, samt der wundersamen Schönheit der Natur. Nun sieht das Bild seltsam normal aus. Immer noch beeindruckend durch das Motiv, doch der dreidimensionale Effekt ist nicht mehr da. Zumindest nicht mehr zu sehen. Besorgt beugt sich Jarle zu mir herunter.

»Geht's dir gut, mein Sonnenschein?«

Mit seinen starken Armen hebt er meinen Kopf hoch und flößt mir den Inhalt einer Tasse ein. Meine Geschmacksknospen erspüren den bitteren Tee, der sich darin befindet.

»Du starrst seit zwei Stunden auf das Bild und warst nicht ansprechbar. Ist alles in Ordnung mit dir?«

Ich kann mir vorstellen, dass auch ich Besorgnis zeigen würde, wenn das umgekehrt Jarle passiert wäre.

»Keine Sorge, ich fühle mich wohl. Das war phänomenal, was da eben abging. Hast du das gesehen? Wie die Flammen mich verbrannt und meinen Körper wieder neugeboren haben?«

Immer noch kann mein Verstand das Geschehene nicht zuordnen.

»Nein, das war nur für dich sichtbar.«

Jarle zuckt bedauernd seine Schultern.

»Obwohl ich es gerne gesehen hätte.«

Beide fühlen wir uns benommen, daher öffnet Jarle alle Fenster und die Tür, damit diese starke Erneuerungsenergie sich mit den Düften von draußen vermischt.

Ein neuer Tag, nein, ein neues Leben beginnt soeben. Für uns beide wird dieser Moment unvergesslich sein. Doch jeder von uns wird seine Sichtweise in Erinnerung behalten. Das ist mir nun klar. Wir Menschen ähneln uns in vielen Dingen und Vorstellungen, doch die Empfindungen unterscheiden sich stark. So wie wir Farben unterschiedlich sehen und fühlen, so ist unsere Sichtweise gefärbt mit den empfundenen Emotionen. Selbst Erinnerungen verblassen anders und in eigenem Tempo. Der Mensch ist wahrlich einzigartig. Ein Lob auf die Energien, die uns erschaffen haben.

Mein physischer Zustand hat sich enorm verbessert. Als gesund würde ich mich zwar noch nicht bezeichnen, dennoch pflege ich meine Hoffnungen wie kleine Pflänzchen. Stetig bin ich darum bemüht, danke zu sagen. Für alles, was mir wieder möglich ist. Aus meinem Spiegelbild starren übergroße Augen und hervorstehende Backenknochen auf jedes Gramm Fett, welches an mein vorheriges Gesicht erinnert. Herzförmig erscheint es noch lange nicht, aber kleine Spuren von neuen Rundungen kann ich bereits entdecken. Jarle weicht mir immer noch nicht von der Seite. Er verwöhnt mich mit seinen liebevollen Aufmerksamkeiten, die ich so schätzen gelernt habe.

»Sunniva, heute probieren wir einen kleinen Spaziergang. Nicht weit von hier entfernt gibt es einen Felsen mit einer Vertiefung. In dieser hat mein Vater, nach dem Tod meiner

Mutter, ein Bild von der Madonna hineingestellt, das er von einem befreundeten Künstler bekommen hatte. Damit diese Heilige dem Regen und den Stürmen standhält, wurde sie fest am Untergrund verankert. Von ganz alleine hat sich ein daneben stehender Rosenstrauch emporgewunden und jedem Wetter getrotzt. Eigentlich müssten um diese Zeit die wunderschönen kleinen Wildrosen blühen.«

Seine Augen strahlen, wenn er meine vorsichtigen Bewegungen sieht. Noch nicht lange ist es her, dass er mich getragen hat, weil ich nicht mehr laufen konnte. Ihm macht es mehr Sorgen als mir, ob das Elixier auch rechtzeitig eintrifft. Gestern hat sich der Professor gemeldet und für morgen seinen Besuch angesagt. Seit dem Morgengrauen putzt und ordnet Jarle alles, damit sich die Hütte im schönsten Licht zeigt. Wenn der Professor so viel auf sich nimmt, um mich am Leben zu erhalten, ist es nicht der Rede wert, alles rundherum perfekt zu organisieren.

»Gerne, wenn du mir hilfst. Ich muss noch austesten, wie lange ich mich aufrecht halten kann.«

Meine Angst, neuerlich zu versagen, schwebt immer noch über meinem Haupt. Alte Verhaltensmuster brauchen doch länger, als ich gedacht habe, um endgültig aus meinem Dasein zu verschwinden.

Die Luft ist klar und rein, geschwängert vom Duft der Natur. Fichten blühen und ihre gelben Samen streut der Wind über das gesamte Umfeld. Allergiker haben es zu dieser Zeit schwer, Luft zu bekommen. Doch uns betrifft das nicht. Um die Gartengarnitur vor dem klebenden Staub zu schützen, hat Jarle vorsorglich Abdeckungen darübergestülpt. Obwohl diese Nadelbäume normalerweise nur alle sieben Jahre blühen, verringert sich dieser Abstand durch die Erderwärmung. In meinen Augen findet dieses Problem momentan keine Aufmerksamkeit. Wenn man um sein Leben tagtäglich kämpft, hat dies wenig Belang. Sollte ich aber wirklich wieder ganz gesund werden, sieht die Sache anders aus. Ich habe vor, mich dann diesen Phänomenen und dem, was es verlangsamt, mehr zu widmen. Wer davon betroffen ist, dem sollte nicht egal sein, was mit Mutter Erde passiert.

Schnell hat sich das Wetter gebessert. Mein Blick wandert über die blühende Wiese, bis hin zum blauen Wasser des kleinen Sees. Das leichte Plätschern beruhigt mein Gemüt. Relativ sorglos setze ich mit Hilfe von Jarle, der sich bei mir untergehakt hat und mir dadurch Sicherheit vermittelt, Schritt für Schritt. Noch unvorstellbar war dies vor zwei Tagen, aber heute bewältige ich die achthundert Meter fast alleine. Wie aus dem Nichts taucht vor uns ein kleiner Felsbrocken auf, auf der gleichen Höhe wie der daneben wachsende Faulbaum. Auf der anderen Seite wuchert ein wilder Rosenstrauch. Die Blüten sind allerdings noch fest verschlossen. Sie warten geduldig auf die Sonnenstrahlen und ihre Wärme, bevor sie ihren wunderbaren Duft verströmen werden.

Wo dieser Findling herkam, weiß niemand hier mehr genau. Irgendwann vor vielen Jahrzehnten hat er sich diesen Platz ausgesucht. Durch die Abbruchstelle aus dem Berggestein hat sich eine natürliche Mulde gebildet, die der Regen über die Jahre hinweg noch ausgewaschen und abgeschliffen hat. Darin steht eine einfache Madonnafigur. Die damals angebrachte Farbe auf ihrer Kleidung ist von der Sonne ausgeblichen, und blass sieht auch ihr Gesicht aus. In Wirklichkeit nähert sich ihre Farbe dem umliegenden Gestein an. Beeindruckend ist jedoch der Gesichtsausdruck. In Kirchen sieht die Mutter Gottes immer leidend auf die Menschen herab. Hier ist sie durch die natürliche Kammer in Augenhöhe eines Erwachsenen. Durch diesen direkten Blick hat man das Gefühl, als ob sie tief in die Seele des Betrachters eintaucht. Nur das leichte Schmunzeln ihrer Mundwinkel verrät eine Leichtigkeit, die ich woanders noch nie gesehen habe. So, als ob sie sagen würde: *Liebe das Leben, es ist so schön.*

Berührt von dieser Aussagekraft wird mir gleich viel leichter ums Herz. Die Freude, die Strecke bewältigt zu haben, trägt natürlich auch dazu bei.

»Ist sie nicht bezaubernd?«

Jarle drückt ein wenig meinen Arm, um sich meine Aufmerksamkeit zu sichern.

»Mir gefällt, was sie mir mitteilt.«

Ich grinse ihn an, doch seine Mimik schlägt in diesem Moment völlig um. Seine Mundwinkel zucken und Wasser sammelt sich in den wunderschönen Augen.

»Was hast du? An was denkst du? Habe ich etwas Falsches gesagt?«

Ich bin verunsichert und sofort überkommt mich ein Schwächegefühl.

»Es tut mir leid. Aber dieses Antlitz triggert mich gewaltig. Denn es ist das Gesicht meiner Mutter. Der Künstler hat es auf Geheiß meines Vaters, mit Hilfe eines Porträts von ihr nachkonstruiert. Und es ist trefflich gelungen, wie man an meiner Reaktion sieht. Aber ich liebe es dennoch, denn die Liebe strahlt unvergesslich daraus hervor. So vergesse ich nie, wie sie ausgesehen hat.«

Tief atme ich durch, denn ich wusste nicht, wie groß das Päckchen ist, dass Jarle zu tragen hat. Jeder von uns hat seine Geschichte. Ziemlich wortlos machen wir uns auf den Rückweg. Jarle und ich hängen unseren eigenen Gedanken nach.

Zurück bei dem kleinen Blockhaus setzen wir uns in die späte Morgensonne. Das Schutzkleid der Terrassenmöbel hat Jarle bereits zusammengelegt, während ich zwei Tassen Cappuccino der Kaffeemaschine entlocke. Gemeinsam genießen wir das röstfrische

Aroma dieses Kultgetränkes. Niemanden von uns ist nach Essen zumute.

»Heute hole ich uns ein fertiges Mittagessen. Bereits am frühen Morgen habe ich es bestellt. Du wirst dich wundern, denn es gibt weder Suppe noch Eintopf. Ein leckerer Braten wird aufgetischt, aus Erbsenprotein und feinen Gewürzen. Als ich ihn das erste Mal gegessen habe, war ich im kulinarischen Himmel. Mit der Sauce aus Maggikraut und den Frühkartoffeln ein wahrer Genuss.«

Über seine Essensgelüste lache ich herzhaft. Für Männer ist es anscheinend sehr wichtig, dass ihr Magen gut gefüllt ist. Seit meiner Erkrankung ist der Stellenwert guter Gerichte für mich in den Hintergrund getreten. Mit Jarle diskutiere ich noch weiter darüber, bis uns ein Telefonanruf unterbricht.

»Ja, hier ist Jarle. Um was geht es?«

Er reißt seine Augen auf, erhebt sich und läuft neben der Veranda aufgeregt hin und her. Seine Körperhaltung drückt Entsetzen aus, die freie Hand bewegt sich in der Luft, als ob er etwas niederschreibt. Damit ich nicht noch mehr von seinem Schrecken mitbekomme, dreht er sich um und läuft Richtung See.

Obwohl mir der Grund nicht bekannt ist, werde auch ich unruhig. Irgendetwas muss passiert sein. Jarle lässt sich niemals aus der Ruhe bringen. Ein Schaudern überfällt meine Haut und zieht ihre Bahnen bis über meine Kopfhaut hoch. Was hat das zu bedeuten? Voller Ungeduld klopfe ich mit meinen Fingern auf die Tischkante. Irgendwie muss ich meine Unruhe herauslassen. Immer heftiger wird das Gespräch, doch der leichte Wind weht nur Wortfetzen zu mir her. Nach dem langen Spaziergang fühle ich mich nicht in der Lage, alleine zu Jarle hinzugehen.

Endlos lange kommt es mir daher vor, bis Jarle das Handy von seinem Ohr herunternimmt. Immer noch steht er auf demselben Fleck und starrt ins Nirgendwo. Was ist so schrecklich, dass er es mir nicht sofort sagen kann? In meiner Vorstellung tauchen die Gesichter der Menschen auf, die mich in letzter Zeit begleitet haben. Könnte es sein, dass sich mein Patenonkel verletzt hat? Bevor es bei mir nun auch noch zu einer Schnappatmung kommt, versuche ich, tief in mein Zwerchfell hinein zu atmen. Es nützt niemanden, wenn es mir wieder schlecht geht. Nun muss ich Stärke zeigen, für Jarle da sein. Um ein wenig Spannung von mir zu bringen, halte ich meine Hände vor das Gesicht und höre auf die vertrauten Stimmen der Natur. Vogelgezwitscher, das Summen der Bienen und die leisen Geräusche unter der Veranda bringen mich ins Jetzt zurück. Die Aufmerksamkeit darauf gerichtet, beruhige ich mich ein wenig. Mein Herz klopft aber wieder schneller, als ich Jarles Hand an meiner Schulter spüre.

»Ich muss mit dir reden. Es ist etwas Schlimmes passiert, aber ich bin der Meinung du hältst die Nachricht aus.«

Ernst sieht er mich an, wirkt aber nicht völlig hoffnungslos auf mich.

»Erzähl bitte.«

Mehr sage ich nicht dazu. Alles andere wäre in dieser Situation zeitraubend.

»Also, das Schlimmste zuerst. Es gab einen Sabotageakt auf das Labor. Dabei wurde es in die Luft gesprengt und völlig vernichtet.«

»Wer sollte so etwas tun?«

Geschockt sind mir diese Worte entschlüpft.

»Das weiß man noch nicht. Aber es gibt noch etwas. Bei dieser Explosion hielt sich spätabends noch ein Mensch darin auf: der Professor. Er hat es nicht überlebt. Sunniva, er ist tot.«

Was das für mich bedeutet, braucht Jarle nicht auszusprechen. Beide wissen wir es in dieser Sekunde. Doch anstatt zusammenzubrechen, überkommt mich eine eigenartige Ruhe. Ich lasse völlig los. Nach all den Aufregungen der letzten Monate habe ich das Gefühl, endlich dort angekommen zu sein, wo ich mich nach der ersten Diagnosebesprechung gesehen habe. Am Ende meines Lebens.

»Du sagst ja gar nichts.«

Jarle wirkt nach meiner Reaktion sehr unsicher.

»Ich hätte erwartet, dass du schreist oder zusammenklappst. Diese Ruhe von dir ist unheimlich. Fast noch schlimmer als diese Nachricht.«

»Es ist, wie es ist.«

Mehr ist aus mir nicht herauszubekommen. Die Sache von außen zu betrachten, fühlt sich annehmbar an. Keine besonderen Emotionen, keine Ängste, die über mich kommen. Einfach nur dasitzen und der Natur zusehen, wie alles weiter besteht. Als ob nichts passiert wäre.

»Sunniva, unser Termin morgen bleibt aber. Dieser Mitarbeiter von dem Professor, hat mir auch ein kleines Wunder anvertraut. Dein Elixier hatte der Professor, in weiser Voraussicht, in ein anderes Labor überstellt. Nach einer kleinen, technischen Panne vor ein paar Tagen fand er es wichtig, den Standort zu verlegen. Allerdings hat er es nur seinem Vertrauten bekanntgegeben. Sollten diejenigen, die das Labor in die Luft gesprengt haben, angenommen haben, die wissenschaftlichen Arbeiten damit zu unterbrechen, haben sie sich geschnitten. Weit gefehlt, dieser Fortschritt ist nicht mehr aufzuhalten. Der Professor hat das geschafft, was tausende Wissenschaftler auf der ganzen Welt angestrebt haben. Ein Gegenmittel zu finden, um Krankheiten wie Krebs, Aids oder andere todbringenden Zellentartungen endgültig auszulöschen. Denn die Potenz dieses Elixiers ist bis in alle Ewigkeit vorhanden.

Mit Hilfe der *ANDO* Gruppe hat er Proben an alle Länder gesendet. Dort sind sie sicher verwahrt und können beliebig oft fertiggestellt werden. In weiser Voraussicht hat er an alles gedacht. Vielleicht vermutete er bereits seit einiger Zeit, dass die Gier und der Neid eine Vernichtung anstreben. Die Menschen werden zu Dämonen, wenn es um Geld und Macht geht. Ein kluger Mann hat dazu beigetragen, die Welt schöner und vor allem gesünder zu machen.«

Alles habe ich von seinen Worten nicht begriffen. Aber eines kommt dennoch bei mir an: Ich bin nicht verloren. Eine unbändige Freude wächst in mir, die anstatt der eigenartigen Ruhe durch mich hindurchströmt. Trotz der Todesnachricht erfüllt sie mich mit Zuversicht und Hoffnung. Jarle liest an meiner Mimik und Körperspannung die Veränderung ab. Er nimmt meine Hand und wir gedenken still dieses Mannes. Der nicht nur mein Leben retten wird, sondern auch das von Millionen Menschen in der Zukunft. Eine neue Ära bricht an, in der ein gemeinsamer Weg erkennbar ist, von Wissenschaftlern, Ärzten und Spiritualisten. Jeder Teil dieser Gemeinschaft wird viel zu tun haben. Alles wird sich mit diesem Medikament verändern. Hoffentlich auch die Einsicht der Menschen, die das verhindern wollten.

24

Die Nacht ist unruhig, selbst Jarle klagt über Schlafstörungen. In unseren Köpfen geistern viele Fragen umher. Der Phönix hilft mir aber zwischenzeitlich, meinen Energiestand zu halten. Deshalb versuche ich immer, mir seine Präsenz zu verinnerlichen. Durch den Wetterumschwung ist es, dank dichter Wolken, sehr dunkel im Inneren der Hütte. Um Jarle nicht noch weiter zu stören, verzichte ich auf das Einschalten der kleinen Leselampe. Dadurch bleibt mir aber auch die Farbenpracht des Aschebildes verborgen. Erst als die Morgendämmerung durch das kleine Fenster hereinsickert, beginnen die Umrisse auf dem Bild wieder realistisch zu wirken. Seltsam vertraut kommt mir sein Anblick vor. Über diese Betrachtung hin, versinke ich doch noch kurz in eine erholsame Schlafphase.

Jarle weckt mich mit einem zarten Kuss auf meine Schulter auf.

»Komm, mach dich bereit, bald trifft das kleine Wunder bei uns ein.«

Schnell begebe ich mich ins Bad. Erst unter der Dusche wird mir bewusst, dass Druckgefühl und Schwindel sich verabschiedet haben. Wohlgelaunt setze ich mich an den Tisch, um zu frühstücken. Dieses Mal hat Jarle hier drinnen den kleinen Klapptisch gedeckt, denn ein kalter Wind bläst draußen unter dem dicht bewölkten Himmel. Große, dunkle Wolken wandern schnell über den kleinen See. Zwischendurch ergießen sich sogar ein paar Tropfen auf die größer werdenden Wellen, die der Wind ungehemmt vor sich hertreibt. Immer wieder spritzen Fontänen am Steg hoch und lassen die Holzbohlen darauf vor Nässe glänzen. Eine besondere Stimmung liegt in der Luft. Wohlig warm, aber ein wenig stickig kommt es mir in unserem Zimmer vor.

»Denkst du noch an den Vorfall im Labor?«

Meine Frage war eher rhetorisch gemeint, um die ungewohnte Barriere zwischen uns zu durchbrechen. Wenn ich es genau nehme, möchte ich gar keine Details darüber hören. Das freundliche Vollmondgesicht des schwergewichtigen Professors möchte ich lieber so in Erinnerung behalten, wie ich ihn zuletzt auf dem Anwesen von Linus gesehen habe. Seine Stimme habe ich immer noch in meinem Ohr.

»Ja, mache ich.«

Dann legt Jarle wieder eine Sprechpause ein, um tief durchzuatmen.

»Ich habe noch vor kurzem mit ihm telefoniert. Er war so bemüht um uns und zeigte mehr Freundlichkeit, als es andere Ärzte in seiner Stellung gemacht hätten. Dafür wird er meine Sympathie für immer haben. Selbst nun, da er die Seiten gewechselt hat. Sicher ist aber eines …«

An unserer Tür klopft es. Durch den starken Wind mit seinen Geräuschen überhörten wir beide die Ankunft des Fahrzeugs. Jarle öffnet sogleich die Tür, stemmt aber einen Fuß dahinter, damit sie nicht an der Wand anschlägt. Mit großer Heftigkeit hat sich der Wind in einen kleinen Sturm verwandelt. Der Mann im Trenchcoat hält mit einer Hand seinen hochgestellten Kragen, mit der anderen balanciert er eine weiße Box auf der Handfläche. Erst beim Eintreten sehen wir, dass der Henkel dieses rechteckigen Behälters mit seinem Handgelenk verbunden ist.

»Eine Vorsichtsmaßnahme nach den Gegebenheiten, die momentan passieren.«

Seine Stimme klingt nicht mehr sehr jung, obwohl das Aussehen, nach Ablegen der wetterbedingten Kleidung, darauf schließen lässt, dass er den Fünfziger noch nicht überschritten hat.

»Ich bin Jens Hartwig, ein Vertrauter des Professors. Nein, eigentlich mehr ein Leibwächter als Forscher. Aber eben auch ein Arzt der Allgemeinmedizin. Zumindest in früheren Jahren, denn wir haben gemeinsam studiert.«

In einem vertrauten Gespräch, bei der zweiten Tasse Kaffee, hören wir Dinge, die wir so nicht erwartet hätten. Ich staune erst mal über sein angegebenes Alter. Kann es wirklich sein, dass die beiden ein Jahrgang sind?

»Darf ich fragen, wie alt Sie sind?«

Meine Neugier lässt mich nicht in Ruhe.

»Sie sehen doch so jung aus, oder der Professor ...«

»Warten Sie kurz. Lassen Sie es mich erklären. Der Professor hat ihnen gegenüber nicht immer mit offenen Karten gespielt. Ich bin beauftragt, im Falle eines Zwischenfalls – der ja nun gegeben ist – einige Dinge aufzuklären. Der Professor hat übrigens vorausgesehen, dass so eine Aktion möglich wäre. Zu viele waren daran interessiert, aus der politischen Szene genauso wie aus Reihen der Pharmaindustrie, das kein Heilmittel gegen die tödlichen Krankheiten gefunden werden soll. Zumindest durfte es nicht der Öffentlichkeit bekanntgegeben werden. Viel Geld würde auf der Strecke bleiben, Arbeitsplätze würden vernichtet, Vormachtstellungen verloren sein und die Menschen wären nicht mehr lenkbar. Alles in allem ein Fiasko für viele mächtige Leute. Deshalb hat er mich instruiert, ihnen vor dem Einsatz des Elixiers Dinge mitzuteilen, durch die auch er Schuld auf sich geladen hat. Zumindest hat er es so betrachtet.«

Verlegen zwirbelt er seinen kurzen Bart zwischen seinen langen Fingern.

»Es gab zwei verschiedene Stellen, an denen geforscht wurde. Wie Sie bereits erfahren haben, war die Verschüttelung Ihres Medikamentes durch eine technische Panne in ein weit entlegenes Labor verlegt worden. Das Ergebnis daraus trage ich hier in meiner Box.«

Er zeigt mit einem Wink in die Richtung des abgestellten Behälters.

»Das andere, welches ebenfalls verschüttelt wurde, war für ihn selbst bestimmt. Der Professor litt an Leukämie im Endstadium. Vielleicht ist Ihnen sein aufgeschwemmtes Gesicht aufgefallen. Durch die hohen Kortisongaben wird Wasser eingelagert. Eingesetzt wird es in dieser Art für Tumorbehandlungen von Lymphomen, um das Wachstum der speziellen Immunzellen zu reduzieren. Leider schwächen sie das gesamte Immunsystem und jede kleine Erkältung wird zum Problem. Das ist auch in seinem Fall passiert, deshalb hat er sich von der Patientenbehandlung verabschiedet und sich in das Labor zurückgezogen. An Tagen, an dem es ihm schlecht ging, übernahmen ich oder andere ausgebildete Ärzte die Aufsicht über die Geräte darin. Er wusste, wenn das bei Ihnen klappt, hat auch er eine Chance zum Überleben. Leider kam es anders für ihn. Aber auch das hat er immer in Betracht gezogen und vorgesorgt. Zumindest für Sie wollte er kein

Risiko eingehen. Ihr Schicksal ist ihm sehr nahegegangen. Selbst hatte er nie Familie, daher sah er in Ihnen eine Tochter. Ausgesprochen wurde dies zwar nicht, jedoch seine Sorge um Ihre Gesundheit hatte bei ihm erste Priorität, eben wie bei einer nahen Verwandten.«

»Das habe ich nicht gewusst.«

Stockend kommen diese Worte über meine zusammengepressten Lippen. Manchmal wünschte ich, die Zeit zurückdrehen zu können. Alles anders zu machen. Nie wieder kann ich mich bei ihm für seinen Einsatz bedanken, bei dem er sogar sein Leben einsetzte.

Jarle schließt betroffen seine Augen.

»Wie geht es nun weiter? Wer verabreicht Sunniva ihr Heilmittel? Das Bild schaffte bereits eine gute Ausgangsposition, doch wir waren uns sicher, nur das Elixier kann es dauerhaft schaffen, sie langfristig gesund zu halten.«

»Das ist richtig. Von diesem Standpunkt aus galt auch das Bestreben des Professors, damit eine endgültige Heilung zu ermöglichen. Ach ja, ich werde es Sunniva verabreichen. Für den Fall, dass sie es nicht so gut verträgt, habe ich vorgesorgt und alles Notwendige mit eingepackt. Sogar ein Defibrillator ist in meinem Kofferraum. Sobald der Regen nachlässt, hole ich ihn zu uns herein.«

»Schaut, die ersten Sonnenstrahlen dringen bereits durch die Wolkendecke.«

Vielleicht hat der Professor im Jenseits seine Hilfe aktiviert, damit endlich mit dem Heilakt begonnen wird. Zumindest stelle ich mir das so vor.

Etwas hektisch verläuft nun die Vorbereitung der Männer. Währenddessen besuche ich die Toilette, um dann bereit zu sein. Auch an diesem Ort denke ich an nichts anderes, als an den Professor und seine Zuneigung zu mir. Ich fühle mich schuldig, ihn als übergewichtig bezeichnet zu haben. Wie oft habe ich Menschen vorverurteilt, ohne um ihre Erkrankung zu wissen. Nicht jeder, der ein paar Kilos zu viel hat, unterliegt der Fresssucht. Nein, es gibt viele andere Gründe dafür.

»Sunniva, kommst du? Alles steht bereit für dich.«

Langsam dämmert es uns allen, was das bedeutet. Dr. Hartwig trägt bereits seinen weißen Kittel, selbst seine Hände verstecken sich in den obligatorischen Handschuhen. Ich komme mir vor wie in einer Arztpraxis. Wäre da nicht das Aschebild an der Wand und die beruhigende Hand von Jarle, die meine klammen Finger wärmt.

»Legen Sie sich am besten auf das Bett in eine bequeme Lage. Es tut nicht weh, nur ein kurzer Pikser, und sofort tritt eine leichte Wärme in ihren Körper ein.«

Um meine Adern vortreten zu lassen, legt er ein Stauband an. Bevor ich es merke, ist es bereits geschehen. Die verabreichte Dosis fühlt sich wie ein kleiner, warmer Strom in meiner Blutbahn an. Dann wird es dunkel um mich.

Jarle sitzt mit verweinten Augen an meinem Bett. Benommen versuche ich, mich aufzurichten.

»Bitte bleiben Sie noch liegen. Jetzt ist alles in Ordnung. Jarle wird Ihnen später erzählen, was passiert ist. Nun müssen Sie abwarten, bis der Tropf leer ist.«

Erst jetzt sehe ich den Schlauch mit der Infusion, die über mir am Bettgestell angebracht ist.

»Was ist passiert? Jarle, mein Schatz, bitte sag es mir. Ich gebe keine Ruhe, bis ich alles gehört habe. Bin ich nun geheilt?«

Jarle wankt zwischen Lachen und Weinen hin und her. Mal verzieht er seinen Mund abwärts, um gleich darauf prustend zu nicken.

»Ja, du bist geheilt. Aber fast hätten wir dich verloren. Dein Herz hat aufgehört zu schlagen. Wie gut, dass Jens an alles gedacht hat. Bald wird es dir wieder so gut gehen wie vor deiner Erkrankung. Inzwischen hat er dir noch Blut abgenommen und es in seinem Dunkelfeldmikroskop analysiert. Es gibt keine entarteten Zellen mehr darin zu sehen. Nach allem was ich hier gespürt habe, bin ich absolut sicher, dass die Magnetresonanztomografie zeigen wird, dass es keinen Tumor mehr in deinem Gehirn gibt.«

Voller Freude umarmen wir uns, bis Dr. Hartwig uns zur Vorsicht mahnt. Der durchsichtige, dünne Schlauch hat sich bereits um uns gewickelt. Wir lachen und wir weinen unsere starken Emotionen heraus. Wie eine zweite Geburt empfinde ich meinen Neuanfang.

»Dieser Tag wird ein Ehrentag in unserer gemeinsamen Geschichte. Jedes Jahr werden wir ihn feiern«, verspricht mir Jarle.

Eine neue Ära in der Bekämpfung von bisher tödlichen Krankheiten hat ihren Weg in die Realität gefunden.

A n den folgenden Tagen bleibt kein Auge trocken, wenn ich meine Geschichte erzähle. Wie ein Lauffeuer hat sich meine Genesung herumgesprochen. In der Hütte wechseln sich die Besucher ab. Mit großem Hunger verzehre ich Portionen, die mir bisher Übelkeit alleine beim Anblick bereitet haben. Meine Wangen runden sich und nehmen eine rosa Farbe an. Die täglichen Spaziergänge, über immer weitere Strecken, ermüden mich nicht mehr. Im Gegenteil, voller Tatenkraft und Elan nehme ich sogar schon kleine Aufstiege zu üppigen Almen in Angriff. Nachts schlafe ich tief und fest in den Armen von Jarle. Nur wenn es zu heiß wird, drehen wir uns auf die Seite, um kurze Zeit später wieder Haut an Haut einen erquickenden Schlaf zu finden. Alles hole ich nach, was vorher nicht möglich war. Jarle wirkt auf mich viel jünger, denn sein strahlendes Gesicht spricht Bände, über die große Liebe zwischen uns. Die durchscheinenden

Adern an meinen Armen und Beinen sind bereits Geschichte. Meine Haut am Körper bekommt einen samtigen Schimmer, auf den Jarle ganz versessen ist. Ständig will er mich und meinen Körper berühren. Ich fühle mich wieder als Frau und neuerdings auch als Geliebte. Wundervoll und berührend zeigen sich unsere Gefühle, die wir auch mit unseren Mündern bezeugen. Fast wie im Märchen erscheint mir diese Wunderheilung, die inzwischen von Dr. Hartwig und seinem Tomografiegerät bestätigt wurde.

»Jarle, ich rufe meinen Patenonkel noch einmal an. Seit Tagen versuche ich, ihn zu erreichen. Nie hebt er ab. Hoffentlich ist alles in Ordnung bei ihm.«

»Keine Sorge, meine Liebe, ihm geht's sicher bestens. Er wird voller Dreck irgendwo in Griechenland in der Erde buddeln. Oder eine Höhle nach antiken Krügen durchsuchen.«

Wie nahe er an der Wahrheit ist, erfahren wir erst am nächsten Tag.

»Sunny, ich bin es, dein Patenonkel Tjara.«

»Wie gut, dass die Verbindung endlich klappt, Onkel Tjara. Stell dir vor, ich bin geheilt. Mir geht's so gut. Nächsten Monat besuche ich dich, ganz sicher. Sobald ich ein wenig zugelegt habe, mache ich mich auf und sehe mir alles bei dir an. Ich freue mich riesig auf das Wiedersehen.«

»Oh, meine Kleine, wie wundervoll. Aber mit dem Besuch wird es erst mal nichts. Mir ist gerade ein weiterer Fund gelungen, der die Welt der Religion aus den Angeln hebt. Spätestens morgen früh geht diese Information um die ganze Welt. Hier ist die Hölle los. In Scharen kommen die Journalisten her, um Fotos vom Fundort und von mir zu machen. Du kannst dir nicht vorstellen, wie mir zumute ist. Alles geht drunter und drüber. Rund um den Fundort gibt es ein Zeltlager, an dem durchgehend gefeiert wird. Von nah und fern bringen sie immer mehr Menschen her. Sunny, ich bin am Höhepunkt meiner Berufslaufbahn angelangt. Hier bleibt kein Stein mehr auf dem anderen. Alles wird umgedreht, um vielleicht auf mehr alte Schriften zu stoßen.«

»Welche Schriften sind denn das? Haben sie mit den Aschekrügen zu tun, Onkel Jarle?«

»Ja, richtig. Sunny, bist du noch dran? Ich höre dich nicht mehr. Sunny, hallo, Sunny?« Die Verbindung ist unterbrochen, nur mehr das Besetztzeichen ertönt aus dem Mikrophon meines Handys.

»Was meint er damit? Wir erfahren es morgen.«

Auch Jarle ist überfragt. Er hat mitgehört, da Onkel Tjara sehr laut gesprochen hat.

»Tröste dich, wir besuchen ihn ein anderes Mal. Wenn sich die Welt wieder beruhigt hat. Nach jedem Sturm kommt wieder die Sonne hervor.«

Das war zwar neunmalklug von ihm, hilft mir aber nicht weiter. Immer wieder versuche ich weiter, ihn anzurufen, aber meine Bemühungen sind vergeblich.

»Komm, wir fahren in den Ort und kaufen dir ein paar Klamotten. Deine schlabbern um dich herum, als ob du einen schlechten Schneider hättest.«

Wenn ich es mir so überlege, hat Jarle recht. Immer noch fehlen mir viele Kilos auf das Normalgewicht. Wie ein überschlankes Model sehe ich aus. Das ist mir aber lieber, als krank zu wirken. Überzeugt davon, in Kürze meine alte Figur wiederzuhaben, lasse ich mich gerne in den Ort kutschieren. Viele Menschen kennen mich hier bereits, denn die Mundpropaganda funktioniert auf dem Land bestens. In der Stadt brauchten sie für meine Heilungsgeschichte die Zeitung, um die Kunde davon zu verbreiten. Hier genügen ein Postbote, eine Gastwirtin, ein Bäcker und ein Tankwart, und sogleich sind die Einwohner dieses Landstriches informiert.

Ein weiterer Besucher hat uns von der Verhaftung meines ehemaligen Gönners, Linus, informiert. Ihm werden Betrügereien vorgeworfen. Die Heilsitzungen in der Kapelle sind längst eingestellt. Wie es weitergeht, wird ein Richter entscheiden. Zuviel Bestechung, Nichtauszahlung von Löhnen und Veruntreuung von Geldern haben aus einem gutsituierten, bestens geerdeten Gutsbesitzer einen macht- und geldgierigen Mann gemacht. Der nun dafür büßen muss. Mein Mitleid hält sich in Grenzen, dennoch ist es schade um dieses wunderschön gelegene Anwesen. Jarle wird deshalb versuchen, es ihm abzukaufen. Durch unsere hohen Einnahmen in den letzten Monaten, gibt uns die Bank einen Kredit mit bezahlbaren Raten dafür. Wenn wir es bekommen sollten, wäre es der ideale Ort auch für die Bruderschaft. Deshalb sichern sie uns ihre finanzielle Unterstützung zu. Die Blockhütte würden wir auf alle Fälle behalten. Sie ist durchdrungen mit unseren gemeinsamen Erinnerungen und für ein paar Tage Auszeit der ideale Ort zum Entspannen.

Nach dem erfolgreichen Einkauf, fühle ich mich nicht nur wieder als Frau, sondern sehe auch so aus. Wir lassen ausnahmsweise den Nachmittag bei Kaffee und Kuchen ausklingen. Die verschiedenen Torten in der Vitrine des kleinen Ausflugscafés locken mit ihren roten Beeren und kunstvollen Verzierungen. Mit großem Genuss und voller Dankbarkeit, dies alles zu erleben, erfreue ich mich an dem fruchtigen Geschmack. Schicht für Schicht zergeht diese Köstlichkeit auf meiner Zunge. Immer wieder unterbrechen wir unseren Genuss, um den Hautkontakt, durch die Verbindung unserer Hände, zu halten. Mit eingeklemmten Kuchengabeln zwischen unseren Lippen sieht es zu komisch aus. Fröhlich zieht sich der Verzehr ungebührlich in die Länge. Doch nun haben wir alle Zeit der Welt.

Der Tag vergeht wie im Flug. Morgen reisen wir ab. Jarle hat allerhand zu tun, um die rechtliche Lage des Immobilienbesitzes von Linus zu klären. Inzwischen wurde das Anwesen durch die Polizei beschlagnahmt. Neben seinem Besuch daheim ist auch eine Sitzung mit seiner Bruderschaft längst überfällig. Und ich darf meine Wohnung kündigen. Auch die Aussprache mit meiner Nachbarin steht an. Meine wenigen Möbel werde ich vorerst einlagern lassen. Bis es geklärt ist, ob wir das Anwesen von Linus bekommen, wohnen wir weiterhin in der Blockhütte am kleinen See. Jarles Vater hat uns ebenfalls einen Teil seines Hauses zur Verfügung gestellt, falls wir mehr Platz brauchen. Alles fügt sich wunderbar zusammen.

Nur das Begräbnis des Professors reißt eine Wunde in unser Glück. Doch unsere Anwesenheit sehen wir nicht nur als Pflichtakt an, sondern als letzten Gruß an einen wunderbaren Menschen und Helfer. Ansonsten können wir nicht mehr viel für ihn tun. Dr. Hartwig informierte uns, dass nach der Verabschiedung ein kurzes Beisammensein geplant ist. Mit der Belegschaft des Krankenhauses, des Labors und angeblich kommt auch der Nachlassverwalter und Notar des Professors dahin. Er empfahl unsere Anwesenheit, da der Professor auch da an mich gedacht hat. Ob es sich bei dem zu erwartenden

Erbe um Geld handelt oder etwas anderes, war nicht zu erfahren. Aber egal, ich nehme es, wie es kommt. Niemals hätte ich damit gerechnet, von meinem ehemaligen Arzt eine Zuwendung zu erhalten. Das Leben geht oft seltsame Wege.

Mein Besuch in der Klinik steht auch noch an. Um denen Mut zu machen, die noch mitten in einem sehr schwierigen Prozess stecken. Denn weitere Elixiere werden bereits vorbereitet für die todkranken Patienten dieser Institution. Der Professor hat auch daran gedacht, diese Arbeiten kostenlos allen zur Verfügung zu stellen, die er betreut hat. Wie voraussehend er dabei war, kommt erst jetzt zutage.

Unsere Abfahrt zeitig am nächsten Tag unterbrechen wir noch kurz, um in der Bäckerei ein paar Brötchen zu holen. Dabei nimmt Jarle die aktuelle Tageszeitung mit, da ihm ein Foto von Onkel Tjara auf dem Titelblatt entgegenlacht. Mit großer Titelüberschrift wird angekündigt: *Die größte Kirchenlüge der Neuzeit.* Der darunter gedruckte Artikel berichtet aber nur, dass es einem Archäologen gelungen ist, wichtige Beweise für die Richtigstellung der Bibel gefunden zu haben.

Wie uns bekannt wurde, hat der Ausgrabungsleiter, Tjara Hansen, in einer Höhle im Süden von Griechenland wertvolle alte Schriftrollen entdeckt, die mit der Wirkzeit Jesus' da-

tiert werden. Die ersten Auswertungen erga-
ben, dass einer der grundlegenden Glau-
benssätze der Bibel falsch dargestellt wurde.

Jetzt verstehe ich die Aufregung bei dem gestrigen Gespräch. Bevor ich weiterlese, versuche ich noch einmal Onkel Tjara zu erreichen. Während Jarle weiterfährt, gelingt es mir, zu ihm durchzudringen.

»Hallo, Lieblingsonkel. Wie geht es dir? Gerade habe ich aus der Zeitung von deinem Fund gelesen. Was hat das zu bedeuten?«

»Oh Sunny, ich bin völlig durcheinander. Obwohl wir erst ein paar der hundert Schriftrollen ausgewertet haben, steht unser religiöses Wissen bereits auf dem Kopf. In der ersten Übersetzung steht folgendes:

Luzifers Fall ist nie passiert. Daher gibt es weder Fegefeuer, noch Hölle. Alles war eine große Lüge, um die Menschen zu unterdrücken und Angst vor dem Tod zu schüren. Wer an weitere Leben glaubt, hat keine Furcht vor den Geistern, keine vor Verurteilungen und keine Angst, sein angelerntes Wissen zu verlieren. Selbst Zweifel können nicht aufkommen an dem Ort, wo sich die Seele zwischen den Leben erholt. Luzifer war kein gefallener Engel, sondern der Gegenpol des männlichen Gottes.

Die Abspaltung des Weiblichen in der Schöpfungsgeschichte hat das Leben von Millionen Gläubigen verändert. Sie mussten Leid, Angst, Tod und Verlust erdulden. Unterdrückung und Zweifel waren an der Tagesordnung in dieser Szene. Bis heute dürfen Frauen nicht das machen, was Männer seit Jahrtausenden als Privileg betrachten.«

Die Stimmen im Hintergrund werden immer lauter, doch Onkel Tjara liest unbeirrt weiter.

»Denn Luzifer war in Wirklichkeit eine Frau. An der Seite Gottes war es Luzia, die Lichtbringerin, die in die Verbannung geschickt wurde. Herausgerissen aus der Vollkommenheit des göttlichen Planes, herrscht seitdem ein Ungleichgewicht im Himmel und auf der Erde. Bis dies getilgt ist, werden große Zeitspannen vergehen, damit endlich wieder das Pendel von Anima und Animus gleich ausschlägt. Alle anderen Engel, Erzengel und geistigen Helfer haben das männliche Prinzip noch mehr auf eine Seite gebracht. Dadurch hat die Männlichkeit auch auf der Erde eine dominante Energie verfestigt und die Unausgewogenheit vergrößert.

Aber nun, wo den Menschen dies bekannt ist, wird ein neues Zeitalter entstehen. Voll mit den weiblichen Anteilen der göttlichen Essenz. Damit endlich Frieden herrscht zwischen den Geschlechtern, kehrt Luzia auf ihren Platz zurück. Niemand soll von nun an mehr das Geschlecht Gottes bestimmen. Beide göttlichen Seiten sind in euch Menschen fest verankert. Ihr seid vollkommen, heute und in Ewigkeit.

So sei es.«

Plötzlich passt alles zusammen. Jarle und ich sehen uns kurz an. Damit ist unser Bündnis besiegelt, denn wir sind offen für jede Veränderung, die uns das Universum schenkt. Leben bedeutet ewiger Wandel. Wir sind bereit, dies anzuerkennen und unsere Geschichte neu zu schreiben. Mit Hilfe der Aschebilder und mit der elementaren Kraft, die über uns wacht, wird uns dies gelingen.

Der Phönix erhebt sich in die Lüfte des neuen Zeitalters, durchdringt jede Barriere und sorgt für das ewige Gleichgewicht. Damit es der Menschheit endlich gutgeht.

Jetzt habe ich meinen Frieden, nach einer langen Reise, gefunden. Tief in mir ist er langsam gewachsen. Es ist an der Zeit, ihn in die Welt zu tragen. Gemeinsam, mit meiner großen Liebe.

Über die Autorin

Rosemarie Johanna Sichmann wurde im Frühjahr 1961 in Oberösterreich geboren. Auch heute noch lebt und arbeitet sie hier, wo sie sich neben dem Schreiben ihrer großen Familie widmet. Sie liebt alte Heilmethoden sowie das Reisen in ferne Länder und fördert bei Kindern das Lesen durch Lesewanderungen und Kindertheater.

Seit Herbst 2017 hat sie als Selfpublisherin (BoD, Norderstedt) neunzehn Bücher veröffentlicht. Inspirationen dafür findet sie in Selbsterfahrungen sowie in der Schönheit des regionalen Gebietes. Ihre Schwerpunkte im Leben und beim Schreiben sind Spiritualität, Eigenverantwortung, Empathie und Mitgefühl mit allen Lebewesen.